Silvia

HEYNE ‹

Das Buch

»Sie schloss die Augen wieder. Jede Faser ihres Körpers wartete gespannt auf seinen nächsten Zug. An beiden Hüften führte er seine Hände in den Bund ihres Slips ein und streifte das kleine Stück Stoff Zentimeter für Zentimeter über ihre gestiefelten Beine nach unten. Sie wollte alles mit sich geschehen lassen, aber nichts selbst steuern müssen.«

Nichts als pure Sinnlichkeit und aufregende Begierde erlebt man in den außergewöhnlichen und außergewöhnlich erotischen Erzählungen von Jasmin Leheta. Davon kann man nicht genug bekommen!

»Ein Buch, das man(n), aber auch frau nicht aus der Hand legen möchte. Jede einzelne Geschichte macht neugierig auf die nächste.« *Münchener Wochenblatt*

»Intelligente erotische Lektüre (nicht nur) für die Frau.« *mon-boudoir.de*

Die Autorin

Jasmin Leheta, geboren 1962, beschäftigt sich privat wie beruflich am liebsten mit den Irrungen und Wirrungen des Zwischenmenschlichen. Seit 1989 arbeitet sie als Kolumnistin, Drehbuchautorin und Redakteurin für Print- und TV-Medien. Ihre größte Leidenschaft gilt den Themen Liebe, Sex und Partnerschaft und … dem Kochen.
Weitere Informationen unter www.alles-ueber-jasmin.de

Lieferbare Titel
Seidene Küsse

Jasmin Leheta

Sinnliche Fluchten

Erotische Erzählungen

FSC

Mix
Produktgruppe aus vorbildlich
bewirtschafteten Wäldern und
anderen kontrollierten Herkünften

Zert.-Nr. SGS-COC-1940
www.fsc.org
© 1996 Forest Stewardship Council

Verlagsgruppe Random House FSC-DEU-0100
Das für dieses Buch FSC-zertifizierte Papier *Holmen Book Cream*
liefert Holmen Paper, Hallstavik, Schweden.

Vollständige Erstausgabe 11/2008
Copyright © 2008 by Jasmin Leheta
Copyright © 2008 dieser Ausgabe
by Wilhelm Heyne Verlag, München,
in der Verlagsgruppe Random House GmbH
Printed in Germany 2008
Umschlagfoto: © Tom Grill / Stone / Getty Images
Umschlaggestaltung: Nele Schütz Design, München
Satz: Buch-Werkstatt GmbH, Bad Aibling
Druck und Bindung: GGP Media GmbH, Pößneck
ISBN 978-3-543-54523-6

www.heyne.de

Inhalt

Hochzeitsvorbereitungen

»Ich feiere nur mit euch, wenn ihr schwört, keiner Menschenseele je etwas davon zu erzählen«, sagte Celine.

Vera lachte. »Wieso denn?«

»Schweigen bis ins Grab, sonst sage ich gar nichts.« Celine schien es ernst zu meinen.

»Ich schwöre«, sagte Sandra nach einer Pause und blickte leicht befremdet in die Runde.

»Mach doch nicht so ein Riesending draus. Ein Junggesellinnenabschied ist ein Junggesellinnenabschied, das haben wir doch alle schon mal mitgemacht«, meinte Vera.

»Eben. Und ich fand es jedes Mal richtig doof«, antwortete Celine. Sie verschränkte die Arme und tippte ungeduldig mit dem Fuß auf den Boden. »Was ist nun, schwörst du, oder willst du gehen?«

Vera rollte mit den Augen. »Klar schwöre ich.« Sie sah von Sandra zu Celine und grinste. »Wir sind doch ein Team.«

»O. k. Hört zu …«, begann Celine.

Immer schon hatte sie die Mädchenhorden dumm gefunden, die albern verkleidet und sturzbetrunken durch die Stadt zogen und kindische Partyspielchen veranstalteten. So viel zu trinken, bis man ein Blackout hatte, war im Grunde die einzige Möglichkeit, die dabei erlebten Peinlichkeiten zu vergessen. Deshalb hatte Celine etwas vollkommen anderes vor: ein orgiastisches Privatfest nur mit ihren beiden besten Freundinnen, ein richtiges Lustbuffet.

Nie hatte sie Julian von den Bildern erzählt, die sie sah, wenn sie die Augen schloss und er in sie eindrang. Das hätte ihn nur in seiner Männlichkeit erschüttert. Celine fand, ihre Junggesellinnenparty wäre *die* Gelegenheit, diese Fantasien auszuleben und so die Bilder ein für alle Mal zu verscheuchen, ohne dass er es je erfahren würde. Gesetzt den Fall, ihre Ehe mit Julian lief gut, wovon sie ausging, denn sonst könnte sie das Heiraten ja gleich sein lassen. Prompt kam die Frage von Sandra: »Hast du denn keine Angst, dass er es genauso krachen lässt? Wenn ich mir vorstelle, meiner hätte vor unserer Hochzeit Sex mit einer anderen … ich glaube, ich könnte ihn dann nicht mehr heiraten.«

Aber Celine dachte da ganz anders. Im Gegenteil: Sie wünschte sich sogar, Julian würde sich richtig austoben. Wenn er sich danach nämlich immer noch für sie entschied, wäre das doch der absolute Liebesbeweis. Dann wüsste er tatsächlich, warum er »Ja« zu ihr sagte, ohne am Ende von irgendetwas zu träumen, was er vielleicht versäumt haben könnte.

In den letzten Monaten war Celine ziemlich aktiv gewesen, nicht nur angesichts ihrer Hochzeit. Sie hatte bei allen möglichen Agenturen, Cateringfirmen und sogar Freudenhäusern Erkundigungen eingeholt und ihre Party generalstabsmäßig organisiert. Die Inszenierung ihrer Fantasien sollte perfekt sein. Jetzt mussten nur noch ihre Freundinnen mitspielen – der größte Eiertanz bei der ganzen Angelegenheit. Einerseits wollte Celine die beiden überraschen, andererseits aber nicht riskieren, dass sie in letzter Sekunde kniffen.

»Also, ihr wisst Bescheid. Die Kleiderordnung: sexy. Sehr sexy. Ziemlich nackt.«

Sandra kicherte verschämt.

»Und keine Slips«, fügte Celine bestimmt hinzu. »Alles klar?«

»Du bist vielleicht verrückt«, meinte Sandra kopfschüttelnd. »Aber es ist dein Abend. Also ist alles klar.« Doch überzeugt klang sie nicht.

Vera hingegen glühte förmlich. In ihrem Trio war sie immer die Toughe gewesen, die nichts so schnell erschüttern konnte.

Celine stand auf und zog sich den Mantel an. Sie gab beiden einen Kuss auf die Wange und sagte: »Macht euch hübsch, Mädels. Ich freue mich auf euch.«

Endlich war der große Tag gekommen. Celine war mehr als zufrieden mit dem Arrangement. Ihre inneren Bilder waren tatsächlich Realität geworden. Wie schade, dass sie das alles nicht fotografieren durfte! Viel zu riskant. Und im Grunde wollte sie die Bilder nicht konservieren, sondern ihre Fantasien loswerden, um als Ehefrau ganz Julian zu gehören.

Als Tatort für ihren Junggesellinnenabschied hatte sie sich ein raffiniertes Separee in einem Club ausgesucht, das nur durch eine Milchglasscheibe vom übrigen Geschehen abgetrennt war. Der Gedanke, die Schatten der normalen Clubgäste durch die Scheibe wahrzunehmen, ihre Stimmen zu hören und zu wissen, dass diese nicht mal ahnten, was sie dahinter trieb, war für Celine ein Extra-Kick. Das Personal hatte einen eigenen Eingang zum Separee, so dass die große Glastür, die in den Club führte, verschlossen bleiben konnte.

Keine von ihnen war je in diesem Club gewesen. Celine fragte sich insgeheim, ob ihr Zukünftiger sich hier vielleicht schon einmal mit seinen Kumpels vergnügt hatte. Doch kaum einer wusste von den Separees, von außen sahen sie aus wie raffiniert gestaltete Wände. Und hätte Celine nicht den Tipp von der Chefin eines Escort-Services bekommen, wäre sie selbst nie draufgekommen.

Sandra und Vera, die sich nicht getraut hatten, alleine den stylischen Club zu betreten, sahen sich argwöhnisch um. Wände und Möbel aus schwarzem Lack ließen die weißen Lederpolster noch makelloser strahlen.

Celine fand diese klare Atmosphäre perfekt, um ihr ungewöhnliches Buffet richtig zur Geltung zu bringen. Sie winkte den beiden und empfing sie vor dem Separee. Sie hatte einen langen schwarzen Mantel übergeworfen und ihn fest mit einem Gürtel zugezogen, damit niemand sah, was sie drunter trug.

»Wie schön, dass ihr da seid«, sagte sie, umarmte und küsste sie. Dann zog sie die Milchglastür auf. »Kommt schnell rein.«

Im Separee streifte Vera sofort ihren Trenchcoat von den Schultern. Celine nahm ihn ihr ab und hängte ihn auf einen Wandhaken neben der Tür. Sehr langsam knöpfte Sandra ihren Dufflecoat auf, der viel zu sportlich für diesen Anlass wirkte. Doch als sie ihn auszog, rief Celine: »Wow!« Anerkennend musterte sie ihre beiden Freundinnen. »Ich bin stolz auf euch. Ihr seht einfach hinreißend aus.«

Während Vera sich so selbstverständlich in ihrer transparenten Aufmachung bewegte, als wäre dies ihre Alltagskleidung, wirkte Sandra, als hätte sie sich das Outfit ausgeborgt. Sie war auch sonst nie besonders geschickt darin, sich zu schminken und herzurichten. Aber ihre tolle Figur kam in dem Leoparden-Teddy mit passenden, sehr neckischen Leo-Ankle-Boots super zur Geltung. Geschmeichelt drehte sie Pirouetten vor ihren Freundinnen, so dass ihre langen blonden Locken anmutig mitschwangen.

Aber auch Celine konnte sich sehen lassen. Sie hatte sich für sündiges Lila entschieden, das in spannendem Kontrast zu ihrer strengen Hochsteckfrisur stand. Eigentlich war sie der unkomplizierte Jeans-und-T-Shirt-Typ, und Lila war wohl die einzige Farbe, die sie bisher noch nie in ihrem Leben getragen hatte. Sich Julians Gesichtsausdruck vorzustellen, wenn er sie in den eng anliegenden, viktorianisch anmutenden schwarzen Schnürstiefeln sähe, die sich bis zur Wade an ihre lilafarbenen Spitzenstrümpfe schmiegten, war schon höchst inspirierend. Sie pfiff auf den »Frauen sollten nicht zu Sexobjekten degradiert werden«-Quatsch. Abgesehen davon, dass sie nur zu gern Julians Sexobjekt war, genoss sie es an diesem speziellen Abend, ihre Freundinnen als solche zu sehen.

»Und du erst«, erwiderte Sandra, als Celine auch ihren Mantel ausgezogen hatte. »Sieh dich nur an.« Sie strich bewundernd über Celines hauteng sitzende Satinkorsage und zupfte zaghaft an den schwarzen Spitzenschößchen, die ihren kleinen sportlichen Po betonten, auf den sie sehr stolz war. »Dass du morgen schon in unschuldigem Weiß in der Kirche stehen wirst, ist unvorstellbar.«

»Stimmt.« Celine lachte kokett und ließ die schwarzen Strumpfhalter schnalzen. Auch für sie war dies eine Premiere, doch zunächst musste sie die Initiative ergreifen.

»Keine Angst, wir werden hier ganz für uns sein«, sagte sie zu Sandra, um ihr die Anspannung zu nehmen. »Schau mal, das ist hier wie im Krankenhaus.« Sie zeigte ihr einen kleinen metallenen Knopf, der diskret an der Wand neben der Glastür angebracht war. »Wenn wir irgendwas brauchen, muss ich nur diese Klingel betätigen, und – schwupp – erscheint auch schon unser persönlicher Flaschengeist.« Sie strahlte.

»Wie funktioniert das denn?«, fragte Vera.

»Ach, alle Separees haben Nummern, und wenn ich da draufdrücke, leuchtet an der Bar unsere Nummer auf. Dann schickt der Barkeeper jemanden vorbei. Aber ich habe darauf bestanden, dass wir ausschließlich von einer Frau versorgt werden. Also, entspannt euch. Wir sind hier, um Spaß zu haben.«

Den Begrüßungschampagner hatte Celine schon vorbereiten lassen und reichte jeder ein Glas davon.

»Hier. Zum Einstimmen.« Mit einem vielsagenden Lächeln stieß sie mit ihren Freundinnen an. »Auf einen unvergesslichen Abend.« Sie trank das Glas in einem Zug leer und stellte es ab. »Ich hoffe, ihr seid hungrig.«

Noch lag das Separee fast im Dunkeln, nur die Milchglasscheibe ließ gedämpftes Licht von außen durchdringen. Das hatte sich Celine so ausgedacht. Sie stellte sich neben der Tür auf. Die Aufregung war ihr anzusehen, ihre Wangen glühten.

»Seid ihr bereit?«, fragte sie. Ohne die Antwort abzuwarten, schaltete sie die Beleuchtung ein. »Das Buffet ist eröffnet.«

Auf den schwarzen Lacktischen wirkten die in ein buntes Lichtermeer getauchten Körper wie leblose Kunstobjekte. Sandra presste die Hand vor den Mund. Sie war nicht imstande, auch nur ein Wort zu sagen, und bewegte sich nicht von ihrem Platz. Vera trat neugierig näher und pfiff durch die Zähne.

»Das ist definitiv das heißeste Buffet, das ich je gesehen habe«, sagte sie, jedes Wort einzeln in den Raum stellend. »Besteck gibt's nicht«, sagte Celine begeistert.

Der eine Teil des lebendigen Stilllebens, das sich ihnen in der Mitte des kleinen Raumes bot, war eine üppige Sirene, deren Locken sich wie ein blutroter Wasserfall über den schwarzen Lacktisch ergossen, umringt von Schüsseln und Schälchen mit Dips und Saucen. Ihre weiße Porzellanhaut bot die ideale Leinwand für ein köstliches Arrangement aus Fleisch, Sushi und Gemüse. Glänzende Sashimischeiben waren wie Blütenblätter um ihren Bauchnabel drapiert, in dem sich anmutig ein Wasabihäufchen türmte. Celine freute sich schon darauf, die süßscharfen Ingwerscheibchen von ihren rosafarbenen Brustwarzen zu knabbern. Meeresgetier, hauchdünnes Carpaccio, kleine feine Medaillons, cremiges *vitello tonnato* und alle Arten von öltriefenden Antipasti bedeckten den Rest ihres wie hingegossenen Leibes.

Vera sah ihr ins Gesicht und stellte sich vor. Ohne sich zu bewegen, blickte die Rothaarige sie an und lächelte. Celine hatte darauf bestanden, dass die Mädchen nicht sprachen.

»Ich dachte, wir geben ihnen eigene Namen. Was haltet ihr davon?«

»Milva. Du siehst aus wie Milva, als sie noch jung war«, sagte Vera zur rothaarigen Vorspeisenplatte. Die schmunzelte und rollte die Augen erwartungsvoll rüber zu Celine.

»Wie wär's mit Aphrodite?«, schlug diese vor.

»Die Schaumgeborene? Ja, das passt«, meinte Vera. »Komm, Sandra, sag hallo zu Aphrodite.«

Sandra trat zu ihnen. Sie vermied den Blick auf Aphrodites nackten Körper, sah ihr angestrengt ins Gesicht und hauchte so leise, dass es fast vom Wummern der Disco-Musik aus dem Club übertönt wurde: »Hallo, ich bin Sandra.«

Die schwarze Schönheit, die auf der anderen Seite der Tafel in einem Bett von saftig-reifen Früchten lang ausgestreckt lag, war die verführerischste Dessertplatte überhaupt. Auf ihrer glänzenden Ebenholzhaut sahen die sündigen Cremetörtchen, mit Zitronensahne gefüllten Baisers, das Tiramisu und die schwarz-weiße Schokoladenmousse himmlisch verlockend aus. Sofort bekam Celine Lust, ihr jeden einzelnen Bissen von den großen, sinnlichen Lippen zu klauben.

Ja, in Celines Traum waren es viel mehr Frauen gewesen, ein Knäuel von nackten Frauenleibern, ähnlich einem allegorischen Gemälde. Aber diese beiden reichten ihr, vor allem, weil das Separee so lauschig klein war.

»Bedient euch doch«, ermunterte sie die Freundinnen.

Mit spitzen Fingern fingen Vera und Sandra an, Sushistückchen von Aphrodites kurvenreichem Körper zu picken und sie in die Sojasauce zu tunken. Celine hingegen neigte sich nach unten und schloss die Lippen zaghaft um ein Stückchen butterweichen Thunfischbauch. Als ihre Lippen die fast transparente Haut von Aphrodites Bauchdecke berührten, spürte sie, wie diese erschauderte. Das machte sie an. Es machte sie an, die Macht über diese Frauen zu haben. Es machte sie an, die

Regie zu führen. Wieder neigte sie sich über den weichen Leib. Diesmal vollzog sie die Berührung ganz bewusst. Sie ließ die Lippen auf die warme Haut der Frau niedersinken und dort verweilen. Ihre Zungenspitze schnellte hervor und verursachte einen nassen Fleck dort, wo sich eben noch eine Garnele befunden hatte. Der Geschmack von eingelegtem Ingwer, kombiniert mit dem der duftend zarten Haut, war einfach himmlisch. Da, wo die Ingwerscheibe gelegen hatte, reckte sich ihr nun eine harte, rosige Brustwarze entgegen. Sie stülpte ihre Lippen darüber und kostete. Die Erektion der winzig kleinen Sinneszäpfchen erregte Celine nur noch mehr.

Aus den Augenwinkeln sah ihnen die Schwarze zu. Hätte sie sich bewegt, wäre das ganze Dessertbuffet zu einem Berg Matschpampe verlaufen.

»Keine Angst, zu dir kommen wir noch, Süße«, sagte Vera mit einem Augenzwinkern. »Wie findet ihr Josephine?«

Sie trat zu ihr und strich der dunkelhäutigen Schönen, deren lange, feingliedrige Statur tatsächlich der berühmten Tänzerin Josephine Baker glich, zärtlich übers Haar. »Möchtest du, dass wir dich Josephine nennen?«, fragte sie. Die Frau nickte vorsichtig.

Mit jedem Bissen wurde Celine wagemutiger.

»Ich möchte, dass du deine Zunge rausstreckst«, wies sie nun die Rothaarige an. »Und dann möchte ich von dir gefüttert werden wie ein Spatzenjunges.«

Die schwarzhaarige Vera, die in ihrem transparenten schwarzen Tüll extrem verführerisch aussah, lachte.

»Du kommst auf Ideen. Hätt' ich dir gar nicht zugetraut.«

Sie hatte ein Korselett an, das mehr preisgab als verbarg. Die einfachen schwarzen Nahtstrümpfe wirkten beinahe altmodisch und erinnerten an die Pin-up-Fotos der Fünfzigerjahre, was durch die schwarzen Lackpumps noch unterstrichen wurde. »Aber ich bin dabei.«

Erwartungsvoll beugte sie sich zum Mund der Rothaarigen vor.

Celine legte der Schönen ein Sashimistückchen nach dem anderen auf die ausgestreckte rosige Zunge, und dann schlossen sie abwechselnd ihre Lippen darum und schluckten den dargebotenen Fisch artig wie die Robbenjungen. Celine merkte sehr bald, dass Aphrodite davon nicht unberührt blieb, denn mit flinker Zunge erwiderte sie Celines Kuss. Das hätte sie nie gedacht … es war ein völlig anderes Gefühl, als von Julian geküsst zu werden. Dickes fluffiges Daunenbett contra Isomatte. Nun wollte es Celine wissen. Sie löste die Lippen von Aphrodites und presste sie auf den Mund ihrer überraschten Freundin Vera. Auch die war sofort mit von der Partie – stürmisch, fordernd, leidenschaftlich. Wow, dieser Kuss ging Celine durch und durch. Ihre Knie zitterten, dabei war das erst der Anfang. Instinktiv hielten sie sich aneinander fest und sahen sich in die Augen, als sich ihre Lippen voneinander lösten. Veras schwarze Augen funkelten wie Edelsteine.

Celine durchflutete eine Welle purer Liebe. Sie wollte auf gar keinen Fall, dass Sandra so im Abseits stand. Dieser Bund war einer zwischen ihnen dreien. Sie sah Sandra in die Augen, und ohne den Blick von ihr abzuwenden, ging sie um den Tisch herum zu ihr. Zärtlich strich sie ihr über die blonde Mähne und ließ die Hand sanft in ihrem Nacken ruhen, während sie die Lippen auf Sandras legte.

Nur einen Augenblick verwehrte Sandra Celine den Zutritt, dann öffnete sie die Lippen und gewährte der Freundin Einlass. Warm, zart und zaghaft war dieser Kuss, aber Celine konnte deutlich spüren, wie Sandra ihren Widerstand nach und nach aufgab. Und auf einmal strich Sandras Hand über ihren Körper, erforschte zärtlich dessen Konturen. Celines Haut glühte fiebrig, dennoch bekam sie eine Gänsehaut. Sie sah in Sandras türkisfarbene Augen und wusste: Jetzt war der Bund besiegelt.

Eine Weile darauf hatte Celine einen verrückten Einfall. Sie neigte den Kopf zu Aphrodite, die still und ergeben auf dem Buffet lag, strich ihr behutsam eine Locke zurück und flüsterte ihr etwas ins Ohr. Die Rothaarige überlegte einen Moment und spreizte dann langsam die Beine. Sanft nahm Celine ihre Beine auf und winkelte sie an, so dass die Vulva zu sehen war.

»Gib mir mal ein Kissen«, sagte sie zu Vera, die auf einem weißen Ledersessel Platz genommen und sie beobachtet hatte. Jetzt hob sie den Hintern vom Sessel, nahm das schwarze Lederkissen, auf dem sie gesessen hatte, und ging damit zu Celine.

»Was hast du vor?«, fragte sie.

Celine schob die Hände unter den Po der Roten und hob sie an. Die reagierte und machte gleich eine Brücke.

»Gib mal her«, sagte Celine, nahm das Kissen von Vera entgegen und legte es Aphrodite unter den Po. »Jetzt leg dich wieder hin«, sagte sie. Dann griff Celine nach der Champagnerflasche und setzte sie an der Vagina der Rothaarigen an. Langsam, Millimeter für Millimeter, schob sie den Flaschenhals in die weiche Öffnung. Und neigte die Flasche so weit, bis die Rote leicht zusammenzuckte.

»Wie fühlt sich das an?«, fragte Sandra, die neugierig zusah. »Brennt das nicht?«

Die Rote lachte ein bisschen verschämt und sah zu Celine. Die nickte ihr zu. Erst dann antwortete sie Sandra: »Nein, gar nicht, es ist nur kalt und kitzelt ein bisschen.« Jetzt konnte Celine ein Gluckern hören. Sie beugte sich hinunter und zog den Flaschenhals behutsam aus der glatt rasierten Vagina. Kaum war er draußen, setzte sie schnell ihren Mund an der Öffnung an und schlürfte den prickelnden, inzwischen warmen Saft, der aus dem Leib der schönen Liebesdame nur so herausschoss.

»Schmeckt das geil!« Der Champagner-Mösensaft-Cocktail

rann an ihrem Kinn herunter. »Wer hat Durst?«, rief sie ihren Freundinnen zu.

Die beiden Frauen sahen sich an.

»Jetzt spinnst du wirklich«, meinte Sandra.

»Kommt, das müsst ihr probieren«, erwiderte Celine und wischte sich das Kinn mit dem Handrücken ab. Da schob ihr Vera einfach ihre Zunge in den Mund.

»Hmmm, ja. Gut.«

Celine lachte und leckte sich über die Lippen. Sie neigte sich erneut zum Schoß der Roten, goss ihr den prickelnden Saft ein und ließ ihn sich in den Mund laufen. Genüsslich schob sie die Zunge in die heiße Quelle und leckte sie sorgfältig aus. Nun begann ihr eigener Schoß heftig zu glühen.

»Komm, lass mich mal.« Sanft schob Vera sie zur Seite, um sie am köstlichen Champagner-Brunnen abzulösen.

Sandra traute sich zwar selbst noch nicht ran, aber der Anblick der lusttrunkenen Frauen ließ sie nicht ungerührt. Als Celine zu ihr kam und ihr einen Schluck heißen Mösen-Champagner aus ihrem Mund kredenzte, schob ihr Sandra ganz frech einen Finger in den glühenden Schoß.

Celine stöhnte auf und spreizte die Beine. Genau deshalb hatte sie darauf bestanden, dass niemand einen Slip trug. Sandra verstand die Einladung und ließ ihren Finger tiefer in den Schoß der Freundin gleiten.

Oh, wie gut das tat! Sandra machte eine richtige G-Punkt-Landung, aber Celine wollte auf keinen Fall jetzt schon kommen.

Als Vera vor der Schwarzen auf das Tischende klopfte, entzog sich Celine schweren Herzens Sandras Fingerspiel.

»Komm hierher. Hier an den Rand«, sagte Vera, und Josephine gehorchte. Dafür wurde sie ja bezahlt. Abgesehen davon war das hier allemal lustiger, interessanter und sinnlicher, als von einem dicken, schwitzenden Typen bestiegen zu werden. Ohne sich aufzurichten, rutschte sie mit ihrem nackten Hintern vorsichtig an den Rand des Tisches.

»Ja, so ist's gut. Und jetzt mach die Beine breit.« Josephine stellte die Füße neben ihren Körper, so dass ihre dunkle Grotte weit auseinanderklaffte.

»Wie schön du bist«, sagte Celine, nahm eine Erdbeere vom Buffet, tunkte sie in weiße Schokoladenmousse und steckte sie in Josephines Spalte. Die zuckte kurz zusammen und ließ ein kehliges Lachen hören. »So, jetzt bedient euch«, bot Celine ihren Freundinnen die exklusive Beerenspeise dar.

»Ich finde, wir sollten beides zusammen versuchen«, sagte Vera und bat Aphrodite, sich neben Josephine an der Tischkante zu positionieren. Welch ein Anblick, als beide ihnen ihre appetitlichen Venushügel darboten.

In die hoch aufgereckte Vagina der Roten schütteten sie Champagner, in die Spalte der Schwarzen schoben sie abwechselnd alle möglichen Früchte. Als Braut gebührte Celine der Vortritt. Gespannt sahen Vera und Sandra zu, wie sie als Erste einen Schluck Champagner aus dem weichen, feuchten Schoß Aphrodites nahm, ihn im Mund behielt und dazu die süße Schokobeere aus dem Schoß der anderen lutschte. Dann kam Vera an die Reihe. Aber bevor sie alles runterschlucken konnte, trat Sandra zu ihr, küsste sie und nahm die Alkohol-Früchte aus ihrem Mund entgegen. Vera lachte prustend. Doch das reichte Sandra nicht mehr. Wie selbstverständlich wanderte ihre Hand zum Schoß der Freundin und streichelte die samtige Haut ihrer Vagina. Ja, so war sie. Wie ein Marathonläufer kam sie langsam in Fahrt, steigerte ihr Tempo gemächlich, aber stetig, lief irgendwann zu ungeahnter Höchstform auf und hielt dann länger durch als die anderen.

Vera nahm Sandra an der Hand und zog sie zu dem weißen Sessel hinüber. Sie legte sich in den Sitz und spreizte ihre Beine über beide Lehnen. Kniend hatte Sandra freien Zugang zu

Veras sehnsuchtsvoller Klitoris. Und sie wusste genau, was zu tun war.

Dass sich ihre beiden Freundinnen endlich miteinander vergnügten, spornte Celine richtig an. Noch nie hatte sie den Orgasmus einer Frau erlebt. Sie wollte Josephine zum Höhepunkt bringen, wollte sehen, wie sie stöhnte, wie sie sich wand, aufbäumte und zuckte.

»Knie dich hin und präsentier uns dein Fötzchen«, sagte sie zu ihr. »Zeig uns, was du hast.«

Geschmeidig wie eine Raubkatze setzte sich die Frau auf und drehte sich um. Fassungslos sah Vera mit halbgeöffneten Augen zu, wie Celine ihre Hand mit einer öligen Auberginenscheibe einrieb. Das war ja wirklich eklig. Unbeirrt grinste Celine sie an, als sie Josephines Pobacken so weit mit beiden Händen spreizte, dass sie einen guten Einblick hatte.

»Komm, ich will alles sehen.« Tief schob sie ihren eingeölten Mittelfinger in die weit geöffnete Scheide der schwarzen Gazelle, die vor ihr an der Tischkante kniete. Was für ein geiler Anblick, ihre weiße Haut auf der dunklen. Den G-Punkt hatte sie schnell gefunden (Warum hatten die Männer eigentlich so eine Mühe damit?) und reizte ihn so lange, bis Josephine die Augen schloss und sich wand wie ein Fisch auf dem Trockenen. Aber trocken war da gar nichts. Sie war pitschnass, so nass, dass ihre Vagina im Nu weiter wurde. Da schob Celine noch einen Finger nach, und sobald sie wieder weniger Widerstand spürte, einen weiteren. Es dauerte nicht lange, da hatte sie ihre gesamte Hand in der nassen heißen Höhle versenkt. Josephine schrie laut auf, presste ihr aber bei jedem Stoß ihren Schoß entgegen. Auf einmal stand Vera neben ihr, packte Josephines muskulöse Pobacken und zog sie auseinander. Josephine stöhnte auf. Aber damit nicht genug, führte Sandra doch glatt ihren Mittelfinger in das kleine Löchlein ein, das Vera da zum Vorschein gebracht hatte. Den Finger ihrer Freundin durch das dünne Häutchen zu spüren, brachte Celine schier um den Verstand. Mit ihrer freien Hand begann sie, ihre eigene Klitoris zu reiben. Gott sei Dank war die Geräuschkulisse aus dem Club so laut, dass ihre Lustschreie draußen nicht zu hören waren, als sie zusammen mit Josephine zum Höhepunkt kam.

Stunden waren vergangen, als Celine, Vera und Sandra selbst auf das abdekorierte Buffet stiegen und sich gackernd in den Essensresten wälzten. Celine hatte Josephine und Aphrodite mit einem üppigen Trinkgeld bedacht und nach Hause geschickt. Komische Vorstellung, dass sie diese beiden Frauen, mit denen sie solch intime Momente erlebt hatte, wahrscheinlich nie wieder sehen würde. Satt waren sie alle drei schon längst, aber gesättigt waren sie noch immer nicht. Lustvoll leckten sie sich Fischfetzen, Tiramisu-Pampe, Baisertörtchen mit *tonnato*-Sauce und Carpaccio an Schokomousse von und aus den nackten Körpern der anderen. Erst als ihre freundliche Bedienung zaghaft an die Hintertür klopfte und sie auf die Sperrstunde des Clubs aufmerksam machte, ließen sie endlich voneinander ab.

»Und? Hast du mir was zu beichten?«, fragte Celine ihren Mann, als sie gemeinsam an ihrem Hochzeits-Buffet standen.

»Ach, nur das Übliche«, antwortete Julian ausweichend.

Celine zwinkerte Vera zu. Dann pickte sie eine Erdbeere aus der Dekoration, tunkte sie in die Schokoladenmousse und steckte sie sich in den Mund.

»Du schmeckst so sexy heute, Liebling. Ich kann es gar nicht erwarten, mit dir allein zu sein«, flüsterte Julian ihr ins Ohr. Er zog sie an sich und küsste sie. Celine behielt den Blick dabei auf Vera gerichtet, die gegenüber am Buffet auch eine Erdbeere zwischen die Zähne nahm und genüsslich daran lutschte. Als

Sandra das sah, kam sie dazu. Sie umfasste Vera an der Taille und leckte ihr lüstern über den Nacken. Herausfordernd sahen sie Celine an und lachten.

»Die wilden Zeiten sind vorbei, Schatz«, sagte Celine so laut, dass ihre Freundinnen es hören konnten. Sie wandte sich Julian zu, küsste ihn zärtlich und packte sich eine Ladung Kartoffelsalat auf den Teller.

Die Gottesanbeterin

»Das darf doch nicht wahr sein!«, flucht Philip. Wie jeden Morgen ist er in seinem sportlichen Zweisitzer auf dem Weg zur Arbeit, und kaum hat er sich aus seiner ruhigen Seitenstraße in den zähfließenden *Stop-and-Go*-Verkehr auf der Hauptstraße eingefädelt, geht gar nichts mehr. Immer dann hat der zweiunddreißigjährige Anästhesist dieses »Falling-down«-Gefühl. Immer dann muss er, der im OP Tag für Tag an der Rettung von Leben beteiligt ist, an *Michael Douglas* denken, der nach einem Stau jede Menge Leben auslöscht.

Eine weiträumige Polizei-Absperrung vor dem Nachtclub *SPICE* reißt Philip aus seiner morgendlichen Routine. Ein Krankenwagen, mehrere Streifenwagen, zivile Einsatzfahrzeuge und ein Ü-Wagen parken kreuz und quer vor dem rot-weißen Absperrband, dazwischen die unvermeidliche, glotzende Menschenmenge. Direkt vor dem Tatort kommt sein Sportwagen zum Stillstand. Aufmerksam beobachtet er das Geschehen, etwas anderes bleibt ihm sowieso nicht zu tun. Während sich zwei uniformierte Polizisten bemühen, die Gaffer zurückzudrängen, laufen andere Beamte geschäftig hin und her. Wie im Freitagabendkrimi, denkt Philip. Er kann von seinem Standort aus sogar den einen oder anderen Reporter ausmachen, der in sein Diktiergerät murmelt oder etwas in seinen Notizblock kritzelt. Eine Fernsehkamera ist auf einen übermüdet aussehenden Mann inmitten des Getümmels gerichtet, wahrscheinlich ein Kommissar, der in ein riesiges Plüsch-Mikrofon spricht, das ihm von einem TV-Reporter vors Gesicht gehalten wird. Hinter ihm erhebt sich eine Frau von dem weißen Kreideumriss eines Menschen, der auf die Erde gezeichnet ist. Die kenn ich doch, denkt Philip. Wie heißt sie noch? Richter. Petra Richter? Ja, genau, Petra.

Die Rechtsmedizinerin Petra Richter nimmt ihren Koffer vom Boden auf und geht auf den bei Tageslicht trostlos wirkenden Eingang des Nachtclubs zu. Inmitten der ganzen herumwuselnden Menschen am Tatort steht eine Frau und sieht direkt in Philips Augen. Der intensive Blick der hübschen, blond gelockten Reporterin Stella Palmers irritiert Philip. Instinktiv wendet er sich ab. Nur einen Moment, dann besinnt er sich, lässt das Wagenfenster herunter und will ihr etwas zurufen. Doch bevor er dazu kommt, dreht sich die Reporterin zu einem Polizisten um, der erschöpft an ein Fahrzeug gelehnt steht, und hält ihm ihr Mikrofon unter die Nase. Sofort verliert Philip den Mut, schließt das Fenster und setzt den Wagen in Gang. Keine fünf Meter weiter schlägt er wütend auf sein Armaturenbrett und brüllt: »Verdammt!« Energisch drückt er ein paar Knöpfe am Autoradio und stellt die Musik so laut, dass die Lautsprecher-Boxen dröhnen.

Zusammen mit seinem Kollegen Dennis geht Philip einen dieser langen, kargen, mausgrauen Krankenhausflure entlang und auf die Cafeteria zu. Der Arztkittel seines besten Freundes sieht aus wie maßgeschneidert und lässt Philip in seinem schlecht sitzenden Kittel unscheinbar wirken. Bei genauer Betrachtung ist Philip mit seinen tiefblauen Augen und dem dichten dunklen Haarschopf attraktiver als Dennis, aber der hält sich für unwiderstehlich und lässt das auch alle spüren. Dazu gehört, dass er der zierlichen Krankenschwester Ruth im Vorbeigehen einen Klaps auf den Po gibt. Und die dreht sich mit einem koketten Lachen zu ihm um.

»Wann nehmen wir endlich diesen Gipsabdruck für die

Muster-Implantate, Süße?« Mit beiden Händen begrabscht er dabei kräftig ihre Pobacken.

Sie lässt es geschehen, entgegnet aber frech: »Bevor ich mir die eingipsen lasse, brichst du dir ein Bein.« Beschwingt tänzelt sie weiter.

An Philip gewandt, beginnt Dennis zu singen: »Die Schwester Ruth, die ist zwar ganz schön barsch …«

Entnervt legt Philip einen Schritt zu, um Abstand zu seinem Freund zu gewinnen, aber der holt ihn ein und fährt unbeirrt fort: » … doch wissen alle Ärzte, sie hat den schönsten Arsch.«

Während sich Dennis im Aufenthaltsraum einen Kaffee aus dem Automaten zapft, prahlt er mal wieder mit seinen Aufrissen. Seine Schilderungen untermalt er mit ausladenden Gesten, die Philip einen Eindruck von der körperlichen Beschaffenheit der Ausbeute des gestrigen Abends geben sollen.

Gedankenverloren lehnt sich Philip ans Fensterbrett und rührt in seiner Tasse herum. Die intensiven hellblauen Augen der Reporterin haben sich in sein Gedächtnis gebrannt.

»So hab ich's noch nie erlebt, ein einziger Hühnerstall, voll mit den heißesten Bräuten, Mann.«

Abwesend murmelt Philip: »Hmhmm.« Er versucht, sich das Gesicht der Reporterin in Erinnerung zu rufen, aber es ging alles so schnell.

Dennis lässt sich nicht von seinem Desinteresse beirren und plappert munter weiter: »Hab mich dann auf zwei konzentriert. Pam Anderson im Doppelpack, sag ich dir. Scharf wie Chili. *Con carne,* ziemlich viel *carne* sogar.« Er lacht. »Wusste gar nicht, wo ich meine Peperoni zuerst platzieren sollte.« Wieder lacht er auf, begeistert über seinen eigenen Witz. Da er Philips Reaktion für Neid hält, knufft er ihn freundschaftlich. »Hast echt was verpasst, Mann.« Philip zuckt zurück. »Und ich hab auch schon was für uns zwei Hübsche für nächstes Wochenende.« Er macht eine Spannungspause, obwohl Philip ihm immer noch keine Aufmerksamkeit schenkt. Triumphierend sagt er: »Esoterikmesse.«

»Was?«

»Den Tipp hab ich von Albert. Aus der Orthopädischen. Sagt, das ist der todsichere Fleischmarkt.« Wieder rückt er seinem Freund auf die Pelle. Doch Philip sucht Abstand zu Dennis.

»Das ist das Letzte, was ich jetzt brauche.« Er setzt sich an den Tisch und trinkt einen Schluck Kaffee.

»Klar, der ganze Budenzauber da ist Quatsch. Aber ich sage dir, Albert hat Sachen erzählt.« Dennis leckt sich lustvoll über die Lippen. »Diese Hippiebräute müssen völlig enthemmt sein.« Er geht zur Kaffeemaschine und zapft sich seine fleischfarbene, Popo-förmige Keramiktasse noch einmal voll.

»Ich weiß nicht, ob es an den Sachen liegt, die die essen oder rauchen. Wahrscheinlich sind's die Tantra-Seminare«, sinniert er und streicht mit dem Zeigefinger zärtlich über die Pobacken seiner Tasse. »Hmmm, das wär' auch mal was.« Er schmunzelt und nippt an seinem Kaffee. »Auf jeden Fall, sagt Albert, sind die zutraulich wie streunende Hunde.« Er beugt sich hinunter zu Philip und legt ihm freundschaftlich den Arm um die Schulter. »Sogar du kriegst da eine rum, mein Lieber.«

Angewidert befreit sich Philip aus der Umarmung. »Was anderes hast du wohl nicht im Kopf, oder?«

Wieder mal war Philip allein im Kino. Nach der Vorstellung lässt er sich von der dicht gedrängten, schwatzenden Menschenmenge aus dem Kinosaal nach draußen in die Nacht spülen. Aufmerksam beobachtet er die Leute um sich herum, sieht sich neugierig um, ob er irgendwelche bekannten Gesichter entdeckt. Da, vorne in der Menge, erkennt Philip Stella, die hübsche Reporterin, die ihm seit jenem Morgen ständig durch den Kopf spukt. Hastig drängelt er sich durch den Menschenpulk. Diesmal muss er sie ansprechen! Er drängt sich an ihre Seite, atmet erst einmal tief durch und sagt dann lässig: »Also, ich bin mir sicher, dass *Michael Douglas* geliftet ist.«

Stella zeigt keine Reaktion. Sie übersieht ihn einfach und wendet sich dem markant aussehenden Mann neben sich zu: »Ich würde gern noch was trinken gehen. Was meinst du, Karl?«

Philip überholt die beiden, baut sich vor Stella auf und sucht ihren Blick. Sie mustert ihn einen Moment lang fragend.

»Gute Idee«, antwortet Karl. Verständnislos sieht Philip erst Stella, dann den Mann an. Während sich beide im Fluss der Menge an ihm vorbeidrängen, bleibt er wie vor den Kopf gestoßen zurück. Er nimmt nicht einmal wahr, dass er mehrfach angerempelt wird.

»Das hat doch alles keinen Sinn.«

Dennis zieht den Schlüssel aus dem Zündschloss und schnallt sich ab. »Dieses Wochenende wirst du nicht allein zu Hause rumsitzen. Punkt!«

Philip seufzt, öffnet die Wagentür und steigt aus.

»Mensch, wann trifft man schon mal so eine Frau zweimal in einer Woche … in einem Leben?! Und dann hat sie einen Mann.«

Dennis kommt auf seinen Freund zu, betätigt die Wagenverriegelung und fasst ihn brüderlich am Arm.

»Und darum wird's Zeit, dass du dir endlich was Kuscheliges zulegst.«

»Aber doch keine Öko-Tussi! Außerdem … sie geht mir einfach nicht mehr aus dem Kopf.«

»Lass Dr. Dennis mal machen.«

Er zahlt an der Kasse der Esoterikmesse für beide und nimmt die Eintrittskarten und einen Lageplan in Empfang.

Eine der Karten reicht er Philip. Geradezu verächtlich lehnt Dennis die Prospekte ab, die ihnen von den Promotern links und rechts der automatischen Türen entgegengehalten werden, und stürmt voran.

Philip lässt sich von einem der Promoter eine Jutetasche geben, in die er die Werbeblättchen steckt, die er sich hat aufdrängen lassen, dann schließt er zu Dennis auf. Händereibend wendet sich dieser um. »Ich würde sagen, ich schau mich gleich mal nach den Tantra-Jüngerinnen um.«

Philip sieht ihn verunsichert an. »Und ich?«

»Ganz cool, Mann. Ich hab mehr Übung.« Er entfaltet den Lageplan. »Wir kreisen sie ein, o.k.? Ich geh da lang.«

»Klar. Genau so hab ich mir das vorgestellt«, antwortet Philip genervt. »Wo treffen wir uns?«

Dennis zeigt auf den Plan. »Hier, da ist ein Bistro. Ich organisier dir 'ne Öko-Tussi mit.« Er lacht und schiebt seinen Zeigefinger im Mund rein und raus, was baldigen Sex andeuten soll, aber Philip sieht nur anwidert weg.

»See you«, sagt Dennis unbekümmert, und noch bevor Philip ihn mit einer müden Handbewegung verabschiedet hat, ist er schon verschwunden.

Staunend wird Philip von der Menschenmenge von Stand zu Stand geschoben. Er sieht endlos scheinende Sortimente von Heilsteinen, Duftölen und -lampen, ökologisch unbedenklichen Klamotten und bedenklicher Literatur. Es gibt Handleser und Aurafotografen, Verkünder von Verschwörungs- und Außerirdischen-Theorien, Plakate mit Weltuntergangsdrohungen, Anbieter von Seelenwanderungs- und Selbstfindungs-Seminaren und Vertreter von allen bekannten und unbekannten Sekten. Sie bauen sich vor ihm auf, versperren ihm den Weg, drängen ihm ihre Ware auf, halten ihm Kostproben von farbloser Pampe (Speisen) und bunter Brühe (Getränke) unter die Nase. Ein Stand ist über und über mit Spiegeln dekoriert. Hier rekrutiert die umstrittene Spiegelsekte ihre neuen Mitglieder. Philip bekommt ein Flugblatt von einem beseelt lächelnden Mann gereicht, dessen Kleidung auch von Spiegeln übersät ist. Ohne einen Blick darauf zu werfen, steckt er es in eine seiner Jutetaschen. Eine junge Frau in indischen Gewändern tritt lächelnd auf ihn zu. Sie ist hübsch. Philip denkt an Dennis' Tantra-Theorien und lächelt erwartungsvoll zurück.

»Ich spüre ganz stark, dass deine Aura Schutz benötigt«, teilt sie ihm mit sanfter Stimme mit und schmiert ihm einfach ein Öl auf das Handgelenk. Er zuckt zurück, reibt sich die Stelle und geht kopfschüttelnd weiter, während sie ihm friedvoll hinterherlächelt. Doch seine Aura scheint tatsächlich schon durchdrungen, denn Philip lässt sich berühren, am Ärmel zupfen, umarmen, ohne sich zu wehren.

Voll bepackt kommt Philip in seine gepflegte Junggesellenwohnung, trägt Tüten und Jutetaschen gleich ins Wohnzimmer und lässt sie dort auf den Boden fallen. Als Erstes hört er am Schreibtisch seinen Anrufbeantworter ab. Die lakonische Elektronikstimme meldet: »Nachrichten: null«. Scheiße. Als wenn das nicht Tagesordnung wäre. Seufzend holt Philip in seiner auffallend ordentlichen, bis ins kleinste Detail durchgestylten Küche eine Flasche aus einem Weinregal und öffnet sie. Mit Flasche und Weinglas kehrt er zurück ins Wohnzimmer und stellt beides auf den flachen Couchtisch. Er setzt sich auf den weichen Wohnzimmerteppich und schüttet die Taschen und Tüten vor sich aus: Zwei Meditations-CDs, Räucherstäbchen, kleine Fläschchen mit ätherischen Ölen, allen möglichen esoterischen Schnickschnack wie eine Plexiglas-Pyramide zur Lebensmittelaufbewahrung und die Anleitung für eine Astralwanderung hat er sich andrehen lassen. Kopfschüttelnd nimmt Philip die Aurafotografie mit den bunten Farbklecksen in die Hand. Als er sich die Analyse des Fotografen ins

Gedächtnis ruft, bricht er in übermütiges Gelächter aus. Er greift nach der Fernbedienung und schaltet den Fernseher ein, macht es sich auf dem dunkelbraunen Ledersofa bequem und nimmt einen Schluck aus dem Weinglas. Beim Zappen bleibt er bei einer Pressekonferenz hängen. In dem Reporter, der gerade eine Frage stellt, erkennt Philip Stellas Kinobegleiter Karl. Er dreht lauter und beugt sich zum Bildschirm vor. Plötzlich entdeckt er unter den anderen Journalisten Stella. Er springt auf und geht näher an den Fernseher heran, gebannt auf Stella starrend. Doch drei Sekunden später macht ein Filmschnitt Stellas Impression zu einer Illusion. Enttäuscht zappt Philip ein Weilchen herum, bis er die Lust verliert und den Fernseher ausschaltet. Er steht auf und legt eine der neuen CDs ein. Sphärische Harfenklänge erfüllen den gemütlichen Raum im Kolonialstil. Die Uhr der Stereoanlage zeigt 19:03:03 an, als er auf die *Repeat*-Taste drückt.

Philip schwebt, nur mit weißen Baumwollshorts bekleidet, über den Straßen seiner Stadt. Mal hoch über den Dächern, mal knapp über dem Boden bewegt er sich durch enge wie durch breitere Straßenfluchten. Er sieht sich staunend um. Doch alles ist nur verschwommen wahrnehmbar. In rasender Geschwindigkeit ziehen Häuser, Plätze, Parks, Einkaufszentren, Baustellen an ihm vorbei. Unerwartet hat Philip wieder festen Boden unter den Füßen, dennoch ähneln seine Bewegungen eher denen von Astronauten im All. Eine desorientiert wirkende Frau mit ausgesprochen traurigem Gesichtsausdruck schwebt auf ihn zu und streckt ihm flehend die Arme entgegen. Philip versucht sie zu erreichen, aber es gelingt ihm nicht. Als er sie fassen möchte, wird die Frau wie von einer unsichtbaren Kraft ruckartig von ihm weggerissen. Sie entschwindet in einem fernen Nebel, und Philip findet sich plötzlich in einer Wohnung wieder. Im Flur einer fremden Wohnung, die er nie zuvor betreten hat. Dennoch weiß er, dass die leicht geöffnete Tür, aus der ein Lichtschein dringt, zum Badezimmer führt. Durch den Spalt sieht er Stella, die ihren Körper abtrocknet. Er sieht ihre schweren Brüste, die wie zwei reife Birnen herabhängen, als sie sich vornüberbeugt, um die Füße trocken zu reiben. Er sieht, wie ihre großen weichen Brustwarzen dabei ihre Schenkel berühren. Schenkel, so prall und saftig wie reife Pfirsiche. Er will sofort hineinbeißen, aber es gelingt ihm nicht, sich ihr zu nähern. Er sieht ihre muskulösen Arme, die kräftigen Hände, wie sie das Handtuch an ihren feuchten Schoß führen. Er sieht den hellen Flaum ihres Schoßes und dann den fast männlich durchtrainierten Hintern, als sie sich umdreht und ihren Rücken rubbelt. Er sieht den goldenen Schimmer ihrer Haut, ihrer nassen Haare, die sie schüttelt wie ein Hund. Er sieht, wie sie sich ein trockenes Handtuch umschlingt, das ihre Weiblichkeit nur ungenügend bedeckt. Er sieht, wie sie auf die Tür zukommt, sie öffnet und das Badezimmer verlässt. Zu spät weicht Philip aus, so dass sie direkt durch ihn hindurchgeht. Philip erschaudert. Und auch Stella hält einen Moment fröstelnd inne. Sie hat mich gespürt, denkt Philip, aber zu seinem Erstaunen zeigt sein Körper dabei keine Spur der üblichen freudigen Erregung. Da fällt ihm auf, dass er seinen Körper überhaupt nicht spürt. Und auch nicht unter Kontrolle hat. Alles geschieht einfach von alleine. Philip folgt Stella ins Schlafzimmer. Neben ihr schwebend wie das »*Lenor*-Gewissen«, beobachtet er, wie sie verruchte schwarze Spitzen-Knickers über ihre etwas kräftigen, aber wohlgeformten Beine zieht. Er sieht, wie sie die üppigen Brüste im passenden Spitzen-BH kaum unterbringt, so dass sie hinausquellen. Er sieht, wie sie sich behutsam einen halterlosen schwarzen Netzstrumpf über den ausgestreckten Fuß streift. Und er mag, was er da sieht. Da schrillt die Türglocke.

Philip schreckt auf. Er ist wie benommen, kann sich kaum orientieren. Bis auf den schwachen Schein einer Leselampe neben dem Sofa liegt sein Wohnzimmer im Dunkeln. Die Kerzen, die überall verteilt waren, sind heruntergebrannt und haben zusammen mit den zu Staub zerfallenen Räucherstäbchen einen harzig-süßen Duft hinterlassen. Harfenklänge schleichen sich allmählich in seine Gehörgänge. An der Stereoanlage leuchtet die Zeitanzeige in digitalem Grün: 00:07:35. Verwundert sieht Philip an sich herab. Er liegt ausgestreckt auf dem Sofa, nackt bis auf die weißen Baumwollshorts. Sein Bauch und auch seine Handgelenke fühlen sich ölig an. Auf dem Couchtisch steht eine offene Flasche Astralreise-Öl neben der Anleitung. Auf einmal ist er hellwach und springt vom Sofa.

Mit energischem Schritt und einem ebenso energischen »Morgen« betritt Philip zusammen mit zwei Assistenzärzten und Schwester Ruth ein Krankenzimmer. Sie gruppieren sich um das Bett, und die Krankenschwester reicht Philip eine Krankenakte, die er gleich öffnet und studiert.

»Hier haben wir eine neue Patientin – Alice Stein«, sagt einer der Assistenzärzte.

Philip sieht von der Krankenakte auf in das Gesicht der Patientin und erschrickt.

»Sie?«, entfährt es ihm. Alice Stein ist die traurige Frau, die er während seiner Astralwanderung gesehen hat. Wie ist das möglich?

Auch die Patientin scheint ihn zu erkennen. Philip wird flau im Magen.

»Ja«, antwortet sie zögerlich und sieht fragend in die Runde. Philip wendet sich dem Assistenzarzt zu.

»Wann ist sie eingeliefert worden?«

»Frau Stein wurde vergangene Nacht als Notfall eingeliefert – Verdacht auf akute Embolie.«

Erregt ruft Philip: »Wann genau?«

»Gegen 22 Uhr«, antwortet Ruth ein wenig erstaunt.

Der Assistenzarzt glaubt, sich verteidigen zu müssen. »Ich hatte Dienst. Ihr Zustand war so instabil, dass wir eine Not-OP durchführen mussten. Während der Narkose setzte die Atmung aus, aber wie Sie sehen, gelang es uns, sie zu stabilisieren.«

Philip läuft schwer atmend aus dem Krankenzimmer. Das war nur ein Traum. Ein komischer Zufall. An die kühle Wand des Krankenhausflures gelehnt, öffnet er den obersten Hemdknopf, weil er meint, sonst zu ersticken. Was, wenn nicht? Es gibt nur einen Weg, das herauszufinden.

Halbnackt in einem Sessel seines Wohnzimmers sitzend, reibt sich Philip die Stirn, die Handgelenke und eine Stelle oberhalb seines Bauchnabels mit Astralreise-Öl ein. Sphärische Harfenklänge verleihen dem abgedunkelten Raum eine mystische Atmosphäre. Philip lehnt sich bequem zurück. Eine Weile sitzt er still und gleichmäßig atmend da. Er muss sich zwingen, nicht daran zu denken, wie lächerlich er sich vorkommt. Ewigkeiten lang starrt er eine brennende Kerze vor sich an. Auf einmal beginnt sein Körper zu brummen und sich zu schütteln wie eine schleudernde Waschmaschine. Erst leise, dann immer stärker und zum Schluss mit 1000 Umdrehungen. Schließlich fällt er in eine Art Hypnose-Schlaf. Philips Astralleib, ein transparentes Abbild seiner selbst, verlässt den Körper und schwebt über dem Sessel langsam nach oben. Von dort sieht er sich selbst friedlich schlafend im Sessel sitzen. Einen Augenblick später findet sich Philip in Stellas Schlafzimmer wieder. Aus der Perspektive einer Deckenleuchte betrachtet er kurz die schlafende Stella, schwebt hinab, schlüpft zu ihr unter die Decke und schmiegt sich an ihren reglosen Körper. Durch den dünnen Seidenstoff ihres Nachthemdchens kann er ihre Wärme spüren. Ruhig schläft sie weiter, während er mit den Fingern ihre kurvigen Konturen nachzeichnet, die ihm jetzt schon so vertraut vorkommen. Ihre kräftige Schulter, die zarte Nackenpartie, die starken Arme, die seidig-weiche Armbeuge, die vollen Brüste und die straffe Bauchdecke.

Mmmmh, du Schöne. Ich möchte für immer hier neben dir liegen.

Erschrocken geht er auf Abstand, als sich Stella auf die andere Seite dreht. Kaum verständlich murmelt sie: »Ach, Karl … lass das«, und zieht die Bettdecke bis ans Kinn hoch.

Philip erwacht in seinem Sessel, so fit und gut gelaunt, dass er sofort joggen gehen möchte.

Im Vorraum eines OP-Saals entledigen sich Dennis und Philip nach einer gemeinsamen Operation ihrer blutbefleckten Kleidungsstücke. Meistens sind sie ein Superteam, aber jetzt liegt Spannung in der Luft. Dennis wirft seinen grünen Kittel in einen Eimer.

»Astralreisen?« Er schüttelt den Kopf. »Das nenn ich urlaubsreif.«

»Du hörst mir nicht zu, Dennis! Ich habe mich doch genauso wie du über diesen Esoterik-Kram lustig gemacht!« Mit hektischen Bewegungen zapft Philip Flüssigseife aus dem Spender und wäscht sich die Hände. »Genau wie du habe ich das alles für Humbug gehalten!« Er wird lauter. »Aber ich habe sie berührt! Ich war in ihrer Wohnung!«

Dennis boxt Philip freundschaftlich in die Seite.

»Du hast 'nen Samenstau, Alter! Ist dir in den Kopf gestiegen.«

Philip wehrt ihn mit seinen nassen Händen ab.

»Mensch, diese Alice Stein ist doch keine Einbildung! Die liegt schließlich hier!« Gereizt trocknet er sich die Hände ab. »Komm mit. Sieh sie dir an. Sprich mit ihr.« Philip wirft energisch das Handtuch in den Eimer »Sie wird's dir bestätigen!« Er will den Raum verlassen, doch Dennis hält ihn zurück. Mit sanfter Stimme, als würde er ein Kind trösten, das sich das

Knie aufgeschlagen hat, sagt er: »Ja, ja, lass endlich mal richtig Dampf ab, Alter. Ich ruf ein paar Bräute an, und wir machen gleich heute Abend einen drauf. O. k.?«

Philip reagiert sauer.

»Du merkst auch gar nichts! Sieh mich doch an, du Idiot! Ich habe eine Mordsenergie, mir geht's so gut wie schon lange nicht mehr. Ich werde weitermachen, und ich schwöre dir, ich kriege heraus, wer sie ist!« Er reißt sich los und rauscht aus dem Raum. Nachdenklich kratzt sich Dennis am Kopf.

Sphärische Harfenklänge begleiten Philip, der eine große, schwere Holztür öffnet und das Haus betritt. Er steigt die gewundenen Stufen eines alten Treppenhauses mit verschnörkelten schmiedeeisernen Geländern hoch. Die Stufen, die eigentlich unter seinen Schritten knarzen müssten, scheinen nicht enden zu wollen. Auf einmal zieht ihn eine riesige braune Altbau-Wohnungstür mit zwei Flügeln magisch an. Er will den Messingknauf berühren, da steht er plötzlich auf der anderen Seite der Tür. Das ist nicht Stellas Wohnung. Enttäuschung durchflutet Philips Astralleib. Im schwach erleuchteten Zimmer am anderen Ende des Flures, das enorm weit entfernt scheint, sieht Philip schemenhaft eine Frau, die tanzt. Er verspürt den Drang, sich ihr zu nähern. Sie ist es doch, denkt Philip verwirrt. Tatsächlich, die Frau, die für Karl, der vor ihr auf dem Sofa sitzt, einen gekonnten Striptease vollführt, ist Stella. Philips Position ist nicht ganz so günstig, denn plötzlich klebt er schräg oben in der Zimmerecke. Warum bin ich hier?, fragt er sich, kann aber nicht anders, als da oben zu hängen und zuzusehen. Zwei auf dem Boden kullernde leere Champagnerflaschen deuten darauf hin, dass die beiden ordentlich getankt haben. Die dritte Flasche steht in einem Eiskübel auf einem Tischchen neben dem Sofa bereit. In dem schwarzen Spitzen-BH, den Philip schon an ihr gesehen hat, und schwarzen Nahtstrümpfen, die an Strapsen befestigt sind, tanzt Stella auf Karl zu. Ihre Hüften schwingen rhythmisch wie Turmglocken hin und her, ihr praller Sportler-Po vibriert wie ein Wackelpudding beim Erdbeben, ihre Brüste drohen jeden Augenblick aus den zarten Spitzenkörbchen zu springen. Für Philip ein komischer Anblick, denn ihr Rhythmus passt überhaupt nicht zu den überirdischen Harfenklängen, die er hört. Lasziv lässt sich Stella auf den Schoß des lüstern grinsenden Karl sinken, um dort einen heißen *Lap-Dance* zu vollführen, der sogar Philips Astralleib aufzuheizen scheint. Mit wellenförmigen Bewegungen gelingt es ihr, jede Stelle ihres gelenkigen Körpers an Karls zu reiben. Während der ganz auf sie und seinen eigenen schwellenden Schritt konzentriert ist, beobachtet Philip, wie Stella mit einer Hand mehrere Pillen in ein Glas gleiten lässt und Champagner draufschüttet. Ohne die Augen von ihr abzuwenden, lässt Karl seine Hände an ihrem sich windenden Körper auf und ab gleiten. Sie ergreift das Glas und führt es lächelnd an Karls Lippen, der den Drogencocktail bis zum letzten Tropfen gierig in sich hineinschlürft.

Ich will das nicht sehen, denkt Philip, als Stella beginnt, Karl zu entkleiden. Er ist froh, dass sie beim teuren Markenslip Halt macht. Ziemlich benommen hängt Karl in den Polstern, während Stella aufsteht und rausgeht. Philip hört ein fernes Rauschen, als Stella zurückkommt, ihren Körper an Karls schmiegt und ihn dabei vom Sofa hebt. Albern kichernd versucht Karl auf seinen wackligen Beinen das Gleichgewicht zu finden.

Irgendwo über dem Kopfende der Badewanne schwebend, sieht Philip Stella zu, wie sie den nahezu ohnmächtigen, leise stöhnenden Karl so in die volle Badewanne legt, dass er mit dem Kopf unter die Wasseroberfläche rutscht. Unerbittlich läuft weiter Wasser ein.

Philip braucht eine Weile, bis er begreift, was sich da abspielt.

»Halt! Was machst du denn?! Hol ihn da raus!«, schreit er. Doch Stella zeigt keine Reaktion. Konzentriert streift sie sich ein Paar Gummihandschuhe über und nimmt eine Rasierklinge vom Rand des Waschbeckens. Instinktiv wirft sich Philip auf sie. Aber er fällt durch sie hindurch. Dennoch zuckt Stella zusammen. Misstrauisch sieht sie sich nach allen Seiten um. Auch Philip ist überrascht. Sie spürt mich also!, denkt er. Aber dennoch beugt sich Stella mit der Rasierklinge über den inzwischen bewusstlosen Karl.

»Lass das! Bitte! Was hast du vor?« Aufgeregt fuchtelt Philip mit den Armen, will sie wegziehen. Vergeblich – er greift ins Leere. Wie kann ich das nur steuern? Hilflos muss er dabei zusehen, wie Stella dem Mann in der Wanne mit einem routinierten Ruck beide Pulsadern aufschlitzt. Vor Karls leblos über den Wannenrand ragender Hand, an der Blutströme auf die weißen Kacheln herunterlaufen, lässt sie die Rasierklinge auf den Boden fallen. Philips entsetzter Blick krallt sich an Karls massivem Siegelring fest, der noch kurz den roten Rinnsalen trotzt, die schnell einen schaurigen, rot schimmernden Wannenvorleger am Boden bilden.

Nach Luft japsend, fährt Philip hoch. Er springt aus dem Sessel und läuft schwer atmend und orientierungslos durch seine Wohnung.

»Es ist nur ein Traum«, murmelt er vor sich hin. Vom Wohnzimmer in die Küche. Nervös fährt er sich durchs Haar. »Alles nur ein Traum. Es ist nichts passiert.« Ins Bad, ins Schlafzimmer. »Das Telefon.« Und zurück ins Wohnzimmer. »Wo ist denn das Scheißtelefon?« Er findet es unter dem Couchtisch und hämmert *110* in die Tasten. Aber dann knallt er den Hörer wieder hin und schreit: »Scheiße! Die erklären mich doch für verrückt.«

Lange vor der Stoßzeit legt Philip die gewohnte Strecke zur Klinik zurück. Jetzt sind die Straßen grau und leer. Der gleichmäßig auf seinen Wagen trommelnde Regen beruhigt ihn. Unaufhörlich drehen sich seine Gedanken im Kreis, doch eine Meldung im Radio bringt das führerlose Gedanken-Karussell in seinem Kopf zu einem abrupten Stillstand. Er stellt lauter.

»… wegen des Wasserschadens hatte die Nachbarin zunächst geklingelt und dann die Polizei alarmiert. Die Feuerwehr öffnete die Wohnungstür und fand den bekannten TV-Journalisten Karl Berger tot in seiner Badewanne auf.«

Philip wird blass.

»Die Polizei geht von einem Selbstmord aus. Die Gründe sind noch unbekannt, ein Abschiedsbrief wurde bisher nicht gefunden.« Es dauert eine Weile, bis Philip die Nachricht in den einzig richtigen Zusammenhang bringen kann. Dann tritt er das Gaspedal bis zum Anschlag durch.

»Wollte mal sehen, wie es den Kellerasseln so geht«, sagt Philip. Petra Richter lacht bitter auf und sortiert weiter glänzende Instrumente auf ein Metalltablett. Die stählernen Tische in dem großen, gleißend hell erleuchteten Raum stehen akkurat nebeneinander aufgereiht wie Züge am Rangierbahnhof. Auf einem sind unter einem weißen Tuch die Konturen einer Leiche zu erkennen. Philip macht einen Bogen darum und lehnt sich in seinem neuen, noch etwas steifen, aber viel besser sitzenden Arztkittel dandyhaft an die Theke des Seziersaales. Nichts deutet darauf hin, dass in seinem Innern seit Stunden ein verheerender Vulkan vor dem Ausbruch steht.

»Und, viel zu tun?«, fragt er betont beiläufig.

»Arbeitslos bin ich nicht gerade.« Petra geht zu einem Wandschrank, holt ein paar nierenförmige Metallschalen heraus und stellt sie auf den Tisch mit den Instrumenten.

»Bist viel draußen in letzter Zeit, was? Hab dich gesehen.«

Er grinst. »Irgendwas Aufregendes, Schauriges?« Er zieht eine Grimasse.

»Ach, hauptsächlich Suizide«, antwortet sie. Klackernde Schritte auf dem kahlen unterirdischen Gang zur Pathologie kündigen einen Besucher an.

Nur mit Mühe kann Philip seine Neugier verbergen. »Ach ja? Was denn so?«

Doch bevor Petra ihm antwortet, erscheint Stella Palmers in der Tür. Mit einem professionellen Lächeln geht sie auf die beiden zu und bleibt vor der Rechtsmedizinerin stehen.

»Einen wunderschönen guten Tag, Frau Dr. Richter.«

Philip übersieht sie mal wieder. Der wendet sich mit schreckgeweiteten Augen ab. Er muss sich ganz schön zusammenreißen, um nicht laut loszuschreien. Am besten, er konzentriert sich darauf, ihren Anblick in sich aufzunehmen. Klar, hohe Absätze, das war nicht zu überhören. Sie weiß sich in Szene zu setzen. Tagsüber scheint sie wohl die Businessfrau dem schwarz bestrapsten Vamp vorzuziehen. Die wilden Locken hat sie in einem Pferdeschwanz gebändigt. Steht ihr gut. Und unter dem kamelhaarfarbenen Kostüm wirkt ihre gestärkte weiße Bluse richtig unschuldig. Ihre ganze Aufmachung ist so frisch und normal, dass Philip Zweifel an seinen Erinnerungen kommen.

»Hallo«, antwortet Petra ihr kühl. Reporter genießen nicht besonders viel Vertrauen.

»Ich würde Ihnen gern noch einige Fragen zu dem Fall Andreotti stellen.«

Petra sieht sie fragend an.

»Dieser Mafiamord vor dem Nachtclub.«

Petra nickt. »Ah ja.«

»Hätten Sie Zeit? Jetzt?«

»Klar.« Petra zeigt auf den Tisch mit der Leiche. »Das hier hat wirklich keine Eile«, sagt sie mit abgeklärtem Ton. »Kommen Sie, wir reden am besten im Büro.« Sie geht voraus zu einer Tür am Ende des Seziersaals. »Da kriegen Sie sogar einen Kaffee von mir.«

Erst jetzt scheint Stella Philip wahrzunehmen, der sie immer noch ungläubig anstarrt. Sie taxiert ihn von unten nach oben, und anstatt der Rechtsmedizinerin zu folgen, streckt sie ihm mit einem wohlwollenden Lächeln die Hand entgegen.

»Hallo.« Schon dieses eine Wort aus ihrem Mund – rau und rauchig – klingt für Philip so sexy, dass seine Knie weich werden. »Ich bin Stella Palmers.« Endlich.

Ihn durchflutet eine Welle des Glücks. Stella. Sternenkind. Kein Wunder, dass seine Astralreisen ihn zu ihr geführt haben.

»Stella Palmers«, lässt er sich ihren Namen auf der Zunge zergehen. Und bekommt einen Steifen. Irritiert sucht er in ihren Augen nach der Wahrheit. Sie nickt und sieht ihn abwartend an.

»Ich weiß, wer Sie sind«, sagt er mit gespielter Souveränität.

»Tatsächlich?«

»Ich … äh … ich lese regelmäßig Ihre Kolumne«, fällt ihm ein. Mit den Händen in den Kitteltaschen versucht er, die deutliche Beule in seinem Schritt zu verdecken. Stella lächelt geschmeichelt, dabei blitzen kleine Sternchen in ihren Augen auf.

»Wie schön.« Sie zeigt auf den abgedeckten Seziertisch. »Schnippeln Sie auch an Leichen herum?«

Philip schießt in den Sinn, wie Stella Karl die Pulsadern aufgeschlitzt hat. Schlagartig schrumpft sein Schwanz. Schaudernd antwortet er: »N … nein.« Stella lacht. Mit weit geöffnetem Mund. Entzückend. Ihm fällt auf, was für schöne, gerade Zähne sie hat.

»Ich will Frau Dr. Richter nicht länger warten lassen.« Sie kramt in ihrer Handtasche und zieht eine Visitenkarte heraus, die sie Philip reicht. »Aber ich würde mich freuen, wenn ich mehr über Sie erfahren könnte.« Bestimmt fügt sie hinzu: »Bald. Doktor?«

Verlegen fummelt er an der Visitenkarte herum. »Philip.« Soll ich, soll ich nicht?, rast es durch seinen Kopf. Zögernd ergänzt er: »Philip Rosner.«

»Schön, Dr. Rosner«, sagt sie, so als hätten sie bereits eine Verabredung getroffen. Sie packt kraftvoll seine Hand, schüttelt sie, dreht sich um und schreitet durch die lange Gasse zwischen den Seziertischen, würdevoll und aufrecht, als nähme sie eine Militärparade ab. Philip muss sich am Seziertisch abstützen, um nicht das Gleichgewicht zu verlieren. Er hat das Gefühl, die ganze Zeit die Luft angehalten zu haben. Er sieht Stella im Büro der Rechtsmedizin verschwinden. Ein tiefer Atemzug, dann dreht er sich um und hebt vorsichtig das Tuch an. Gott sei Dank. Eine Frauenleiche. Rasch deckt er sie wieder zu und verlässt – ein wenig wacklig – den Raum.

Diesen nicht enden wollenden Arbeitstag hinter sich zu bringen, hat Philip äußerste Anstrengung gekostet. Es ist bereits Nacht, als er sich erschöpft wieder im Keller des riesigen Klinikums einfindet. Er horcht einen Augenblick in die Stille, bevor er das grelle Neonlicht anschaltet. Der Schrank, in dem die Leichen aufbewahrt werden, nimmt eine ganze Wand der Pathologie ein. Vorsichtig öffnet er eine riesige Kühlschublade nach der anderen. Manche sind leer, manche enthalten einen deprimierenden Inhalt: viel zu kleine Kinder, viel zu junge demolierte Unfallopfer, viel zu hübsche Frauen. In den beiden unteren Reihen findet er nicht, wonach er sucht. Er wirkt gehetzt. Als er eine Schublade über sich zu schnell aufzieht, schwingt ein männlicher Arm herab und versetzt Philip einen Schlag ins Gesicht. Erschrocken springt er zurück. Nachdem er sich wieder gefasst hat, packt er die grünlich-bleiche Hand

und versucht, den Arm wieder in die Kühlschublade zu befördern. Am Handgelenk ist ein feiner, aber tiefer roter Schnitt zu
sehen. Wie in Trance dreht Philip die Hand der Leiche um. Sie
trägt Karl Bergers Siegelring.

Stella schiebt eine Tür ihres Kleiderschranks auf. Sie greift hinter einen Stapel Handtücher und zieht einen abgegriffenen
Schuhkarton hervor, der mit einem Gummiband umwickelt ist.
Sie geht zu ihrem Bett, stellt den Karton auf die gehäkelte weiße Tagesdecke, die in ein Jungmädchenzimmer passen könnte, und setzt sich daneben. Sie entfernt das Gummiband, hebt
den an den Ecken eingerissenen Deckel vom Karton und legt
ihn neben eine Handvoll ungeordnet hingeworfener Zeitungs-
ausschnitte auf dem Bett. Jeden der Artikel nimmt sie einzeln
in die Hand. Den mit der Schlagzeile SELBSTMORD IN DER
BADEWANNE platziert sie neben den, dessen Überschrift 87.
DROGENOPFER: EIN PROMINENTER lautet. Und den Ausschnitt mit dem Titel DER TRAGISCHE TOD DES TOP-JOUR-
NALISTEN KARL BERGER schiebt sie darüber. Einen Artikel
nach dem anderen drapiert sie auf der unschuldig-weißen Tagesdecke sorgfältig zu einer blutrünstigen Collage. Mit einem
zufriedenen Lächeln stapelt sie die Papierschnipsel übereinan-
der und legt sie auf den dicken Haufen vergilbter Zeitungsaus-
schnitte, die sich bereits im Schuhkarton befinden – allesamt
über Selbstmorde von Männern.

Angespannt starrt Philip aus dem Fenster seines Arbeitszim-
mers in die finstere Nacht. Immer wieder wirft er einen ab-
wesenden Blick auf Stellas – inzwischen weich geschwitzte –
Visitenkarte in seiner Hand. Dann gibt er sich einen Ruck und
geht an den Schreibtisch. Mit Blick auf die Visitenkarte tippt er
eine Nummer in die Tastatur des Telefons ein. Er hält den Atem
an, bis sich eine monotone Stimme meldet: »Polizeidienststelle

13, Oberkommissar Linden.« Reflexartig unterbricht Philip das Telefonat. Er seufzt, hadert mit sich. Aus seinem Arztkittel zieht er einen Schlüssel, lässt sich auf den Chefsessel sinken und schließt die unterste Schreibtisch-Schublade auf. Er nimmt eine Kladde heraus und legt sie vor sich auf den Tisch. »ASTRALREISE-LOGBUCH – OOBE – Out-of-the-body-Experiences und ihre Auswirkungen auf die Neurotransmitter im NREM- und REM-Schlaf« ist auf dem Deckel zu lesen, den er nun aufschlägt. Enge, kleine Lettern reihen sich ordentlich aneinander. Auf einer leeren Seite in der Mitte des Buches zeichnet er eine Liste mit zwei Spalten ein. In die erste Zeile schreibt er STELLA, in die Spalte daneben das Wort POLIZEI.

Das Klingeln des Telefons lässt Philip zusammenzucken. Verstört betrachtet er den Apparat. Endlich, der Anrufbeantworter springt an.

»Hallo Philip, hier ist Stella Palmer. Es ist acht Uhr morgens, sicher zu früh für Sie.« Sie macht eine Pause. Automatisch kontrolliert Philip die Uhrzeit auf dem Display: 3.00 a. m.

Stellas raue Stimme fährt fort: »Ich habe einfach keine Geduld. Ich habe Frau Dr. Richter nach Ihrer Nummer gefragt.«

Philip spürt Wärme seinen Hals hinaufkriechen.

»Also, da ich nun den ersten Schritt getan habe … es wäre schön, wenn Sie den zweiten machen würden.« Ein Klicken. Die Maschine klackert, spult das Ansageband zurück. Stille. Philip streicht das Wort POLIZEI auf seiner Liste durch.

Philip steht allein in der Schlange vor der Kinokasse, vor und hinter ihm die obligatorischen, vertraut miteinander schwatzenden Pärchen. Aufmerksam beobachtet er das Paar vor sich, das sich noch nicht darüber einig ist, welchen Film es ansehen soll, als sich eine Frau durch die Menge nach vorne drängelt. Sie macht neben Philip Halt. Er sieht sie an und strahlt.

Stella lächelt zurück. »'tschuldigung, dass ich so spät bin.«

Sie gibt ihm einen zärtlichen Kuss und schiebt ihre Hand in seine. Er kann nicht aufhören zu strahlen.

»Weißt du eigentlich, wie glücklich ich bin, dich gefunden zu haben?« Philip stellt den silbernen Kerzenhalter zur Seite, greift über ihre beiden vollen Teller hinweg nach Stellas Hand und hält sie so fest, dass ihre Knöchel weiß werden. Stella senkt den Blick, was Philip für Verlegenheit hält.

»Lass uns essen, ja?«, sagt sie, entzieht ihre Hand der Umklammerung und nimmt ihr Besteck auf. Aber Philip beobachtet lieber staunend jede ihrer Bewegungen, als wäre sie ein faszinierendes exotisches Tierchen im Zoo. Er kann sich nicht erinnern, wann er das letzte Mal seinen Teller leer gegessen hat. Dabei sind sie heute Abend schon wieder in einem der besten Lokale der Stadt. Stellas hellblaue Augen blitzen kokett, als sie sagt: »Ich habe einen Mordshunger.« Das Wort lässt Philip zusammenzucken. Seine Augen verfolgen ihr scharfes Messer, das in ein perfektes Filetsteak sticht und ein Stück absäbelt. Blut fließt aus dem Fleisch und bildet einen schaurigen, rot schimmernden See auf dem blütenweißen Porzellan des Tellers. Stella spießt das Fleischstück auf und führt die Gabel zu Philips Mund. Er sieht dem Blutstropfen nach, der auf seinen Teller tropft. Entsetzen huscht über sein Gesicht. Er schließt die Augen. Und öffnet erwartungsvoll den Mund.

Auf hohen Absätzen stöckelt Stella den trostlosen Linoleum-Gang des Klinikums entlang. Als sie am Schwesternzimmer vorbeigeht, kommt Schwester Ruth herausgeschossen.

»Hallo!«, ruft sie. Stella reagiert nicht. »Hallo, Sie! Kann ich Ihnen helfen?«, sagt Ruth forscher. Jetzt bleibt Stella stehen, dreht sich um und macht ein paar Schritte auf die Schwester zu. Diese mustert sie argwöhnisch, wie einen unbefugten Eindringling.

»Das hoffe ich«, antwortet Stella höflich. »Ich möchte zu Dr. Rosner.« Die zierliche Krankenschwester muss zur hochgewachsenen Stella aufblicken, aber das tut sie sehr beflissen. Sie verschränkt die Arme vor der Brust.

»Tut mir leid«, sagt sie spitz. »Dr. Rosner hat gerade eine OP.«

»Ich weiß. Ich will ja nur …«

Ruth unterzieht sie einem prüfenden Blick, dann sagt sie: »Sie sind seine Frau, oder?«

Stellas Miene hellt sich auf. »Ja, richtig.«

Sofort tritt Ruth an sie heran, packt ihre Hand und schüttelt sie energisch. Ihr Ton wird milder.

»Herzlichen Glückwunsch. Ich freue mich so für Dr. Rosner. Ging ja ganz schön schnell. Ich wünsche Ihnen beiden alles Glück und …« Sie lacht. » … viele Kinder.« Endlich lässt sie Stellas Hand wieder los und führt ihre zu ihrer Brust.

»Ach, Verzeihung. Ich bin Ruth.« Sie sieht auf ihre Armbanduhr. »Er müsste in Kürze fertig sein. Aber man weiß ja nie.« Neugierig hakt sie nach: »Es ist bestimmt wichtig?«

Stella ist sich nicht sicher, ob sie auf diese Frage antworten möchte, will aber die neue gute Beziehung nicht zerstören. Zögerlich gibt sie Auskunft: »Ja. Wir ziehen heute um, und Philip … muss natürlich dabei sein. Aber dann ging sein Piepser …« Schwester Ruth reckt den Hals, um auch ja nichts zu verpassen. » … aber die Möbelpacker sind schon da … und ich, na ja, ich dachte, es ist das Beste, wenn ich ihn abhole.«

»Recht haben Sie«, sagt Ruth und berührt Stella freundschaftlich am Arm, um ihr zu demonstrieren, dass sie auf ihrer Seite ist. »Männer«, fügt sie augenrollend hinzu. »Kommen Sie, Frau Dr. Rosner, Sie warten am besten im Arbeitszimmer Ihres Mannes, und ich sage ihm gleich Bescheid.« Erleichtert schließt sich Stella der resoluten Schwester an.

In Philips Arbeitszimmer nimmt sie damenhaft auf dem Ledersofa Platz, lehnt sich zurück und lässt den Raum erst einmal in Ruhe auf sich wirken. An Philip ist wirklich ein Kolonialherr verloren gegangen, denkt sie.

Nach einer Weile steht Stella auf und wandert ziellos umher. Sie sieht sich die Buchrücken im Teakholzregal an, liest stirnrunzelnd die ihr unverständlichen Titel und wandert weiter zum Schreibtisch, nimmt hier etwas in die Hand und betrachtet da etwas. Alles ohne große Neugier, nur, um die Zeit totzuschlagen. Da liegt eine Ausgabe der Zeitschrift PSYCHOLOGIE HEUTE mit dem Titelthema ASTRALREISEN, darunter ein unordentlicher Stapel Krankenakten. Sie nimmt die Zeitschrift hoch, überfliegt den Titel und legt sie zur Seite. Viel mehr interessieren sie die Krankenakten.

Philip ist mit Dennis auf dem Weg zu seinem Arbeitszimmer. Er macht sich Gedanken, was ihn dort erwartet, während Dennis wie immer auf ihn einredet.

»Alter, du bist schon ein Fall für sich. Erst machst du ein Riesengeheimnis, ich krieg dich nicht mehr zu Gesicht, und nach 'nem halben Jahr bist du plötzlich verheiratet. Jetzt entkommt sie mir jedenfalls nicht, deine Süße.«

Müde wischt sich Philip mit der Hand über das Gesicht. Ihm ist das Ganze gar nicht recht. Aber wie immer merkt Dennis das nicht und plappert: »Bin ganz schön sauer auf dich, Alter. Nicht mal zum Trauzeugen hast du mich ernannt. Hab sie doch schon im Fernsehen gesehen. Echt scharf, deine Süße.«

»Sie heißt Stella«, wirft Philip entnervt ein.

»Dass du so auf die Kacke haust, Alter, hätte ich dir gar nicht zugetraut. Wer weiß, wenn *ich* sie zuerst getroffen hätte …«, witzelt Dennis, da hakt Philip ein.

»Ja, ja, ich weiß, dann wäre sie *deine* Süße.« Er hält an und baut sich vor seinem Freund auf. »Hör zu, Dennis, sobald wir uns eingerichtet haben, werden wir dich und wen immer du mitbringen willst – Pamela eins, zwei oder drei – zu einem offiziellen Kennenlernen einladen.« Mit drohend ausgestrecktem Zeigefinger tippt er ihm auf die Brust. »Aber jetzt ist nicht der richtige Zeitpunkt, kapiert?«

Mit dieser neuen Strenge seines Freundes kann Dennis noch nicht umgehen. Für einen Moment ist er sprachlos. Er runzelt irritiert die Stirn, murmelt: »Schon gut« und macht auf dem Absatz kehrt. Philip ist seine Erleichterung anzusehen.

Nicht ahnend, dass Philip schon so nahe ist, schlägt Stella die erste Akte auf und beginnt zu lesen. Erst zögerlich, dann immer selbstverständlicher und vertiefter. Schließlich nimmt sie die Akte in die Hand. Dabei deckt sie Philips Astralreise-Logbuch auf. Sofort legt Stella die Akte zur Seite, öffnet stattdessen die Kladde und beginnt zu lesen. Draußen nähern sich energische Schritte. Automatisch klappt Stella die Kladde zu und schiebt sie hastig unter die Krankenakten. Gerade noch rechtzeitig, denn schon fliegt die Tür auf. Freudestrahlend geht Philip auf seine Frau zu und schließt sie in die Arme.

»Schön, dass du da bist, mein Liebling.« Er gibt ihr einen zärtlichen Kuss auf die Wange, dabei fällt sein Blick über ihre Schulter auf seinen Schreibtisch. Hatte ich die Kladde nicht weggesperrt?, durchfährt es ihn. Übermütig seine Ängste überspielend, fragt er: »Ich hoffe, du hast nicht zu lange warten müssen?« Er löst sich von seiner Frau und geht um den Schreibtisch herum. »Lass uns gleich losfahren, ja?« Dabei schiebt er den ganzen Aktenberg inklusive des Reise-Logbuchs zusammen. Er nimmt den Schreibtischschlüssel aus seinem Arztkittel und schließt die unterste Schublade auf. Aufmerksam verfolgt Stella seine Aktivitäten. Bevor er alles wegräumen kann, greift sie dazwischen.

»Warte, kann ich die haben?« Sie fischt die PSYCHOLOGIE HEUTE aus dem Stapel und hält sie ihm entgegen. »Ist doch interessant, nicht?« Sie blättert darin herum und liest vor:

»Astralreisen.« Nachdenklich sagt sie: »Vielleicht schreibe ich was darüber.«

Philips Reaktion fällt nicht wie erwartet aus. Lässig gibt er nur ein kleines »Hmm« von sich und fügt hinzu: »Nimm sie ruhig mit.« Während Stella die Zeitschrift in ihre Handtasche packt, sperrt Philip die restlichen Unterlagen ein. Den Schlüssel steckt er in seine Hosentasche unter dem Arztkittel.

»Lass mich ja nicht fallen«, kichert Stella.

»Es wird Zeit, dass du mir vertraust, Frau Dr. Rosner«, sagt Philip mit fester Stimme und trägt Stella mühelos über die Schwelle. Er manövriert sie sicher um die Umzugskartons herum, die sich in allen Räumen stapeln. Ansonsten ist die moderne, großzügig geschnittene Penthousewohnung noch unmöbliert. Nur im Schlafzimmer steht ein riesiges holzgeschnitztes Himmelbett, frisch bezogen mit duftig-weißer Wäsche, auf das er sie fallen lässt.

Sie lacht. Ihr wunderbares Lachen aus vollem Mund. Er beugt sich über sie, um sie zu küssen. Und sie verstummt, empfängt seine Lippen, seine Zunge. Aber sie wäre nicht Stella, wenn sie seine Küsse nur untätig hinnähme. Mit den Zehen streift sie die Stöckelschuhe von den Füßen, die hintereinander laut auf den Holzboden klackern. Philip kann sich nicht verkneifen zu grinsen. Ohne den Kontakt zu seinen fordernden Lippen zu unterbrechen, zieht sie den Seitenreißverschluss ihres Rocks auf und windet sich aus ihm wie eine Schlange aus ihrer Haut. Kurz darauf landet der Rock auf den Schuhen. Ohne hinzusehen, fahndet Stella mit den Fingern nach den Knöpfen ihrer Bluse. Sie knöpft sie auf, einen nach dem anderen. Ihre Mundwinkel werden langsam wund von Philips Bartstoppeln, doch sie schafft es, aus den Blusenärmeln zu schlüpfen, ohne ihre Lippen von seinen zu lösen. Sie greift nach der Decke, auf der sie liegt. »Komm«, sagt sie mit dieser seltsam rauen Stimme und deckt sich zu. Allein die Berührung ihrer Lippen hat schon ausgereicht, um Philip einen Steifen zu verschaffen. Blitzschnell reißt er sich die Kleidung vom Leib. Klirrend fällt der Schreibtisch-Schlüssel aus der Hosentasche auf den Boden. Er schlüpft unter die Decke zu Stelle, die nun auch ganz nackt ist. Er schmiegt sich an ihren warmen Körper und lässt sie seinen pulsierenden Schwanz zwischen ihren muskulösen Pobacken spüren. Genau wie in seinem Traum, der jetzt so unwirklich scheint. War es denn ein Traum? Oder träumt er jetzt? Was ist Traum, was Wirklichkeit? Egal. So gut hat er sich noch nie gefühlt. Mit den Lippen zeichnet Philip Stellas kurvige Konturen nach. Die kräftige Schulter, die zarte Nackenpartie, die starken Arme, die seidigweiche Armbeuge, die vollen Brüste und die straffe Bauchdecke haben jegliche Erinnerung an irgendeine andere Frau vor ihr gelöscht. Es ist, als hätte er nie eine andere berührt, als hätte er nie eine andere geliebt.

»Los, gib ihn mir«, stöhnt sie leise und dreht sich zu ihm um.

Philip weiß, dass Stella es liebt, oben zu sein, die Kontrolle über alles zu haben. Kaum liegt sie auf dem Rücken, legt er sich auf sie und lässt sie sein ganzes Gewicht spüren. Sie windet sich unter ihm, doch je mehr sie sich wehrt, desto erregender findet Philip es, sie seine männliche Kraft spüren zu lassen und seinen heißen harten Schwanz in ihr Fleisch zu pressen, bis sie vor Schmerz aufschreit und ein bisschen, nur ein bisschen wütend ist. Sie kann nicht warten, sie kann nicht schweigen, sie kann nicht stillhalten, sie kann nicht unten liegen. Und dennoch fühlt sich Philip mit ihr so stark wie noch nie. Er liebt es, mit ihr diesen erotischen Ringkampf auszutragen. Erst dann dringt er in sie ein. Extrem langsam. Millimeter für Millimeter. Philip weiß auch, dass Stella es liebt, mit harten, schnellen Stößen genommen zu werden. Er weiß, dass sie gierig ist, und quält sie gern ein bisschen damit, sich Zeit zu lassen.

»Stoß mich«, raunt sie. Philip lächelt und küsst sie. »Los!« Erst wenn sie aufhört, sich ihm widerspenstig entgegenzustemmen, gibt auch er nach. Er packt sie, dreht sie um und führt seinen Schaft mit einem kräftigen Stoß ganz in sie ein.

»Jaaa«, stöhnt sie. »Jaaa, das ist sooo guuut. Stoß mich.« Und nun gehorcht er, glücklich, sie zufriedenzustellen, und stößt seinen Schwanz immer und immer wieder hart und tief von hinten in sie rein. So lange, bis sie sich aufbäumt und ganz still und ganz eng wird, so eng, dass auch er nicht an sich halten kann und seinen kochenden Saft in ihr ergießen muss.

»Ich möchte für immer hier bei dir liegen«, flüstert er, legt sich zu ihr und schließt sie in die Arme.

Stellas Kopf ruht auf Philips Brust. Sie hebt ihn und sieht zu Philip auf. Er ist eingeschlafen. Behutsam schlängelt sie sich aus seiner Umarmung und vom Bett, um ihn nicht aufzuwecken. Sie steht auf, beugt sich über ihn und gibt ihm einen zarten Kuss auf den Mund. Auf Zehenspitzen verlässt sie den Raum. Jeder ihrer angespannten Muskeln zeichnet sich an ihrem nackten Körper ab.

In der Küche öffnet sie eine Flasche Champagner.

Sphärische Harfenklänge holen Philip sanft aus dem Schlaf. Unangenehme Erinnerungen steigen in ihm auf. Er öffnet die Augen und sieht Stella – immer noch nackt – vor sich auf dem Bett sitzen. Er staunt über ihre Schönheit. Verführerisch lächelnd reicht sie Philip ein Glas Champagner. Wie weiß ihre Zähne sind, denkt er, setzt sich im Bett auf und nimmt das Glas. In die Musik mischt sich ein anderes Geräusch. Er lauscht. Er trinkt nicht, sitzt starr mit dem Glas in der Hand. Er hört ein Rauschen. Aus dem Bad. Das Rauschen von einlaufendem Badewasser. Irritiert sieht Philip in Stellas Augen. Das Geräusch des Badewassers wird lauter und übertönt die beruhigenden Harfenklänge. Stella lächelt ihn an. Wie sie strahlt, denkt Philip. Sie reicht ihm die Hand.

»Lust auf ein heißes Bad, Liebling?«

Philip wird schwindlig.

Lieber Pierre!

Mein Gott, wie lange war ich schon nicht mehr hier! Dieser Ort und du sind für mich untrennbar verbunden. Vor zwei Stunden bin ich angekommen, und kaum war ich da, bin ich zum Hafen runtergegangen. Ich konnte es gar nicht erwarten, habe nach deiner *Sirène* Ausschau gehalten, sie aber leider nicht gefunden. Vielleicht liegt es daran, dass sich hier überhaupt einiges verändert hat. Kann es sein, dass der Hafen größer geworden ist und jetzt doppelt so viele Boote dort liegen?

Der Gedanke daran, dass du immer noch hier wohnst, macht mich ganz nervös. Werden wir uns wiedererkennen?

Weißt du noch? Alles begann mit einer Wette. Nein, das wusstest du ja nie, das habe ich immer vor dir geheim gehalten. Tja, Pierre, nun ist es an der Zeit, dir die Wahrheit zu sagen. Na gut, dann fang ich doch gleich mal damit an.

Soll ich dir was verraten? Du hast mir anfangs gar nicht gefallen. Es war meine Freundin Elena, die dich zuerst bemerkte. Das *Coquille* war brechend voll, wie jeden Abend. Kein Wunder, es war ja das einzige Café am Ort und außerdem noch wunderschön direkt am Wasser gelegen. Hier versammelte sich alles, was vom Land ausgespuckt, vom Wind hergeweht, vom Meer angespült wurde (und hier sitze ich auch jetzt und schreibe dir). Um das mitzukriegen, braucht man nur einen Tag, und wir waren ja schon fünf Tage da und somit fast Einheimische. Obwohl es also allerlei lustiges Volk zu sehen gab, fielst du ihr auf. Elena beobachtete dich und hörte nicht auf, über dich zu reden. Sie fand, dass du wie Helmut Berger aussahst. (Du müsstest ihn kennen, er hat auch in französischen Filmen mitgespielt. Ach, was rede ich da – Filme sind doch gar nicht deine Welt.) Nun, seine Arroganz hattest du auf jeden Fall. Das war das Erste, was mir an dir auffiel. Und das war auch das, was mich anfangs abstieß. Arrogant und stolz lehntest du an dieser Säule im Strandcafé *Coquille,* die so zentral mitten im Raum stand, dass jeder Gast gezwungen war, irgendwann dorthin zu sehen. Ganz in dich versunken warst du, als existiere das ganze Getümmel um dich herum nicht.

Elena hielt dich für ein Fotomodell. Ehrlich gesagt, wie du da so standest – blond und so schmal, dass es sogar ein bisschen zerbrechlich wirkte, die Hände tief in den Hosentaschen vergraben –, hatte man den Eindruck, als gäbe es irgendwo einen Fotografen, der deine perfekte Pose inszeniert hatte. Du hattest so etwas Jungenhaftes, und das wirst du, glaube ich, auch im hohen Alter nicht verlieren. Dass deine unnahbare Pose nur ein Ausdruck deiner Schüchternheit war, finde ich viel charmanter, als wenn du wirklich der coole Dressman gewesen wärest, für den Elena dich hielt.

Ich gebe zu, es war ein netter Zeitvertreib, unsere Gedanken um dich kreisen zu lassen. An so einem winzigen Ort gibt es ja nicht viel Abwechslung. Erst sinnierten wir über deine Herkunft. Dass du Franzose bist, haben wir beide nicht erraten. Na ja, die einzigen Franzosen, die ich bis dahin gesehen hatte, waren Filmstars gewesen, und beim französischen Film sieht auch heute keiner so aus wie du. Keiner hatte so helles, glattes, sonnengebleichtes Haar, so feine, fast kindliche Gesichtszüge, so eine fragile Statur. Dann spekulierten wir Ewigkeiten über deinen Beruf, dein Alter, deinen Familienstand.

»Wetten, dass er schwul ist?«, meinte Elena.

»Quatsch«, sagte ich. »Schau doch, wie er sein Glas hält. Der spreizt keinen Finger ab.«

Aber Elena insistierte: »Der ist zu schön, um ein Hetero zu sein.«

Ich muss mich gelangweilt haben. Sonst hätte ich niemals gesagt, was ich dann sagte: »Ich beweise es dir. Eine Nacht, und er gehört mir.«

Ich sehe noch Elenas ungläubiges Gesicht vor mir. Natürlich glaubte ich selbst kein Wort davon, aber ich hatte schon ein, zwei Gin Tonic getrunken und das Gefühl, ich müsste noch irgendwas erleben, bevor ich nach Hause fuhr, wo niemand auf mich wartete, dem ich Rechenschaft schuldig war.

»Wie willst du das denn anstellen?«

»Wetten, dass ich ihn in ein paar Stunden rumgekriegt habe?«

»Nie im Leben«, konterte Elena. »Ich sage, der ist schwul.«

Und dann wetteten wir um unser letztes Abendessen – die große *plat du poissons et fruits de mer* für zwei.

Ist es in Ordnung, wenn ich mich jetzt schäme, dass du mir so wenig wert warst?

Auf einmal fand ich mich so verwegen, dass ich mir den Rest vom Gin Tonic fast aufs Kleid gekippt hätte. Dann stand ich auf und ging erst mal langsam an dir vorbei. Ich weiß, dass mein Hüftschwung legendär ist. Den habe ich Marilyn Monroe abgeguckt und übe ihn schon seit Ewigkeiten. Ich merkte, dass mich einige Männer anstarrten. Aber du arroganter Schnösel wagtest es doch tatsächlich, mich keines Blickes zu würdigen. Natürlich hast du damit mein Jagdfieber angefacht. Mir gingen schon die Gründe aus, so oft musste ich an dir vorbeistolzieren, bis ich endlich mein Ziel erreichte. Zweimal bin ich einfach nur nach draußen gegangen und habe eine nervöse Runde ums Haus gemacht. Elena triumphierte bereits. Als ich dann beim fünften Gang durchs Lokal – jetzt guckten nicht nur die Männer auf meinen wackelnden Hintern, auch die Frauen töteten mich mit Blicken – von der Damentoilette zurückkam, da sahst du mich endlich an. Den Blick auf dich geheftet, ging ich direkt auf dich zu. Genauso arrogant wie du. Mit Augenlidern auf Halbmast. Du hattest gar keine Wahl. Du musstest mich ansehen. Sonst hättest du deinen Exklusiv-Platz an der Säule aufgeben müssen, um in dem proppenvollen Lokal genauso herumgeschubst zu werden wie alle anderen. Womit ich nicht gerechnet hatte: Ich bin sofort in deinen Augen ertrunken. In diesem unglaublichen Blau, dem tiefen, geheimnisvollen Blau des Meeres. Solche Augen müssen auf den Ozean blicken, die würden im Grau der Städte erlöschen. Darum war ich auch nicht besonders überrascht, als du mir erzähltest, dass du mit dem Boot da warst. Nein, stimmt ja gar nicht. Du hast nichts gesagt. Du hast mein Vertrauen getestet und mich einfach dorthin entführt.

Nicht, dass ich mich normalerweise für unwiderstehlich halte, aber an diesem Abend fühlte ich mich sogar ein bisschen vollkommen. Ich war gut erholt, zart gebräunt, leicht bekleidet und fast beschwipst. Dennoch pochte mein Herz wie verrückt vor Aufregung, als du dich mir auf Englisch vorstelltest. Einfach nur, weil du so perfekt warst. An deinem reizenden Akzent erkannte ich sofort, dass deine Muttersprache Französisch ist. Ach Pierre, wie kommt es nur, dass auf einmal alles so einfach war? Kaum hatten wir uns angesehen, da sprachen wir auch schon Französisch miteinander. Wer hätte das gedacht: Du hattest einfach nur niemanden zum Reden. Ehrlich gesagt, selbst dann war ich mir keinesfalls sicher, dass du Frauen bevorzugst. Und um mir das zu bestätigen, hast du dir ungewöhnlich viel Zeit gelassen. Aber wenn ich so drüber nachdenke: Nichts mit dir glich dem, was man als allein reisende Frau sonst so erlebt. Einmal eintauchen in dein Meer, und ich hatte Elena vergessen. War sie nicht selbst schuld? Dass sie uns die ganze Zeit beobachtete, mir komische Zeichen gab, Grimassen zog und dann beleidigt war, war mir völlig egal. Erinnerst du dich an sie? Irgendwann kam sie zu uns rüber, um sich zu verabschieden. Wir blieben. Wir blieben, und dein Platz an der Säule wurde zu unserer Insel. Du Robinson, ich Freitag. Nichts um uns herum war noch von Bedeutung. Ich glaube, es dauerte keine Stunde, dann bezahltest du, nahmst mich an der Hand und zogst mich aus dem *Coquille*. Die Kraft in deinen schmalen Fingern überraschte mich. Du zerrtest mich durch die Nacht, durch die schmalen, kopfsteingepflasterten Gassen des kleinen Fischerortes – alles andere als ein romantischer Nachtspaziergang. Ich fühlte mich wie ein kleines Mädchen, das mit verbundenen Augen zu einer angekündigten Geburtstagsüberraschung geführt wurde. Wie aufgeregt ich war. Und wie arglos. Ich und meine drei, vier, fünf Gin Tonics (ich weiß es nicht mehr). Du hättest schließlich auch ein Vergewaltiger sein können. Ich hatte zwar Angst, in meinen hohen Schuhen zu stolpern, bei dir aber fühlte ich mich sicher und beschützt. Vielleicht lag es daran, dass du genau wusstest, wo du hin wolltest? Wir sprachen kaum auf diesem seltsamen nächtlichen Marsch ins Ungewisse. Schnell hatten wir den winzigen Hafen passiert, der das Ende des Ortes markierte. Dahinter gab es nur noch das offene Meer. Doch du gingst weiter. Auch auf den riesigen, zerklüfteten Felsen hast du meine Hand nicht losgelassen.

»Zieh deine Schuhe aus«, sagtest du, und ich setzte mich einfach auf den kalten, von der Gischt ein wenig feuchten Stein und tat es. Sonst hätte ich mir wahrscheinlich einen Knöchel gebrochen. Die Strecke kannte ich ja von meinen Tagesspaziergängen, und selbst da hatte ich in meinen Flip-Flops aufpassen müssen, wo ich hintrat. In dem klaren Wasser konnte man die Seeigel an den Felsen kleben sehen, sie sehen aus wie Wassertrüffel, dennoch kann ich mir nicht vorstellen, dass ihr sie esst. Na, ich mag ja auch keine Trüffel … Wäre ich abgerutscht, hätte ich so einen im Fuß gehabt. Du aber warst so sicher in der

Dunkelheit unterwegs, als hättest du einen Fledermausradar. Auf nackten Sohlen stapfte ich neben dir her – du trugst meine Schuhe – und musste dich immerzu ansehen. Vor Verwunderung, weil ich es nicht glauben konnte, dich an meiner Seite zu haben. Vor Bewunderung, weil dein ebenmäßiges Profil mich faszinierte. Du hast meinen Blick jedes Mal erwidert. Und dabei gelächelt. Sicher, nicht arrogant. Aber auch freundlich. Weißt du was, Pierre? Für freundlich hätten Elena und ich dich nie gehalten. Das wäre der letzte Wesenszug gewesen, den wir dir je zugestanden hätten. Aber du hattest ja noch jede Menge andere Überraschungen für mich parat.

Da, an der Spitze der felsigen Landzunge, lag einsam ein Segelboot. Tief war das Wasser dort nicht, aber furchterregend dunkel. Im Gegensatz zu deinen Augen, die leuchteten, als du darauf zeigtest und mir sagtest, dass das dein Boot sei. Da hätte ich es schon wissen müssen, der Name sagte alles: Diese Meerjungfrau war deine große Liebe und sonst niemand.

Aber du warst so ein Gentleman. Nicht jeder hätte mich auf seine Schultern gesetzt und mich übers Wasser getragen. Nicht jeder hätte mir ein weiches Bett auf Deck bereitet. Nicht jeder hätte mich dort in seinen Armen liegen lassen, ohne frech meine Gin-Verwegenheit auszunützen.

Dann der erste Kuss. Wie war das möglich? Dein weicher Mund war mir so unheimlich vertraut. Immer wenn ich dich etwas fragen wollte, stopftest du mir das Maul mit einem Kuss. Nicht die schlechteste Art, zum Schweigen gebracht zu werden.

Pierre, diese erste Nacht mit dir unterm Sternenhimmel war das Himmlischste, was ich je erlebt hatte. Gerade weil im Grunde nichts passiert ist.(Elena glaubt mir das bis heute nicht.) Nichts und alles.

Jeden Winkel deines schmucken hölzernen Segelschiffs musste ich mir ansehen. Plötzlich wurdest du zum kleinen

Jungen, der mir sein neues ferngesteuertes Rennboot erklärt. Aber du hast ja wirklich schon als kleiner Junge segeln gelernt. Gerne hätte ich den kleinen Pierre erlebt, wie er seinem Großvater auf der *Sirène*, die du von ihm geerbt hast, zur Hand ging. Ach, dein Schiff, Pierre, dein Schiff war die pure Sinnlichkeit. Ist das denn verwunderlich? Du selbst warst ja schon der Inbegriff der Schönheit, wie hätte sich dein Schiff anders anfühlen können als glatt, ebenmäßig und warm? Ich weiß noch, ich konnte meine Hände nicht von diesen Flächen lassen. Der größte Tisch direkt neben deiner Koje war nicht etwa zum Essen vorgesehen, sondern da lag ausgebreitet diese riesige Meereskarte, wahrscheinlich deine Bettlektüre. Wie winzig mir dein Bett vorkam – ich kann dir sagen, jeder andere hätte versucht, mich da hineinzubefördern. Ehrlich gesagt habe ich das auch erwartet, und ich hätte nichts dagegen gehabt, denn ich glaube, seit unserem ersten Blickkontakt war es um mich geschehen. Insofern hatte ich Elena die Wahrheit gesagt: Ich wollte, dass du mir gehörst. Darum staunte ich sehr, als du mir stattdessen ausführlich deine Route auf der Karte erklärtest. So wie dich hatte ich mir einen Seebären beim besten Willen nicht vorgestellt, aber du warst tatsächlich ein passionierter Jäger und Sammler der abgelegensten Buchten, der idyllischsten Häfen, der schönsten Liegeplätze. Solange es warm war, wolltest du die Nordsee erkunden, dann ins Mittelmeer und dort nach Lust und Laune herumschippern, bis es zu kalt dafür würde. Deine Route. Unsere Route.

Gerade weil diese erste Nacht so überaus unschuldig war, bin ich aus allen Wolken gefallen, als du mich nach drei Stunden fragtest, ob ich mit dir komme. Ich mit einem Fremden ein halbes Jahr auf einer kleinen Jolle? Undenkbar. Die größte Verwegenheit in meinem bisherigen Leben war der Trip hierher gewesen. Ohne Hotelreservierung einfach ins Blaue hineinzufahren, in einen Ort, der in keinem Reiseprospekt stand.

Eine kleine Angestellte vom Flachland unterwegs auf den Weltmeeren? Nicht mal in einem zwölfstöckigen Kreuzfahrtschiff! Was für ein verrückter Vorschlag ...

Nur ein paar Stunden auf Deck in deinen starken Armen, der unendliche Himmel über uns, der unendliche Horizont vor uns, und ich war derart entschlossen, dass selbst Elena nichts mehr dagegenhalten konnte. Ihr blieb nur, mich zu umarmen und mir Hals- und Beinbruch zu wünschen (oder wie heißt das in der Matrosensprache: Mast- und Schiffbruch?). Die große Fischplatte war wirklich unser Abschiedsessen, und obwohl ich die Wette um dich gewonnen hatte, zahlte ich. Naiv wie ich war, versprach ich Elena, aus jedem Hafen eine Postkarte zu schicken. Ich hätte ihr eine Ansichtskarte von jedem Winkel des Schiffes schicken sollen.

Ist es dieser besondere Ort oder die Jahreszeit oder einfach Bestimmung? Auf jeden Fall waren uns die Elemente damals sehr gewogen, denn wäre meine Jungfernfahrt stürmisch gewesen und nicht so traumhaft, dann wäre ich trotz allem auf Nimmerwiedersehen von Bord gegangen.

Die starke Strömung auf dem offenen Meer machte mir Angst, aber du warst der geduldigste Lehrer, den ich je hatte, und wusstest für alles eine Erklärung. Und ich glaube, ich war ein verdammt mieser Azubi. Aber in deiner kleinen Koje, in die wir Nacht für Nacht eng aneinandergekuschelt schlüpften, da tauschten wir die Rollen. Ich muss sagen, du warst ein wesentlich gelehrigerer Schüler als ich. Wie bei unserer ersten Begegnung musste ich hier die Führung übernehmen und dir die Route zu meinen unentdeckten Buchten, verruchten Häfen und lauschigen Liegeplätzen zeigen. Unsere Fahrt durch die raue, wildromantische Irische See glich einer Kneippkur: Je unberechenbarer die See, desto verlässlicher wurdest du. Als wir Großbritannien umschifften, gab es keine Häfen mehr. Da gab es kein Land. Da gab es keine Menschenseele. Nur noch den riesigen Ozean. Und uns. Dich und mich, Pierre. Nie bin ich einem Menschen so nahe gekommen wie dir in dieser Isolation inmitten der respekteinflößenden blauen Weite. Nicht eine Minute ließen wir uns aus den Augen, aus den Armen, aus dem Herzen. War das ein Omen, dass es bis zum Hamburger Hafen – meiner Heimat Deutschland – dauerte, bis wir uns endlich vollkommen vereinten?

Noch heute spüre ich deine kraftvollen und dennoch so zärtlichen Hände auf meiner Haut, Pierre. Jede einzelne Schwiele habe ich geliebt, so oft geküsst. Weißt du noch, wie wir dieses merkwürdig stinkende dänische Walfett gekauft haben und ich sie dir damit eingerieben und massiert habe? Und du mich mit deinen cremig-zarten Händen von Kopf bis Fuß gestreichelt hast, bis meine Haut so elektrisiert war, dass ich mich in die eisig kalten Fluten stürzen musste? Du bist einfach hinterhergesprungen, und wir haben uns schwimmend geliebt, wie die Delfine, mitten im prickelnd kalten Mineralwasser-Meer.

Wir erreichten Portugal, und als hätte uns der melancholische Fado-Gesang mit einem Fluch belegt, war da plötzlich eine Mauer zwischen uns. Heute weiß ich, dass dein immer wiederkehrender Rückzug in die Arroganz nur eine Fassade war, um deine Unsicherheit zu überspielen. Dass du in Wahrheit von der Angst befallen wurdest, ich könnte in Porto für immer von Bord gehen und dich wieder deiner Einsamkeit überlassen. Oder ich könnte mich mit dir langweilen. Mit dir? Welch ein Unsinn. Ich wurde nicht müde, dich zu betrachten. Nie wurde mir langweilig dabei, zu beobachten, wie du in deinem Element warst. Dein Element, das Meer. Hier warst du der sicherste Mensch. Wenn es ums Segeln, die schönen, mir ewig unverständlichen Messing-Apparaturen, dein Boot, entschuldige, dein Schiff, ging, konnte dir keiner etwas vormachen.

In der Straße von Gibraltar ist ein wilder Freibeuter an Bord gesprungen, denn in dieser Nacht hast du mich gerissen wie ein Wolf, hast mich an Deck bäuchlings auf die Planken gedrückt und mich atemlos und fordernd genommen, als wäre ich deine Beute. Ich gebe zu, ich genoss es sehr, in jedem Hafen einem neuen Pierre zu begegnen. Wenn ich morgens – lange nach dir – an Deck kam, wusste ich nie, wer mich dort empfangen würde: der balearische Urmensch, der meinen Körper mit Olivenöl und Salz bedeckte und sich lustvoll darauf wälzte, oder der stolze Torero, der mich auf seiner *capa* mit der schmerz- und lustspendenden *vara* erdolchte.

Du wärst kein Franzose, wenn du keine Austern, keinen Champagner aus dem Bauchnabel meines nackten, sonnenverbrannten Leibes geschlürft hättest, als wir uns träge in Richtung Korsika treiben ließen. Italien aber holte endgültig den Romantiker aus dir hervor. Ein nicht enden wollender Sternenhimmel, dazu Kerzen überall und viel, viel mehr Rotwein, als gut für uns war, und du fragtest mich, ob ich für immer bei dir bleibe. Habe ich »Si« oder »No« gelallt? Keine Ahnung. Mein Kater hielt an bis nach Athen und ist hoffentlich eine gute Ausrede dafür, dass ich mich nicht erinnern kann.

Die Ägäis war ein einziges Fünf-Sterne-Restaurant für mich: Jeden Tag durfte ich mir etwas wünschen, und du hast es für mich gefangen. Köstliche kleine Rotbarben, die frischesten Muscheln und sogar mal einen Schwertfisch. Vielleicht habe ich doch »Ja« gesagt, und das war meine Belohnung dafür. Du jedenfalls schienst glücklich darüber zu sein, dass ich da war. Und ich war glücklich darüber, bei dir zu sein. Vertrauen war der Schlüssel, Pierre. Erinnerst du dich, als dieser Sturm aufkam und der Wind das Wasser meterhoch über das Schiffsdeck peitschte? Mir war hundeelend von der Schaukelei. Aber du sagtest einfach: »Zieh dich aus.« Du stiegst aus deinen Sachen – auch weil ich es sonst nicht getan hätte – und halfst mir dabei, die meinen auszuziehen. Mir war ja eher danach, mich wie eine Schnecke in der Koje zusammenzurollen und zu schlafen, nur um mich nicht übergeben zu müssen. Aber du hast das nicht zugelassen. Du hast mich aus den Kleidern gezerrt und aufs schwankende Deck geschleppt. Dort hast du mich an den Mast gebunden und von hinten genommen. Deine Stöße kamen ganz natürlich. Mit jeder Welle schoss die Gischt über unsere erhitzten Körper. Mit jeder Welle ein Stoß von dir. Ich vergaß meine Übelkeit, ich vergaß, dass ich nackt mitten auf dem Ozean stand in einem mörderischen Sturm, und vertraute dir einfach blind. Alles, was ich spürte, war die Gewalt der Elemente und deiner Stöße.

Doch sobald ich mich an den einen Pierre gewöhnt hatte, wurde er von Bord geschubst, und ein anderer machte sich breit. Die Türken waren schlechte Kumpanen, denn aus dem vertrauenswürdigen Macho, der die Führung übernahm, machten sie einen, der mich kriegerisch bekämpfte. Wir landeten auf Zypern, und ich hasste dich. Da kam mir das erste Mal in den Sinn, dass es ein Fehler gewesen sein könnte, mich auf dieses Abenteuer einzulassen. Wie ungerecht, denn schon in Ägypten hast du dich auf Ausgrabungen begeben, in meinen Leib, in meine Seele. Zeit spielte hier einfach keine Rolle mehr, tagsüber zwang uns die flirrende Hitze zu einem Höhlendasein. Die hellen Stunden verbrachten wir in müßiger Umarmung in der kühlen Dunkelheit deiner kuscheligen Kabine, aber sobald die Sonne unterging, wurden wir nachtaktiv. Ständig stelltest du mich vor eine neue Aufgabe, um meine Segler-Fähigkeiten auf die Probe zu stellen. Du hast dich so sehr bemüht, mir alles beizubringen, und ich gestehe es dir nur ungern, und sicher wirst du mich schimpfen, aber ich habe nichts davon behalten.

Liebster Pierre, ich glaube, das ist wohl der wahre Grund dafür, dass wir letztendlich doch nicht Kapitän und Seemannsbraut wurden. Dein Herz gehörte nie ganz mir, und ich bin leider doch eine Landratte. Eine eifersüchtige Landratte. Nicht nur, dass ich deine große Leidenschaft fürs Meer nicht so teilen konnte, wie du es verdient hättest. Anstatt dein schwimmendes Zuhause durch deine Augen so lieben zu lernen wie du, begann ich, neidisch darauf zu werden. Stell dir vor, ich war richtig eifersüchtig, wenn deine kraftvollen Hände zärtlich über die glatt polierten Deckplanken strichen anstatt über meinen sehnsuchtsvollen Körper. Wenn du dich in der kochenden Hitze Maltas mit nacktem Oberkörper Stunden um Stunden mit der Pflege deiner Meerjungfrau befasstest anstatt mit der Pflege deines vor Liebe blinden Passagiers. Es tat mir weh, deine goldene Haut in der Sonne schimmern zu sehen und sie nicht auf meiner zu spüren. Es verletzte mich, dass deine Augen suchend in die Ferne gerichtet waren und nicht auf mich. Es schmerzte, deine Zärtlichkeit und Fürsorge für die *Sirène* nicht am eigenen Leib zu spüren. Mit jeder Seemeile, die wir zurücklegten, wuchs mein Gefühl vom Ausmaß eines Guppys zu dem eines Grauwals, dass es auf deinem Schiff, auf dem Meer keinen Platz für mich gäbe. Doch wie hätte ich dich je an Land halten können? Ich hätte es nicht gekonnt und auch nicht gemocht. Du wärst doch nur noch ein halber Mann gewesen, dein ganzer Stolz gebrochen. Mit einem Schlag seiner Schwanzflosse zerstörte der enorme Wal des Zweifels unser ganzes Glück.

Ach Pierre, die schwerste Entscheidung meines Lebens war die, an jenem Sonntag in Calvi von Bord zu gehen.

Du warst nicht da, machtest Besorgungen, wieder mal Sachen fürs Boot, da bin ich ja nie mitgegangen, weil ich immer dumm herumstand, während du dich wie im Spielzeugland fühltest. Ich packte voller Eile, geradezu panisch, als hätte ich etwas verbrochen und müsste vor der Polizei fliehen. Ja, ich floh, denn von dir Abschied zu nehmen hätte ich nicht fertiggebracht. Dann hätte ich es wohl nie geschafft zu gehen. So habe ich nur feige einen Brief hinterlassen. Auf deinem schö-

nen Briefpapier mit dem Anker-Wasserzeichen. Adresse *Sir-*
ène, Mittelmeer. Einen Bogen davon habe ich als Andenken
mitgenommen.

Wie verrückt war ich doch, mein bedeutungsloses Leben in
Deutschland wieder aufzunehmen, als wäre nichts gewesen.
Natürlich stimmt das nicht. Dass ich dir begegnet bin, hat alles
verändert, nichts in meiner Welt war mehr wie vorher, denn
du, Pierre, hast mir die ganze Welt geschenkt.

Damals dachte ich wirklich, wir hätten keine Zukunft. Wie
dumm ich doch war … Jetzt werde ich zum Hafen runtergehen
und deine *Sirène* suchen, denn dass ihr zwei noch zusammen
seid, da bin ich mir hundertprozentig sicher. Und dass wir
zwei wieder zusammenkommen, das wünsche ich mir sehn-
licher als alles andere.

Deine dich immer liebende Romy

Romy öffnete die Tür und ließ Elena ein. Sie umarmten sich
und küssten sich flüchtig auf die Wangen.

»Trinkst du einen Rotwein mit mir? Ich habe gerade einen
aufgemacht.« Romy ging voran ins Wohnzimmer.

»Gerne.«

Elena folgte ihr und betrachtete sie von hinten. Nur zu Hause sah ihre Freundin so schlampig aus: ungewaschenes, sträh-
niges Haar, ausgeleierte Jogginghosen und eine unförmige,
völlig verfusselte Strickjacke.

»Bin gleich da. Setz dich«, sagte Romy und verließ den
Raum.

Aber Elena blieb stehen und wanderte umher.

»Ich dachte, ich komme einfach vorbei. Sonst kriegt man
dich ja nicht zu fassen«, rief sie in Richtung Küche.

»Komme gleich. Hör dich nicht«, antwortete Romy von
dort. Elena sah sich im Wohnzimmer um. Wenn man eine

Weile nicht an einem vertrauten Ort gewesen ist, sucht man automatisch nach Veränderungen. Aber alles in Romys kleiner Welt war beim Alten: Helles Holz und Apricot dominierten in ihrer gemütlichen, aber etwas kitschigen Wohnung. Zu viele Pflanzen, zu viele Kuschelkissen, zu viel Nippes.

Zwischen einem Messing-Kerzenständer und zwei geblümten Porzellan-Döschen auf der Kommode lag ein dicker rosa Briefumschlag. Die Absender-Adresse war Romys, als Empfänger stand da ein *Pierre Colbert*, Anschrift gab es keine.

Elena nahm den Brief in die Hand und drehte ihn um. Er war mit einem roten Kussmund versiegelt, in dessen Mitte Romys Name in ihrer schwungvollen Handschrift prangte. Romy betrat den Raum mit einem Tablett in der Hand und stellte es auf dem Couchtisch ab.

»Wer ist denn Pierre?«, fragte Elena, während sie mit dem Umschlag wedelte. Romy griff eines der Weingläser und reichte es ihrer Freundin.

»Pierre?« Sie nahm ihr Glas vom Couchtisch, nippte daran und ließ sich aufs Sofa plumpsen. »Sag bloß, du erinnerst dich nicht an ihn?«

Elena legte den Umschlag zurück, trank einen Schluck Rotwein und fuhr nachdenklich mit dem Zeigefinger über den Rand des Glases.

»Woran sollte ich mich erinnern?«

»Na, unser Urlaub in Frankreich. Pierre. *Mein* Pierre«, sagte Romy.

»*Dein* Pierre?«

Elena kam rüber zum Sofa, stellte ihr Glas auf dem Couchtisch ab und ließ sich neben Romy nieder. Sie sah sie an.

»Du meinst doch nicht den Typen, den du damals in dem Café aufgerissen hast? Hieß der so?«, fragte sie lakonisch.

Romy seufzte. »Ja.«

»Habt ihr etwa Kontakt?« Romy antwortete nicht. »Seit

wann denn? Warum hast du mir nie was davon erzählt?«, fragte Elena ein wenig aufgebracht.

Romy lächelte vielsagend.

»Na jaaa. Nicht direkt Kontakt.«

»Aber Romy, was soll dann dieser Brief?«

Romy zuckte mit den Schultern und trank von ihrem Rotwein.

»Ich habe Fotos gefunden. Beim Ausmisten.«

»Was für Fotos? Von ihm?« Romy schien sich unter Elenas Fragen zu winden. »Das kann unmöglich sein. Du hast … warte mal, wie viel …?« Elena überlegte kurz. » …drei Stunden mit diesem Typen verbracht, oder?«

Romy sah sie beleidigt an, dann nickte sie widerwillig.

»Und ihr hattet keinen Sex, oder? Das hast du mir jedenfalls damals erzählt.« Romys »Hmmmm« konnte alles bedeuten. Mit jedem Satz war Elenas Ton schärfer geworden.

»Siehst du, ich erinnere mich sehr gut«, sagte sie spitz. Romy senkte den Blick, ihre Miene wirkte bockig.

»Aber was ist denn plötzlich mit dir los, Romy? Am nächsten Tag sind wir doch abgereist. Das war ja nicht mal ein *One-Night-Stand!*«

»Jaaaa!«

»Und?«, fragte Elena ungeduldig.

»Aber er hat mich gefragt, ob ich mit ihm auf Weltreise gehe, und ich … ich dumme Kuh, ich bin nicht mit!«

Bus 13

Cora und Elli nahmen wie immer den Bus der Linie 13, vier Stationen von ihrer gemeinsamen Wohnung entfernt. Ein Weg, den sie eigentlich hätten laufen können, aber auf den hohen Hacken war Cora wirklich nicht danach zumute. Immerhin hatte sie schon stundenlang getanzt. Selbst kurz vor eins war es draußen noch richtig heiß, und obwohl sie für ihr Leben gern zu Fuß ging, würde sie niemals barfuß, die Stilettos in der Hand, durch eine Stadt laufen. Für manche war das vielleicht eine romantische Hommage an den Film *La dolce Vita,* aber Cora war der Ansicht, dass Barfußlaufen aufs Land gehörte. Sie jedenfalls zog ihre Schuhe noch nicht mal im Bett aus – in gewissen Situationen zumindest nicht. Und selbst der Holzboden ihrer Erdgeschosswohnung war ihr viel zu kalt, so dass sie sich neben den handgestrickten Hüttenschuhen, mit denen sie ihre Mutter zu jedem Weihnachtsfest versorgte, zickige kleine Hollywood-Pantöffelchen mit Straußenfederpuscheln darauf angeschafft hatte. Beides löste bei ihren Besuchern – männlich wie weiblich – immer wieder Heiterkeit aus. Aber sie fand, dass die extravaganten Dinger ihre hohen, schmalen, sogar ein wenig knöchernen Fesseln perfekt zur Geltung brachten. Damit hätte sie locker als Fußmodel arbeiten können.

Cora und ihre Freundin Elli setzten sich in den hinteren Teil des Wagens. Sie schwatzten und kicherten ausgelassen über das soeben Erlebte, ohne zu merken, dass der Bus gar nicht losfuhr. Auch auf das hydraulische Zischen der Bustür, die sich zwar schloss, aber dann wieder öffnete, achteten sie nicht. Die hochsommerliche Luft flirrte sichtbar, die Klimaanlage knatterte ohrenbetäubend, und dennoch ließ der Busfahrer die Tür offen stehen. Nicht mal das lang anhaltende Hupen, das dann folgte, nahmen die beiden Frauen wahr.

Weitere Fahrgäste stiegen zu, nahmen Platz, verteilten sich im Wagen, aber der Bus fuhr einfach nicht weiter.

Mit einem Ohr hörte Cora, wie der Fahrer über Funk seine Zentrale informierte und Instruktionen einholte. Ihr anderes Ohr war damit beschäftigt, Ellis Analyse ihres gemeinsamen Clubbesuches zu lauschen.

»Das kann doch nicht sein, dass du den nicht gesehen hast, den Typen mit der Wollmütze. Der hat dich doch die ganze Zeit umrundet. Selbst als wir vor dem Klo anstanden, hat er sich diese blöden Flyer auf dem Zigarettenautomaten angeschaut, um dich im Auge zu behalten ...« Ellis munteres Gezwitscher vermischte sich mit den Funksprüchen, die in der Fahrerkabine ein- und ausgingen.

Der Bus Nummer 13 steckte fest.

Ein edles, hochglanzpoliertes weißes Cabrio – in zweiter Reihe geparkt – versperrte die einzige Fahrspur der schmalen Einbahnstraße. Alles Hupen hatte nichts genützt.

Der Busfahrer nahm seine Anweisungen entgegen.

»Also, der DJ war heute wieder super, oder?«

Der Busfahrer alarmierte die Polizei.

»Ich finde ja den Barkeeper sooo süß. Macht einen auf Macho mit den ganzen Tattoos, und dann ist er immer so niedlich zu uns.«

Der Busfahrer informierte die Fahrgäste über Lautsprecher, dass er vorerst nicht weiterfahren würde, es ihm leid täte, sie sich bei dem verd ... Cabriofahrer bedanken und alle aussteigen könnten.

Die Freundinnen sahen einander an. Beide waren noch ganz

aufgedreht und gar nicht in der Stimmung, die vier Stationen zu laufen und allein in ihre Betten zu kriechen. Cora hielt es mit der Rockstar-Maxime »Schlafen kann ich noch, wenn ich tot bin«, wobei sie im Gegensatz zu den Prominenten die Zuhilfenahme jeglicher *Hallowach*-Drogen entschieden ablehnte. Cora genoss man am besten pur. Nüchtern war sie am lustigsten, am fröhlichsten, am fittesten, am kommunikativsten, am schönsten, am wachsten. Sie hatte die Feststellung gemacht, dass Drogen nur die jeweilig vorherrschende Stimmung verstärkten. Wenn es ihr also gut ging, wozu brauchte sie da Drogen? Und wenn sie schlecht gelaunt war, gab es wohl nichts Überflüssigeres, als noch einen draufzusetzen.

»Der klingt lustig«, flüsterte sie Elli zu. »Komm mit.« Cora stand auf und stöckelte durch die Reihen nach vorne, darauf bedacht, dass ihre Hüften schön lasziv mitschwangen. Ihre Freundin folgte ihr kopfschüttelnd. Während einige Fahrgäste murrend und maulend aus dem Bus stiegen, ließen sich die beiden auf den Sitzen direkt hinter der Fahrerkanzel nieder.

Busfahrer sind Menschen, die man sich so gut wie nie ansieht. Sie sind einfach da, erfüllen ihre Funktion, und solange sie ihren Dienst vorschriftsmäßig verrichten, nimmt man sie nicht als menschliche Wesen wahr. Genau wie kittelbeschürzte Supermarktkassiererinnen oder Streifenpolizisten. Oder hat sich schon mal jemand das Gesicht eines *McDonald's*-Mitarbeiters gemerkt? Erst wenn etwas Unvorhergesehenes geschieht, tritt der Mensch hinter der Uniform zum Vorschein.

Dieser hier war jedenfalls erstaunlich gut aussehend, fand Cora. Und das trotz seiner sichtlichen Verärgerung. In dem großen runden Panoramaspiegel, der in der rechten oberen Ecke des Busses den Passagierraum wiedergab, konnte Cora ihn gut beobachten. Sie sah, wie er seine Zeitung – nicht das erwartete Revolverblatt, sondern die britische *Financial Times* – auf dem Riesenlenkrad ausbreitete und im Schein der kleinen Lampe las, die lediglich seinen Platz im sonst dunklen Bus voll ausleuchtete. Sie bemerkte auch, dass er von seiner Zeitung aufsah und sie ebenfalls im Spiegel betrachtete.

»Spinnst du? Das ist ein *Bus*fahrer«, zischte Elli ihr zu, und zur Untermauerung ihrer Worte stieß sie Cora unsanft den Ellenbogen in die Rippen.

So sah er gar nicht aus. Nicht wie ein Busfahrer. Er hatte etwas Weltmännisches, Erfahrenes in seinen Zügen. Typ Zigarettenreklame. Einer, den man keiner Nationalität zuordnen kann, dachte Cora, als sie das Wort an ihn richtete.

»Kommt so was öfter vor?«

Er nickte und wandte sich ihr zu. »Das ist sowieso meine letzte Tour, dann habe ich Feierabend. Ich mach mich doch jetzt nicht mehr verrückt.« Sorgfältig faltete er die Zeitung und verstaute sie in einem Seitenfach neben seinem Sitz. »Diesen Kerlen muss mal das Handwerk gelegt werden.« Er machte eine Geste zum Cabrio, das weiterhin weiß und unschuldig die Straße blockierte. »Es trifft ja keinen Armen.«

Grüppchen von schaulustigen Nachtschwärmern hatten sich darum versammelt, weitere blieben stehen. Begutachteten das Cabrio, innen wie außen, als könnte man es damit in Bewegung setzen, und debattierten miteinander über die verfahrene Situation. Ein Pärchen stieg Händchen haltend in den Bus und setzte sich. Gelassen verkündete der Busfahrer erneut über Lautsprecher: »Dieser Bus fährt derzeit nicht.«

Doch die Information glitt an den beiden ab wie Regen an Ölzeug. Unbeirrt verknoteten sie sich in der hintersten Sitzreihe ineinander, tuschelten, lächelten sich verliebt an und küssten sich lange und so ausführlich, als wollten sie für einen Eintrag ins Guinnessbuch der Rekorde üben.

Inzwischen war die Polizei eingetroffen, hatte die Aussage des Busfahrers aufgenommen und ein Protokoll angefertigt. Natürlich vor dem Abschleppwagen. Aber der bog jetzt unrechtmäßig in die Einbahnstraße ein und setzte zurück. Umständlich rangierte er herum, bis er direkt mit dem Heck vor dem Cabrio stand.

»Das wird teuer«, bemerkte der Busfahrer trocken, und seine Augen verrieten einen Anflug von Schadenfreude.

Einen kurzen Moment lang tat der Cabriofahrer Cora leid, aber da es zu ihren Moralvorstellungen gehörte, stets die Allgemeinheit zu berücksichtigen, solidarisierte sie sich sogleich wieder mit der Masse, die hier wie so oft unter der gedankenlosen Egozentrik eines einzelnen Individuums zu leiden hatte.

Durch die große Windschutzscheibe des Busses beobachteten alle drei aufmerksam, wie sich der Fahrer des Abschleppwagens an die Arbeit machte, das Cabrio seiner unausweichlichen Bestimmung zuzuführen: der polizeilichen Verwahrstelle an irgendeinem unerreichbaren Ort jenseits der Stadtgrenze.

»Was der wohl gerade macht, dass er das Hupen und das ganze Theater hier nicht hört«, sinnierte der Busfahrer. Dabei zwinkerte er Cora im Spiegel frech zu und betrachtete sie dann ungeniert von oben bis unten. Sie spürte seinen Blick förmlich über ihren spärlich verhüllten Körper streifen. Bemerkte die Anerkennung in seinen Augen, deren Farbe sie wegen des orange blinkenden Warnlichts des Abschleppwagens leider nicht ausmachen konnte. In einer anderen Situation hätte sie ihn wahrscheinlich dreist und anzüglich gefunden. Jetzt wurde ihr heiß.

Da der Motor nicht mehr lief, was um diese Uhrzeit eine unzumutbare Lärmbelästigung für die Anwohner bedeutet hätte, war auch die Klimaanlage nicht in Betrieb. Die Luft stand geradezu im Bus. Aber für Cora konnte es gar nicht heiß genug sein. Erst ab 25 Grad Außentemperatur fühlte sie sich pudelwohl. Sie, die sonst so verfroren war, liebte diese schwülen Nächte, in denen die laue Luft sanft ihre nackten Schultern streichelte. Sobald es schneite, träumte sie davon, in einer Sauna zu wohnen, aber selbst da schwitzte sie kaum. Jetzt, da die meisten ihrer Mitmenschen wegen der Hitze stöhnten, herumschlichen, die übelsten Gerüche absonderten oder sich mehrmals täglich kalt duschten und umzogen, war Cora endlich in ihrem Element. Lag es vielleicht daran, dass sie auf den Malediven gezeugt worden war?

Im Panoramaspiegel sah sie, dass einige Reihen hinter ihnen eine alte Frau Platz genommen hatte und sich mit einem Theater-Programmheft Luft zufächerte. Sie blickte interessiert aus dem Fenster, als befände sie sich auf einer Kaffeefahrt durch eine malerische Landschaft. Obwohl sie müde aussah, machte sie keine Anstalten, den Bus zu verlassen und sich auf andere Weise – zum Beispiel mit dem Taxi – an ihr Ziel zu begeben.

An manchen Tagen kam es Cora vor, als fahre der 13er direkt ins Altersheim. Da versammelten sich alle gebrechlichen Menschen ihrer Nachbarschaft auf einmal im Wartehäuschen. Mit zweirädrigen Einkaufskarren, mit Gehstöcken, gebeugt, von Schmerzen gezeichnet, verschrumpelt. Das machte ihr Angst. Cora wollte sich partout nicht mit dem menschlichen Verfall beschäftigen. Nicht mit Ende Zwanzig.

Heute Nacht beherbergte der bewegungslose Bus eine bunte, ungewöhnliche Mischung an Fahrgästen. Neben einigen Nachtschwärmern hatte nun auch eine Gruppe von Teenies – ungeachtet der immer wieder aufs Neue verkündeten Ansage des Busfahrers – den hinteren Wagen belagert. Lautstark schwatzten sie miteinander in einer codierten Sprachform, die schon Cora nicht mehr verstand. Sie neckten und knufften sich, lachten und kreischten und tippten zwischendurch wichtigtuerisch auf ihren Handys herum. Ein großer, schlaksiger Junge, dessen Gesicht vom Schirm einer weit heruntergezogenen Basecap völlig verdeckt war, sorgte mit seinem Klingelton für musikalische Untermalung. Sofort begann Elli, im Takt mitzuwippen. Auch einige der Mädchen, die allesamt wirkten wie Vorschulkinder, die sich aus dem Fundus ihrer Mütter verkleidet und geschminkt hatten, summten gut gelaunt die Melodie des bekannten Popsongs mit.

»Was zu trinken wäre gut«, meinte Cora. Aber weit und breit gab es weder eine Tankstelle noch ein geöffnetes Lokal.

»Wenn wir hier draußen sind, können wir ja was holen«, meinte der Busfahrer.

Cora und Elli sahen sich fragend an.

»Ich habe einen Freund, dem gehört die Bar *Luisa* in der Sonnenstraße. Wart ihr da schon mal?«

»Nein«, antworteten beide.

Der Busfahrer lächelte ihnen zu.

»Ich bin Peter Sontheim. Wie heißt ihr?« Er sagte »ihr«, aber Cora sah ihm an, dass er sie meinte und nur aus Höflichkeit nach Ellis Namen fragte. Sie antwortete, und plötzlich war der ganze Spuk vor der Windschutzscheibe vorbei. Die Straße war frei und menschenleer – normal für diese Uhrzeit –, als wären das Cabrio, der Abschlepp- und der Polizeiwagen nur eine Illusion gewesen.

»Los geht's«, sagte Peter der Busfahrer und ließ den Motor an. Nachdem er seine Zentrale über Funk informiert hatte, wandte er sich an Cora: »So. Jetzt habe ich zwei Stunden Zeit, um im Depot einzulaufen.« Er stand auf und stellte die Zielanzeige oberhalb der Scheibe auf »Leer« um.

»Wer von Ihnen muss jetzt wohin?«, schallte es aus den Lautsprechern. Ein Gemurmel hob an, das die nun wieder ratternde Klimaanlage übertönte.

Elli antwortete zuerst: »Berliner Platz, gleich da vorn.« Aber Cora presste ihr schnell die Hand auf den Mund und flüsterte: »Wir wollen doch noch nicht nach Hause. Wir bleiben noch ein bisschen.«

Im Spiegel sah sie Peter grinsen.

»Ich wohne St.-Wolfgang-Straße 17«, meldete sich zaghaft die alte Dame, indem sie ihr Programmheft hob. Fast wäre ihre Ansage im Gegröle der ausgelassenen Jugendlichen untergegangen, die ihr Fahrtziel alle durcheinander in Richtung Fahrerkanzel brüllten.

Peter überlegte einen Moment, bevor er das schwere Gefährt in Bewegung setzte.

»He, mach doch mal das Licht an«, rief einer der Jungs nach vorne. Aber das Wageninnere blieb dunkel.

»Wollt ihr nach Hause gefahren werden, oder wollt ihr hier aussteigen? Dann haltet die Klappe und setzt euch«, tönte es streng aus den Lautsprechern. Und schon verebbte das unruhige Treiben.

Nach der ersten Haltestelle, an der niemand stand oder ausstieg, bog der Bus in eine Straße ab, in der noch nie ein Linienbus gesehen worden war.

Elli suchte Coras Blick und kicherte wie ein Kind, dem ein Streich gelungen war. An einem Taxistand staunten die Fahrer nicht schlecht, als der unbeleuchtete Koloss schwerfällig durch die engen Straßen manövrierte. Die wenigen Passanten blieben stehen und sahen ihm mit offenen Mündern hinterher.

In einer Seitenstraße hielt der Bus an, die Türen öffneten sich, und »St.-Wolfgang-Straße« wurde verkündet. Eine Haltestelle, die in keinem Fahrplan stand. Artig bedankte sich die alte Dame und stieg aus. Es folgte das verliebte Pärchen, das seine Umarmung auch beim Aussteigen nicht löste, und schließlich wurden sie einige der Jugendlichen los, was den Lärmpegel innerhalb des Busses erheblich senkte. Der Handy-DJ war noch da, und Elli setzte sich gut gelaunt zu ihm und schwatzte auf ihn ein.

Während die übrigen Fahrgäste die Routenänderung wie selbstverständlich hinzunehmen schienen, meinte Cora zu

Peter: »Ganz schön riskant, was Sie da tun. Das kann Sie doch Ihren Job kosten.«

Er lachte bitter auf. »Meinen Job? Meinen Job, den habe ich schon längst verloren.«

»Wie meinen Sie das?«

Er sah sie im Spiegel an. »Glaubst du, liebe Cora, dass ich als kleiner Junge gesagt habe: Ich möchte mal Busfahrer werden?«

Sie musterte ihn für einen Augenblick. Nein, natürlich nicht, das hatte sie sich ja gleich gedacht.

Jetzt duzte sie ihn auch. »Was wolltest du denn mal werden?«

»Pilot.«

»Und warum bist du's dann nicht geworden?«

»Bin ich doch«, entgegnete er bestimmt.

»Quatsch«, lachte Cora auf, und Elli, die sich wieder zu ihnen gesellt hatte, murmelte: »Träum weiter.«

»Wenn du bis zum Schluss im Bus bleibst, beweise ich es dir«, sagte er, wieder mit einem schelmischen Zwinkern seiner erfahrenen Augen. Cora durchfuhr ein wohliger Schauer. Fast hätte sie sich geschüttelt. Huuuuuh, der könnte ihr gefährlich werden.

Elli sah ihre Freundin erwartungsvoll an. In ihrem Blick war »Bloß nicht!« zu lesen.

Doch Cora sagte: »Einverstanden« und bekam dafür wieder Ellis Ellenbogen zu spüren.

Sie kamen in die Sonnenstraße, und er hielt den Bus an, öffnete die Fahrertür, stieg aus und drehte sich noch mal zu den beiden jungen Frauen um.

»Ihr wartet hier, ich bin gleich zurück.«

Er hatte immer noch die Autorität eines Piloten. Stewardessen nannten ihre Piloten sowieso immer Busfahrer.

»Ach, sieh mal, da ist ja diese *Luisa*-Bar«, meinte Elli.

Aber Peter verschwand im Hauseingang daneben.

Cora ließ sich in den Fahrersitz fallen.

»Vermassle mir ja nicht die Tour, ja?«, wandte sie sich an ihre Mitbewohnerin.

»Kann ja hier aussteigen und mir in der Bar da einen zwitschern«, schmollte Elli.

»Spinn doch nicht.« Cora studierte die Armaturen. »Du fährst nach Hause, klar? Aber ohne mich.«

»Ja, ja, bin schon weg«, lenkte Elli ein und trollte sich zu ihrem Baseballkappen-Flirt.

Als Peter nach einer Weile wieder aus dem Haus kam, trug er zu seiner schmucklosen Knitterfrei-Busfahreruniform eine Mütze auf dem Kopf. Grinsend stieg er in den Bus und stellte eine prall gefüllte Tüte vor dem Fahrersitz ab.

»*Let's get the party started.*«

Er trat vor Cora, nahm die Mütze ab und setzte sie ihr auf.

»Hier. Die kannst du behalten. Ein Souvenir. Ich werde sie nicht mehr brauchen.«

Verwundert nahm Cora sie ab und betrachtete sie. Der stattliche goldfarbene Kranich der *Lufthansa* prangte vorne in der Mitte.

»Die ist nicht echt, oder?«

Er lachte auf. »Bist du misstrauisch! So was gibt's nicht im Kostümverleih.« Er nahm ihr die Mütze aus der Hand und setzte sie ihr wieder auf den Kopf. »Steht dir gut.« Wie beiläufig streifte er Coras rechte Brust, bevor er sie mit festem Griff um die Taille fasste und aus dem Sitz hob. Er setzte sich und ließ den Motor an, während Cora erst mal verdauen musste, dass ihre Brustwarzen unter dem dünnen Kleid ganz hart und steif geworden waren.

»Jetzt suchen wir uns ein nettes Plätzchen.« Er zeigte auf die Tüte auf dem Boden. »Komm, sei eine gute Gastgeberin und versorg mal unsere Gäste.«

Cora linste in die Tüte. Eine Menge Flaschen und ein Schlauch mit Plastikbechern. Sie nahm die Becher und eine Flasche Prosecco, die ganz beschlagen war, mit nach hinten, wo auch ohne Alkohol bereits Partystimmung herrschte. Wild dudelten die Klingeltonmelodien durcheinander, einige Fahrgäste hatten zu tanzen begonnen, und Elli saß inzwischen auf dem Schoß des Jungen und knutschte enthemmt mit ihm herum. Einer der Nachtschwärmer nahm Cora die Flasche ab und betätigte sich als Barkeeper.

Der Bus hielt. Draußen sah Cora nichts als Bäume – ein Park oder so.

Der Busfahrer kam nach hinten und verteilte die übrigen Flaschen unter den begeistert johlenden Fahrgästen. Cora setzte sich, legte die Beine auf den Sitz gegenüber und sah dem ausgelassenen Treiben schweigend zu. Tanzende Schatten. Ein junges Mädchen fiel Peter um den Hals und küsste ihn ab. Lachend machte er sich los, stellte sich vor Cora hin und betrachtete ihre Silhouette. Er bot ihr einen Becher Prosecco an und wollte ihr mit einer Flasche Cola zuprosten.

»Danke, das brauche ich nicht.«

Er hielt ihr die Colaflasche entgegen.

»Ich auch nicht.« Nicht nur sein Mund strahlte sie breit an, auch seine Augen blitzten. »Nicht mehr.« Er packte sie an der Hand, zog sie hoch und schob sie vor zur Fahrerkanzel. Ehe sie sich's versah, thronte er im Fahrersitz und sie breitbeinig auf seinem Schoß.

»Ist das der Grund? Das Trinken? Dass du nicht mehr fliegst?«

Schweigend sah er an ihr vorbei aus dem Fenster in die stockfinstere Nacht. »Ach …«, seufzte er und begann versonnen, die Innenseite ihrer Schenkel entlangzustreichen. Überall da, wo seine schlanken Finger sie berührt hatten, hinterließen sie eine Gänsehaut. Cora krallte sich an ihm fest und stöhnte leise auf.

»Turbulenzen … eine Notlandung … persönliche Dinge … Ich hatte irgendwann … einfach nicht mehr die Nerven«, stieß er unzusammenhängend hervor. Verlegen vergrub er den Kopf in ihrem Haar. Cora spürte, dass das nicht alles war. Sie packte ihn am Schopf und sah ihm forsch in die Augen. »Also, deine Nerven möchte ich erst mal haben.« Sie schüttelte den Kopf. »Die Aktion hier. Komm schon, du bist der furchtloseste Mann, den ich je erlebt habe.«

Einen Moment hielt er ihrem Blick stand, und sie konnte beobachten, wie seine Gedanken abschweiften. Dann sah er auf die Armbanduhr, langte an ihr vorbei aufs Armaturenbrett und setzte den Bus in Gang.

»Ja. Und deshalb müssen wir jetzt los«, meinte er sachlich.

Er ließ nicht zu, dass sie von seinem Schoß stieg. Immer wenn er die Hand vom Schalthebel nahm, platzierte er sie irgendwo auf ihrem sowieso schon glühenden Körper und verursachte dort einen weiteren Brandherd.

Sie saß da, mit ihm zu einer Person verschmolzen, und wusste, dass sie diesen Mann, der so viel für ihr Vergnügen riskiert hatte, entlohnen und seine Abenteuerlust kosten wollte. Nun gab es nur noch sie und ihn. Das Partytreiben schien außerhalb des Busses stattzufinden. Cora hatte jedes Zeitgefühl verloren. Als alle anderen ausgestiegen waren, steuerte Peter das Busdepot an. Er stellte den Motor ab, und Cora nahm die gespenstische Stille des Depots wahr, das einem Internats-Schlafsaal in den großen Ferien glich. Seite an Seite, in Reih und Glied wie die chinesische Terrakotta-Armee, warteten die Busse darauf, dass sie jemand wieder zum Leben erweckte und auf Reisen schickte. Vielleicht war das naiv, aber seit Cora wusste, dass Peter Pilot war, vertraute sie ihm. Wer die Verantwortung auf sich nahm, Hunderte von Leuten sicher über Ozeane und Bergmassive durch die Luft zu befördern, hatte für Cora so gar nichts Gefährliches an sich.

Sie trank einen Schluck aus der Colaflasche und lächelte Peter zu. Er legte eine Hand auf ihren Kopf und bog ihn ein wenig nach hinten, nur so weit, dass ihre weichen, rot glänzenden Lippen ihm zugewandt waren. Sie schloss die Augen, denn kein anderer Sinn sollte die Empfindung dieses ersten Kusses überlagern. Der erste Kuss mit einem Fremden kam für Cora einem Orgasmus gleich.

Er ließ seine geschlossenen Lippen auf die ihren sinken. Für einen Moment lagen ihrer beider Lippen aufeinander wie zwei nackte Liebende in einer heißen Sommernacht. Dann schlängelte sich Peters muskulöse Zunge vorwitzig in Coras Mund und erforschte sie neugierig.

Cora wand sich wie ein Aal in seinen Armen, die sich mit jeder Regung fester um sie schlossen, wie eine Würgeschlange. Mannomann, gegen seine Kraft hatte sie keine Chance. Selbst wenn sie gewollt hätte, sie hätte sich diesem Mann niemals entwinden können. Gut, dass sie ihn wollte, so sehr wollte, dass sie gar nicht daran dachte, sich zu wehren. Während er sie mit seinem starken Arm umschlungen hielt, küsste er sie und nestelte mit der freien Hand an ihrem Kleid. Bekam den Träger ihres Sommerkleids zu fassen und schob ihn langsam über ihre nackte Schulter, so weit, bis er von alleine herunterfiel und ihre feste weiße Brust entblößte. Nur einen Teil, denn an ihrer gereckten Brustwarze verfing sich der feine Stoff und blieb hängen. Aber als Peter über ihren schmalen Rücken strich, um den Träger auf der anderen Seite zu fassen und ebenfalls herunterzuschieben, fand das Kleid keinen Halt mehr und rutschte Cora bis zur Taille hinunter. Sie wusste nicht, ob sie es erregender fand, vor dieser riesigen Scheibe wie in einem Schaufenster exponiert zu sein, oder seine Hände überall auf ihrem Körper zu spüren. Auf einmal zog er ihre Beine hoch, schob die Hände unter ihre schweißnassen Pobacken und riss ihr mit einem Ruck den Slip herunter.

Wo hatte er das denn her? Cockpit-Erfahrung?

Obwohl sein Schwanz sich schon seit geraumer Zeit durch die verschwitzte Hose fordernd gegen ihren Schoß drängte und sie wusste, dass er bald in sie eindringen würde, war sie froh, als er sie zuerst mit seinen feingliedrigen Fingern erforschte. Dass sich ihr duftender Saft dabei auf seine Uniformhose ergoss, brachte Cora zum Schmunzeln. Aber er ließ sie nicht abheben. Noch nicht. Stattdessen stand er auf, Cora fest im Griff, und stellte sie im Gang ab wie eine Schaufensterpuppe. Und wie bei einer Puppe hob er ihre Arme in die Höhe, packte ihr Kleidchen, das nur noch wie ein Rock um ihre Hüften hing, und streifte es ihr vorsichtig über den Kopf. Nichts als die Pilotenkappe ließ er ihr. Nachdem er ihre Hände auf die Querstange gelegt und ihre Beine auseinandergedrängt hatte, öffnete er seine Hose. Endlich.

»Sieh in den Spiegel«, befahl er ihr. Cora sah nach oben. Das Bild und das wohlig-wehe Gefühl, das ihren Körper durchfuhr, als der Busfahrer ihr den ersten Stoß versetzte, konnte sie nicht miteinander vereinbaren.

»Schau hin!«

Sie sah eine zierliche Frau auf Stilettos, die von den kraftvollen, rhythmischen Stößen eines Männerkörpers in Uniform immer und immer wieder erschüttert wurde. Sie sah, wie er die Frau, deren Haut weiß im fahlen Mondlicht schimmerte, packte und so auf einem der Sitzplätze platzierte, dass er von hinten tief in sie eindringen konnte. Sie sah das lustvoll verzerrte Gesicht der Frau, als die dunklen Hände des Mannes ihre weißen Brüste fest umschlossen. Sie sah, wie diese Frau auf einer Lehne balancierte, seinen Kopf in ihrem weit geöffneten Schoß vergraben. Sie sah, wie der Mann die Frau mühelos von einer Position in die andere beförderte, ohne sie auch nur einmal aus seiner Umarmung zu befreien. Die perfekte Architektur des Busses verwunderte Cora: Die Haltestangen waren exakt in den Abständen angebracht, die für die meisten Stellungen wie maßgeschneidert schienen. Ein Schelm, der Böses dabei denkt.

Es fing schon an zu dämmern, als Cora und Peter erschöpft voneinander abließen. So wie sie war, nahm er die zierliche Frau Huckepack und trug sie zu seinem Wagen, der auf dem Privatparkplatz des Busdepots stand. Dort verfrachtete er sie liegend auf den Rücksitz, nahm ihr Kleidchen, die Jacke und ihre Handtasche zu sich nach vorne auf den Beifahrersitz und fuhr sie genauso sicher nach Hause, wie er das mit all den anderen nächtlichen Passagieren getan hatte.

Als Cora Peter das nächste Mal wieder sah, trug sie neben der Kappe auch noch eine Uniform der *Lufthansa*.

Diesmal musste sie nicht im Passagierraum hinter ihm Platz nehmen. Sie öffnete die Tür zur Pilotenkanzel und setzte sich auf den Copilotensitz neben ihm.

»Guten Morgen, Kollege«, begrüßte sie ihn und sah ihn mit großen, braunen Augen an. Es schien, als brauche er einen Moment, um das Bild scharf zu stellen.

»Irgendjemand hat mir mal gesagt, Pilotenmützen stünden mir ausgezeichnet. Was blieb mir also anderes übrig?«, sagte sie schmunzelnd.

Überrascht rief Peter aus: »Cora! Wie lange ist das her?«

»Jahre.«

Er nickte. »Ja.« Pause. »Jaaaa.« Ein Lächeln breitete sich auf seinem wettergegerbten Gesicht aus.

»Irgendjemand hat mir mal gesagt, die Strecke des 13er-Busses sei zu klein für mich«, meinte er.

Cora lachte auf.

»Also? Bereit für London?«

Cora nickte und schnallte sich an.

Nett im Net

»Du siehst doch toll aus. Was reizt dich denn an diesen Internet-*Dates?*«, fragte Sabine, während sie ihrem Frühstücksei den Kopf samt Hirnschale absäbelte. Fanny brachte das nicht übers Herz und klopfte mit ihrem Perlmutt-Eierlöffel so lange auf der jungfräulich weißen Schale herum, bis diese kleine Risse bekam. Obwohl zig Leute ihr gesagt hatten, dass die nicht anders schmeckten als braune, mochte sie nur weiße Eier.

»Als ob das was mit dem Aussehen zu tun hätte, ob man einen hat oder nicht. Hast du dich mal umgesehen, was da draußen so alles Hand in Hand herumläuft?«

Mit den Fingern pickte sie kleine Eierschalenstückchen einzeln vom Ei und legte sie neben den Eierbecher auf ihren Teller. Wenn sie jetzt ein Brot darauf ablegte, würde sie die Eierschalen mit essen. »Glaubst du, ich würde Geld dafür ausgeben, einen Partner zu finden, wenn die Männer mir auf der Straße scharenweise nachrennen würden?« Ihr genervter Unterton war nicht zu überhören. »Ich bin ja schließlich nicht die Einzige. Da tummeln sich ein paar Millionen.« Schon oft hatten sie ein solches Gespräch geführt, und wie immer hatte Fanny das Gefühl, sich verteidigen zu müssen. »Und ich kann dir sagen, gerade bei den Frauen sehen viele aus wie Models. Da fragt sich doch jeder, wieso die das nötig haben.«

Sabine hatte das Eierköpfchen längst ausgelöffelt und die leere Schale ordentlich im Eierbecher unterm Ei verstaut.

»Vielleicht wirkst du einfach unnahbar«, überlegte sie und stach mit dem Löffel in ihr Ei.

»Quatsch. Im Internet springen mich ja auch Dutzende Männer an«, entgegnete Fanny und tunkte eine gebutterte Toastecke in das flüssige Eigelb, so dass es überlief und in klebrigen Bahnen am Porzellanbecher herunterrann. Als sie das Brot zum Mund führte, floss Eigelb über ihre Finger. »Aber ich wette, in einer Bar würden sich genau dieselben Typen niemals trauen, mich anzusprechen.« Genüsslich leckte sie die gelbe Straße ab. »Ich habe mehr und mehr den Eindruck, die wollen alle anonym bleiben, weil sie im Internet den Superman geben können, der sie im Leben nicht sind. Aber so 'nen Loser will ich eben nicht.« Sie wischte sich den Ei-verschmierten Mund mit der Ostermotiv-Serviette ab, die im August nicht so recht passen wollte, und warf sie energisch oben auf das Schlachtfeld, das sich auf ihrem Teller abspielte. »Die Scheiße ist, dass du das immer erst rauskriegst, wenn er vor dir steht.« Sie goss Milch aus der Tüte in ihren abgekühlten Kaffee, nahm einen Schluck und fuhr fort. »Seit es Internet-*Dating* gibt, geht doch keiner mehr das Risiko ein, sich persönlich eine Abfuhr zu holen.« Sie beugte sich zu ihrer Freundin Sabine vor und sah sie eindringlich an. »Wir werden einfach nicht mehr angequatscht. Und wenn du auch Single wärst, wüsstest du das.« Das klang wie ein Vorwurf. Sabine feuchtete ihren Zeigefinger an und pickte damit Croissant-Krümel von ihrem Teller. Während sie sie mit der Zunge von ihrem Finger leckte, dachte sie über Fannys Worte nach. Ja, es stimmte, sie war seit neun Jahren in einer festen Beziehung. Sie musste weder rechts noch links schauen, um Liebe, Sex, Streicheleinheiten oder auch nur einen Freizeitpartner zu finden. Ungläubig schüttelte sie den Kopf.

»Ich versteh es trotzdem nicht.« Sie nahm sich eine Brezel aus dem Brotkorb. »Magst du die?« Fanny schüttelte den Kopf.

»Ich kann mich noch erinnern, wie du drei Verabredungen am Abend hattest und nicht wusstest, wie du die ganzen Männer jonglieren solltest, die hinter dir her waren wie der Teufel hinter der armen Seele«, fuhr Sabine fort und zupfte die Salzkörner von ihrer Brezel.

Fanny entfuhr ein bitteres Lachen. »Ich auch.« Nachdenklich nickend stand sie auf, ging zur Kaffeemaschine und goss sich heißen Kaffee nach. »Ich auch.« Sie nahm die Kanne mit zum Küchentisch, blickte in die Tasse ihrer Freundin, füllte auch diese und sagte: »Aber jetzt gibt es eben vierundzwanzig Stunden Frauen frei Haus. Da bin ich nur eine von Millionen.« Sie stellte die Kaffeekanne wieder auf der Warmhalteplatte ab und setzte sich.

Immer, wenn sie diese Art von Gesprächen führten, sandte Sabine ein Dankesgebet gen Himmel, dass ihr das alles erspart blieb. Da liebte sie ihren Mann, den sie manchmal an die Wand klatschen wollte, gleich noch viel mehr.

»Um zu deiner Frage zurückzukommen: Anstatt es zu verteufeln, nutze ich es halt«, sagte Fanny. »Ist doch praktisch. Schau, ich muss nicht dauernd um die Häuser ziehen, um vielleicht irgendwie irgendwo irgendwann dem Einen zu begegnen. Und ich spare. Geld für Eintritt und Drinks, Kleider und Kontaktlinsen. Und erst die Augenringe.« Sie lachte. »Wir sind ja keine zwanzig mehr.« Sie stellte ihren schmutzigen Teller in die Spüle und nahm sich einen neuen aus dem Schrank. Dass Internet-*Dating* auch ganz schön nervenaufreibend war, wollte Fanny nicht zugeben. Das wäre die totale Resignation. Und so weit war sie noch nicht.

»Was ist denn mit dem Letzten?«, fragte Sabine in der Hoffnung auf eine Positivmeldung.

»Ach der.« Fanny rollte die Augen. »Dieter.« Sie griff nach einem Croissant. Jetzt brauchte sie erst mal eine Dröhnung Süßes. Während sie sich das Hörnchen dick mit Butter und Nutella bestrich, erzählte sie: »Ja, der hat mir drei Wochen lang die blumigsten Mails geschrieben. War wirklich nett. Aber dann haben wir uns getroffen. Und bevor wir uns begrüßt haben, wusste ich schon, dass das ein Fehler war.«

»Wieso denn?« Sabines feste Partnerschaft bot zwar emotionale Stabilität, aber dafür nicht mehr sonderlich viel Aufregung und Abenteuer. Sie lechzte geradezu nach *Second-Hand*-Erlebnissen.

Fanny leckte sich Nutellareste aus den Mundwinkeln.

»Ich will gar nicht wissen, was dem passiert ist, aber der sah mindestens zehn Jahre älter aus als auf seinem Bild.«

»War das etwa so alt?«

»Nein, gar nicht. Wäre es nicht datiert gewesen, hätte ich mich gar nicht auf ein Treffen eingelassen.«

»Ist das Aussehen denn wirklich so wichtig?«

Bei dieser Frage, die Sabine nicht müde wurde zu stellen, hätte Fanny die Wände hochgehen können. Wie kam sie eigentlich darauf? Sie kannten sich schon seit dem Gymnasium, hatten gegenseitig all ihre Beziehungen mitgekriegt. Es war ja nicht so, dass einer ihrer Verflossenen ein Adonis gewesen wäre. »Wenn er doch nett war …«

Genervt rutschte Fanny auf ihrem Stuhl herum.

»Darum geht's doch gar nicht«, fauchte sie. »Da ist die Enttäuschung doch umso größer. Der war einfach wie eine heruntergekommene Version seines Fotos: kaputte Zähne, zerknautschte, müffelnde Klamotten, ungepflegte Haare, Bart. Du weißt, wie ich Bärte hasse.«

Erschrocken legte Sabine ihre Hand auf den Mund.

»Das tut mir aber leid.«

»Ich wünschte, ich würde es mal schaffen, auf dem Absatz kehrtzumachen, wenn einer schon von Weitem nicht mein Fall ist.«

»Ich wünschte, du würdest endlich den Richtigen finden. Es wäre doch nett, mal wieder zu viert zu brunchen, oder?«

Noch im Flur kickte Fanny ihre Pumps von den Füßen.

Diese Woche hatte sie sich's wieder richtig gegeben. Am Montag war sie von einem Immobilienmakler zum Mittagessen eingeladen worden. Er hatte richtig gut ausgesehen und auch Manieren gehabt. Bis er begonnen hatte, aufs Unflätigste über seine zwei Exfrauen, seine drei Kinder und sein Scheidungsverfahren zu wettern, das sich schon seit fünf Jahren hinzog. Fanny hatte ihm eine Gesprächstherapie empfohlen (die er sicher nicht machen würde, solange ihm noch Internet-Frauen zuhörten) und ihn gleich danach im Büro aus ihren Kontakten gelöscht.

Am Mittwoch war sie mit einem harmlos wirkenden Webdesigner in eine Bar gegangen und hatte sich am Ende vor den nassen Küssen eines aufdringlichen Trunkenbolds in Sicherheit bringen müssen. Gott sei Dank traf sie ihre *Blind Dates* immer an fremden Orten. Wenn ihr das in ihren Lieblingslokalen passierte, könnte sie bald nirgends mehr hingehen.

Bevor Fanny sich im Schlafzimmer Etuikleid und Unterwäsche vom Leib riss und in ein Nacht-Shirt schlüpfte, schaltete sie ihren Laptop an. Das war wie eine Sucht. Die Suche nach dem Heiligen Gral. Nach jedem missglückten Treffen musste sie ihr Postfach wieder öffnen und sich vergewissern, ob sich *Mr. Right* nicht vielleicht doch zu ihr verirrt hatte. Dabei war sich Fanny nach diesem Abend gar nicht mehr so sicher, ob sie noch Lust auf all das hatte. Zugegeben, das *Daten* war ein abwechslungsreicher Zeitvertreib. Man kam viel herum. Heute zum Beispiel war sie in einem urgemütlichen, 400 Jahre alten Brauhaus gewesen. Aber ganz ehrlich, sie wollte nie wieder ein Wort über *Facility Management* hören. Sie hatte einen Diplom-Biologen erwartet und sich auf interessante Gespräche über Tiere, Forschungsergebnisse oder Bakterienkulturen gefreut. Und dann hatte sie zwei gähnend langweilige Stunden mit einem Typen verbracht, der ausgestiegen war und zusammen mit seiner Mutter Bürogebäude putzte! Und dafür hatte sie auch noch ihr Bier selber bezahlt! Sich allein vor der Glotze einen Sekt zu zwitschern, wäre sicher erquicklicher gewesen.

In Gedanken hörte Fanny schon wieder Sabines verständnislos-naive Kommentare: »Was ist denn so schlimm daran, du putzt doch auch deine Wohnung? Wenn er glücklich dabei ist.« Ja, das sollte er ruhig sein, bis in alle Ewigkeit. Aber nichts davon hatte in seinem Internet-Profil gestanden. Und auch in ihrem Telefonat hatte er kein Wort davon gesagt.

Jedes Mal, wenn Fanny so in die Irre geführt wurde, fühlte sie sich übers Ohr gehauen. Als wäre sie eine gutgläubige Rentnerin, die einem Trickbetrüger auf den Leim gegangen war. Sie war 31 Jahre alt – konnte sie ihre Zeit wirklich nicht sinnvoller nutzen, als sich wieder und wieder demütigen zu lassen? Für eine Masochistin müsste Internet-*Dating* der Himmel auf Erden sein, dachte sie, während sie mal wieder ein unmoralisches Angebot nach dem anderen aus ihrem Mail-Postfach löschte. Sie schaltete den Laptop aus und ging Zähneputzen, um den schalen Geschmack loszuwerden, den diese seltsame Begegnung hinterließ.

Wie erfreulich, dachte Fanny. Endlich mal jemand, der um zwei Uhr morgens was Besseres zu tun hat, als im Internet Frauen zu belästigen. Die meisten Mails wurden – mehr oder weniger wahllos – nach Mitternacht verschickt, wenn die Singles dieser Welt der Einsamkeits-*Flash* überkam angesichts der Aussicht, wieder alleine ins Bett gehen zu müssen. Fanny hatte sich angewöhnt, zuerst auf das Profil zu klicken, um sich gar nicht erst irgendwelchen Illusionen hinzugeben. Was nützte ihr eine nette Mail, wenn einer zu klein, zu schwer oder verheiratet war (ja, auch das kam häufig vor), 500 Kilometer weit weg wohnte oder sich in Badehose, an seinem PC, auf seinem Motorrad oder in seinem Cabrio präsentierte? Also, gleich ungelesen in den Papierkorb damit. Aber dieser Daniel hier, der war anders:

33 Jahre alt

185 cm

Sternzeichen: Schütze

Sportarten: Rollerblades, Tauchen, Snowboarden

Interessen: Musik, Kunst, Literatur, Kino, Reisen, Kochen

Und er suchte ... sie! Das, was Daniel da angegeben hatte, war fast identisch mit dem, was in ihrem Profil stand: Fanny machte eine gute Figur in Jeans und Abendkleid, sie war gepflegt, aber keine Modetussi, sie mochte Frühstück im Bett und Rotwein beim Italiener und Strandspaziergänge bei Sonnenuntergang. Sie liebte die gleichen Sportarten, hatte die gleichen Interessen, und sie verdiente ihren Lebensunterhalt mit einem Job, der ihr nicht zum Hals heraushing.

Zu einer zivilen Zeit (morgens um acht, wahrscheinlich kurz vor Arbeitsantritt) kam Daniel gleich zur Sache, stellte ihr keine indiskreten Fragen, die sie ohnehin keinem Fremden beantworten würde, und lieferte seine Telefonnummer mit. Vertrauen erweckend. Aber nachdem Fanny mal ein Kind drangehabt hatte, rief sie grundsätzlich keine Männer mehr an. Sie schickte ihm ihre Handynummer und ging beschwingt in den Tag.

Wow, das war ja mal ein perfektes erstes *Date* gewesen! Planmäßig. Höflich. Charmant. Leckerer Italiener. Und dann bekam Fanny am nächsten Tag auch noch einen süßen Morgengruß per SMS von Daniel. Noch kein Grund zum Freudentaumel, erst mal das zweite *Date* abwarten (wenn es denn stattfände ...). Eigentlich schade, dass sie sich nicht mehr einfach in die Liebe reinplumpsen lassen konnte wie ein Teenager. Aber zumindest zauberte es ein Lächeln auf ihr Gesicht, das sie den ganzen Tag mit sich herumtragen konnte.

Wie schön, ein zweites *Date* mit Daniel: ein unverkrampfter Cocktail in einer gemütlichen Bar. Sie lachten, sie erzählten sich Schwänke aus ihrem Leben, sie sahen sich zum Abschied tief in die Augen. Ein gutes Zeichen, denn mit vielen Männern war sie nicht mal so weit gekommen. Aber es sagte noch lange nicht aus, dass sie sich wieder sehen würden. So viel hatte Fanny gelernt. Vielleicht hatte er einen Unfall und liegt im Koma?, hatte sie so manches Mal gedacht. Denn sie fand einfach keine andere Erklärung dafür, dass der Kontakt abrupt abbrach, nachdem man bereits einige angenehme Abende miteinander verbracht hatte. Sie würde wohl nie dahinterkommen.

Das dritte *Date* mit Daniel war eine ziemliche Überraschung für Fanny. Nicht nur, weil es überhaupt stattfand. Er hatte richtig aufgeregt geklungen, als er sie zum Abendessen zu sich nach Hause eingeladen hatte. Ein ziemlicher Vertrauensbeweis, fand Fanny. Eine Wohnung verriet meist mehr über einen Menschen, als er vielleicht preisgeben wollte. Durch das *Dating* war Fanny zu einer recht guten Beobachterin geworden. Falls er noch verräterische Relikte einer vergangenen Beziehung herumstehen hatte, würde Fanny sie auf jeden Fall entdecken. Aber mehr noch fürchtete sie sich davor, dass ihr seine Wohnung nicht gefallen könnte. Dass er vielleicht in einer geschmacklosen Absteige wohnte, wild zusammengestellte Möbel vom Sperrmüll besaß oder gar eine Truckmodell-Sammlung herumstehen hatte. Alles schon mal da gewesen …

Seit sie sich mit diesen fremden Männern traf, war Fanny auf alles vorbereitet. Selbst wenn sie es noch so lästig fand, rasierte sie sich jeden Morgen die Beine und die Achseln, hatte ein Kondom immer in ihrem Schminktäschchen dabei und einige an strategisch wichtigen Orten in ihrer Wohnung verteilt: am Bett, im Bad, neben der Couch und sogar in der Besteckschublade. Und sogar unter größtem Zeitdruck achtete sie darauf, dass BH und Slip immer zueinander passten. Dennoch klingelte sie auch bei Daniel mit dem Vorsatz, sich vor dem fünften Treffen nicht auf irgendwelche Körperlichkeiten einzulassen.

»Möchtest du?«

Ohne ihre Antwort abzuwarten, füllte Daniel ein Glas mit Weißwein und reichte es ihr. »Der kommt sowieso ins Essen.«

»Was gibt es denn?«

»Das wirst du schon sehen.« Fanny liebte Überraschungen. Würde sie sich sonst diesen ständigen Wundertüten-Erfahrungen aussetzen?

Daniel schüttete den Rest des Weines in eine Kasserolle auf dem Herd und goss Sahne dazu. Sie trank einen Schluck, lehnte sich neben ihn an die Küchenzeile und sah ihm zu, wie er eine Schalotte hackte. Fachmännische Klingenführung. Als er die kleinen feinen Würfelchen vom Brett in den Topf schob, betrachtete sie seine Hände. Schmal, mit langen Fingern und glatten, kurz geschnittenen Nägeln. Schön. Kritisch studierte sie seine Gesichtszüge, bis ihr einfiel, dass er tatsächlich aussah wie auf seinem Foto im Internet. Auch schön.

Auf den hinteren Herdplatten dampften bereits zwei Töpfe. Fanny hob den Deckel von dem breiteren. Da tanzten kleine, ungeschälte Kartoffeln Wasserballett.

»Finger weg.« Daniel zog ihre Hand zurück. Ein nicht ganz ernst gemeinter, ermahnender Blick, erst dann ließ er ihr Handgelenk wieder los.

»Was ist in dem anderen?«, fragte Fanny ungerührt. Sie ließ sich nicht anmerken, dass ihr die Berührung ganz schön eingeheizt hatte. Oder war es der Wein auf nüchternen Magen?

»Zuckerwasser für den Spargel.«

Sie sah sich in der Küche um. Ein durch und durch männlicher Haushalt. Eine Batterie chromglänzender Geräte auf der schwarzen Granitplatte, eine richtige Kommandozentrale.

Kein Anzeichen für eine weibliche Hand. Schön. Fanny ertappte sich dabei, dass sie in ihrer Checkliste im Kopf schon wieder kleine Häkchen hinter jede neue Information setzte. Das war so eine schlechte Angewohnheit von *Online-Datern*.

»Was kann ich tun?«, fragte sie.

»Hier.« Daniel drückte ihr einen Schäler in die Hand. »Ich denke, das machst du.« Er legte ihr zwei Pakete Spargel hin und gab ihr Anweisungen. »Den weißen schälen und den grünen nur putzen und unten abschneiden.« Frech zwinkerte er ihr zu. »Mit langen, sensiblen Stangen kennt ihr Frauen euch besser aus.«

Sie lachte und nahm seine Herausforderung an, indem sie eine der dickeren Spargelstangen hochhob. »Entspricht das etwa der Originalgröße?« Ein gezielter Hieb mit dem Messer, und die Spargelstange war kastriert. »Ich hoffe doch, nicht.«

Daniels schmerzverzerrte Grimasse brachte sie wieder zum Lachen.

»Klar, was denkst du denn? Willst du den Beweis jetzt oder später?« Sie ignorierte seine dreiste Frage, aber bevor sie sich ans Spargelschälen machte, brauchte Fanny noch mehr Wein. Es war ein komisches Gefühl, unter seinem prüfenden Blick mit diesen phallischen Objekten herumzuhantieren. Ihr wurde abwechselnd heiß und kalt.

Daniel holte eine Platte aus dem Kühlschrank, auf der eine Scampi-WG ordentlich nebeneinander Löffelchen lag.

»Damit können wir Männer besser umgehen«, sagte er und führte eines der geschälten, vorgegarten Tierchen an seine Nase. »Hmmmm.« Geräuschvoll saugte er den Meeresduft ein.

»Weich.« Jedes Wort, bedeutsam wie ein süßes Versprechen – »zart … saftig« – verursachte bei Fanny eine Spontanentzündung im Höschen. Und als er dann auch noch das rosige Fleisch mit seiner Zunge liebkoste, musste sie ihm den

Rücken zukehren. Daniel konnte nicht aufhören zu grinsen, als er mit einem Schneebesen kleine Flöckchen kalter Butter in die Weißwein-Sahne-Soße einrührte. Routiniert presste er eine Orange aus. Aber anstatt den Saft sofort in die Soße zu schütten, tauchte er den Mittelfinger ein und schob ihn Fanny einfach in den Mund.

»Huuuuuh.« Ein Schauer durchfuhr sie, und sie wusste nicht, ob die Säure, die Süße oder die Pikanterie daran schuld waren. Endlich nahm auch der Spargel ein heißes Bad. Richtig frech fand Fanny, dass Daniel gleich nach seiner sinnlichen Attacke dazu überging, Orangenzesten abzureiben, und sie der Soße beifügte, ganz so, als hätte Fanny sich das eben nur eingebildet. Dann drückte er ihr den Schneebesen in die Hand und wies sie an, die Soße im Auge zu behalten. Die reine Folter. Denn ihre Konzentration auf das zimperliche Sößchen nutzte er schamlos aus: Ihr Schneebesen malte gleichmäßige Achten in die weiße Creme, und seine Zunge malte gleichmäßige Achten auf ihren weißen Nacken. »Ooooh.« Ein Schauer nach dem anderen jagte ihren Rücken herunter. Seine warmen Fingerspitzen jagten hinterher. Ganz von allein fanden sie den Weg unter ihre Bluse. Fanny erstarrte zur Eisskulptur.

»Nicht aufhören zu rühren, sie kocht sonst über«, flüsterte Daniel ihr ins Ohr und überprüfte mit der Zungenspitze, ob seine Anweisungen auch dort ankamen. Fanny stöhnte leise auf. Unter ihrer Bluse war eine Expedition mit zehn äußerst neugierigen Teilnehmern im Gange. Die erklommen ihre Wirbelsäule, schritten ihre Schulterblätter ab, wanderten in getrennten Gruppen zu ihren Brüsten, wo sie sich gemütlich flachlegten und ausruhten. Während Fanny nur noch unförmige Waldorfschulen-Kreise durch die Soße zog, streute Daniel – ohne ihr einen Millimeter von der Pelle zu weichen – lässig an ihr vorbei Salz und Pfeffer hinein. Seinen heißen Atem in ihrem Nacken zu spüren, machte sie verdammt hungrig. Nur auf Essen hatte sie keinen Appetit mehr. Er packte sie an den Armen, und auf einmal stand sie ihm gegenüber, so dass er ihr tief in die Augen sehen konnte. Die Farbe seiner Iris wechselte von Blau zu Grün. Sie konnte gerade noch zufrieden feststellen, dass er genau so groß war, wie er es in seinem Profil angegeben hatte, da schob er ihr einfach eine weiche, zarte, saftige Stange in den Mund. Süß, wie er seinen Mund dabei mit öffnete … Fanny biss ein Stück von dem Spargel ab. Dass ihr die Soße dabei am Kinn herunterlief, war ihr egal. Sie schloss die Augen und ließ ihre Geschmacksknospen arbeiten. Da spürte sie schon Daniels heiße, trockene Lippen auf den ihren. Und eine lange, dicke, harte Stange, die sich gegen ihre Bauchdecke drängte.

Er umfasste ihre Taille, und auf einmal saß sie vor ihm. Nun gab es kein Entkommen mehr – unter ihr die Granitplatte und zwischen ihren Beinen Daniel, der sich an ihrem nassen, weichen, zarten, saftigen Schoß rieb. Neben ihnen startete die Weißwein-Sahne-Soße einen Ausflug über den Herd. Er packte sie am Po, und schon saß sie auf ihm, während Daniel ihr sein Menü servierte: Duett vom Spargel mit Scampi und jungen Kartoffeln.

Noch in dieser Nacht bekam Fanny einen zärtlichen Gute-Nacht-Gruß per SMS von Daniel. Ihren Freudentaumel konnte sie kaum im Zaum halten, und es dauerte ewig, bis sie eingeschlafen war.

Fanny hatte es kaum erwarten können, wieder mit ihren Freundinnen in ihrem Stammcafé zu sitzen. Weil sich alle außer Sabine auch im Internet tummelten, teilweise in derselben Kontaktbörse wie Fanny, liefen diese Abende meist nach demselben Ritual ab: Eine erzählte von ihrem letzten *Date,* andere berichteten von ihren Erlebnissen, und dann wurde verglichen. Manchmal zeigten sie sich ihre Eroberungen sogar im

Netz und verteilten Noten. Da gab's immer viel zu lachen – ein bisschen Entschädigung für die vielen Enttäuschungen. Obwohl Fanny am liebsten gleich mit ihren Neuigkeiten herausgeplatzt wäre, ließ sie Ricarda den Vortritt, die von einem sehr netten Abend mit einem vielversprechenden Mann erzählte. Sie gönnte es ihr. Vielleicht könnten sie ja bald zu sechst *brunchen* …

»Wo wart ihr denn?«, fragte sie.

»Im *Toscana*.«

»Echt?«

»Ja. Er hat reserviert und mich sogar abgeholt.«

»Scheint ja ein beliebter *Dating*-Treffpunkt zu sein«, bemerkte Fanny erstaunt. »Da war ich mit Daniel auch.«

»Mit wem?«, hakte Ricarda nach.

»Daniel. Erzähl ich euch gleich.«

»Komisch. So heißt meiner auch«, wunderte sich Ricarda.

Sabine lachte. »Das ist ja lustig. Wie sieht er denn aus?«

Ricardas Augen begannen zu glänzen. »Eigentlich genau so, wie es mir gefällt: dunkle Haare. Blaue Augen. Groß, gut gekleidet.«

Fanny wurde stutzig. Das kam ihr bekannt vor.

»Weißt du, wo er wohnt?«

»Nein, aber er will bald mal für mich kochen.« Ricarda strahlte. Fanny rutschte das Herz in die Hose.

»Stellt euch vor, ich habe ihm erzählt, dass ich keine Süßigkeiten außer Pralinen mag, und er hat mir doch tatsächlich welche mitgebracht.«

»Und dann hat er dich damit gefüttert«, sagte Fanny mit aschfahlem Gesicht.

»Ja.« Ricarda strahlte. »Ist das nicht süß?«

»Zuuu süß.« Fannys Stimmung war im Keller.

Eine Viertelstunde später hatten sie eins und eins zusammengezählt: Fannys Daniel war Ricardas Daniel.

Aus Freundschaft gelobte Ricarda, Daniel nicht mehr zu treffen, auch wenn es ihr nicht leicht fiel, auf den angekündigten *Chocolat*-DVD-Abend mit Pralinengelage zu verzichten. Doch mit fünf Dates hatte Fanny einen klaren Vorsprung. Und was noch viel wichtiger war: Fanny war verliebt. Und wofür setzten sie sich denn diesen ganzen unmöglichen Situationen aus? Doch nur für die Liebe.

An diesem Abend machte Fanny zum ersten Mal keinen Luftsprung, als Daniels Gute-Nacht-SMS ankam.

Nach dem Geburtstagsumtrunk ihres Chefs hatte sich Fanny spontan den Nachmittag freigenommen. Ihren Stapel im Büro hatte sie abgearbeitet, zur Belohnung gab's einen Schaufensterbummel in einem Viertel, in das sich Fanny höchstens dreimal im Jahr verirrte; nur dann, wenn sie sich mal etwas Unvernünftiges kaufen wollte. Sie genoss es, die brennenden Sommer-Sonnenstrahlen auf ihren nackten Schultern zu spüren, während sie abwesend in die Auslagen der Boutiquen und Design-Shops sah. Weißes Porzellan, nichts als weißes Porzellan, total ausgeflippte Mode – Sachen, die sie nicht mal geschenkt anziehen würde, nutzlose, aber schicke Staubfänger für zu Hause, Daniel … halt mal … Daniel? Ohne es zu merken, war Fanny am *Toscana* vorbeigekommen, dem romantischen kleinen Restaurant, in dem sie Daniel zum ersten Mal getroffen hatte. Da saß er! Sie ging näher an die Scheibe heran, wollte ihm winken. Ja, da saß er … und sah einer anderen Frau tief in die Augen!

Fanny fröstelte. Instinktiv war sie zur Seite getreten, als hätte sie einen Grund, sich hinter der Hauswand zu verstecken. Nein, eigentlich hätte sie da reinstürmen und ihn zur Sau machen müssen. Aber das tat sie nicht. Erschüttert machte sie sich auf den Weg zur U-Bahn. Sie wollte nur noch nach Hause. Wieder mal ein Profil aus ihren Favoriten löschen. Würde es denn je anders laufen? Ihr war zum Heulen zumute. Sie holte ihr Handy heraus und wählte Ricardas Nummer.

Fanny hatte die Faxen dicke! Anstatt sich ins Jammertal zu begeben, hatte sie beschlossen, dem Casanova Daniel das Handwerk zu legen – exemplarisch für alle anderen Lügner, die da im Internet ihr Unwesen trieben –, und einen Weiberrat einberufen.

»Wie ich immer sage: Anstatt das Internet zu verteufeln, sollten wir es nutzen. Was meint ihr?«

Keine ihrer Freundinnen hatte etwas gegen ihren Vorschlag einzuwenden. Sie scharten sich um Fannys Laptop und riefen Daniels Profil auf. Ricarda las den Text laut vor.

»Wisst ihr, wie das für mich klingt?«, meinte Sabine nachdenklich. »Als hätte er alles zusammengetragen, was sich Frauen in solchen Foren so wünschen, und daraus sein Profil erstellt. Nach dem Motto: Ich bin die Antwort auf all eure Fragen.«

»Eher so: Die Antwort auf all eure Fragen liegt zwischen meinen Beinen«, meinte Fanny ironisch. Nun war Ricarda froh, dass sie kein Häkchen auf Daniels Checkliste geworden war.

»Ja, aber was machen wir jetzt?«, fragte Elke.

»Sollten wir die anderen nicht warnen?«, schlug Ricarda vor.

Daniels Angaben in eine Mail zu kopieren und eine Warnung zu verfassen, war leicht. Ihnen wären locker noch ein paar andere Kandidaten eingefallen, die aus dem Verkehr gezogen werden sollten. Diese Mail an alle Frauen seiner Zielgruppe zu schicken, dauerte ein bisschen, aber es war die Mühe wert. Täglich checkten sie die Neuzugänge, jede neue Frau, die sich dort anmeldete, bekam sofort Daniels Steckbrief.

Das *Toscana* ernannten sie zu ihrem neuen Stammlokal. Es

dauerte nicht lange, bis Daniel wieder dort einlief. Wie erhofft, traf ihn fast der Schlag, als er Ricarda und Fanny gemeinsam dort sitzen sah. Was seine Begleiterin wohl dachte, als er sie ruckzuck wieder aus der Tür bugsierte? Auch Fanny musste schlucken. Sofort sah sie sich wieder auf seiner Granitplatte sitzen, und ihr war so, als könnte sie ihn immer noch in sich spüren.

Aber von viel zu vielen Frauen aus dem *Dating*-Portal hatte sie erfahren, dass das Kochen Daniels Verführungsmasche war. Viel zu viele Zuschriften enthielten detaillierte Schilderungen des Abends in Daniels Küche, die Fanny schmerzlich bekannt vorkamen. Und als dann eine von Daniels Eroberungen auch noch verriet, dass er immer dasselbe Gericht zubereitete und es sich um ein aphrodisierendes Rezept aus einem Liebes-Kochbuch handelte, war sie nur noch sauer.

Ihr einziger Trost: Nichts funktionierte besser als das Rache-Netzwerk betrogener Frauen. Jedes Mal, wenn Daniel sich mit einer Frau verabredete, bekamen Fanny, Ricarda oder Elke postwendend eine Mitteilung über den Treffpunkt. Das *Toscana* kam sowieso nicht mehr in Frage, und ein romantisches Lokal nach dem anderen wurde zu Daniels persönlichem Minenfeld, weil dort bei jedem *Blind Date* eine seiner Verflossenen auftauchte.

Eines schönen Tages verschwand Daniel aus dem Internet. Und Fanny? Die war in der Phase der totalen Resignation angekommen. Verarschen kann ich mich selber, dachte sie und klickte erleichtert auf »Ja«, als sie gefragt wurde, ob sie sicher sei, dass sie ihr Profil endgültig löschen wolle.

Besessen

Wie peinlich!

Ständig hatte Janine auf Tatjana eingeredet, es doch einfach so zu machen wie die Frauen zur Krinolinen-Zeit, die zum unverfänglichen ersten Kontakt mit einem Mann, auf den sie ein Auge geworfen hatten, ihr Spitzentaschentuch vor seinen Füßen fallen ließen. Der Auserwählte hob es dann – wie es der Anstand der damaligen Zeit gebot – artig auf. Beruhte das Interesse auf Gegenseitigkeit, nahm der Herr mit einer flüchtigen, kaum sichtbaren Geste das eingestickte Monogramm sowie den unverwechselbaren Duft der Dame zur Kenntnis, reichte ihr das zarte Tuch, berührte dabei vielleicht schon verwegen ihre – freilich behandschuhte – Hand und richtete ein, zwei höfliche Worte an sie. Somit waren sie keine Fremden mehr und in der Lage, einander bei der nächsten zufälligen Begegnung zumindest scheu zu grüßen.

Aber Tatjana hatte all das furchtbar albern gefunden. Und nun lag sie hier in Rüdigers Treppenhaus und sah sein Gesicht so nah über dem ihrem, dass die Konturen ganz verschwommen waren …

Seit jenem Tag vor zwei Jahren, an dem sie morgens beim Bäcker hinter ihm in der Schlange gestanden hatte und er ihr beim Rausgehen – mit Brötchentüte, Aktentasche und Hausschlüssel bewehrt – in die Augen geblickt und ihr zugezwinkert hatte, belagerte er ihre Gedanken. Mit ihren Tagträumereien hätte sie glatt einen Kitschroman füllen können – ach was, *einen*. Eine ganze Reihe! Ein *Rosamunde-Pilcher*-Endlos-Fortsetzungswerk. Sie war richtig gut. Zu dumm nur, dass Tatjana ihre detektivischen Fähigkeiten nicht zu ihrem Broterwerb nutzte. Aber leider interessierte sie nichts und niemand so brennend wie Rüdiger Graf von Vossberg.

Seinen kompletten Tagesablauf hatte sie längst recherchiert. Jeden Morgen um sieben Uhr dreißig holte er beim Bäcker, der ihrer Wohnung so günstig gegenüberlag, dass sie von ihrem Küchenfenster aus einen direkten Blick auf die Ladentür hatte, seine Frühstücksbrötchen. Eigentlich war Tatjana keine Frühaufsteherin und musste wegen ihres Schichtdienstes als Rezeptionistin eines Fünf-Sterne-Hotels auch nicht immer morgens raus. Aber sie nutzte Rüdigers Routine, um sich selbst zu einem geregelten Tagesablauf zu disziplinieren. So konnte sie schon mal für den Ernstfall üben. Denn als seine Frau würde sie sowieso mit ihm zusammen aufstehen und frühstücken. Das war klar. Ebenso klar wie die gemeinsame Wohnsituation, die zwei Kinder und der Alltag, den sie miteinander teilen würden. In Tatjanas Vorstellung war alles schon vollkommen festgelegt.

Rüdiger hatte die *Süddeutsche Zeitung* und das *Handelsblatt* abonniert. Das hatte sie festgestellt, als sie eines frühen Morgens dem Zeitungsboten in sein Haus gefolgt war und ihn dabei beobachtet hatte, wie er beides auf Rüdigers Fußmatte gelegt hatte. Allein schon die Eingangshalle des hochherrschaftlichen Jugendstil-Mietshauses war traumhaft schön. Wie stilvoll musste dann erst seine Wohnung sein. Anfangs würde sie hier einziehen. Vorsichtshalber hatte sich Tatjana keine neuen Einrichtungsgegenstände mehr angeschafft. Wozu auch? Nach der Verlobung würde sie sich ja nach ihrem gemeinsamen Traumhaus umsehen. Im Grünen. Wegen der Luft und der Sicherheit.

Seine Hemden brachte er einmal wöchentlich zum Waschen

und Bügeln – gefaltet, nicht auf dem Bügel – zur Reinigung in die Friedrichstraße. Natürlich würde Tatjana das später für ihn übernehmen. Sie war für die klassische Aufgabenteilung.

Seine Besorgungen erledigte er mit seinem *AUDI*-Cabrio auf dem Nachhauseweg vom Büro. Tatjana gefiel das Bild, Rüdiger in seiner Designerküche ein Gourmetmenü zaubern zu sehen. Sie war sich sicher, dass er gut kochen konnte, denn wieso sollte er sonst so oft und viel einkaufen? Wobei sie nicht wirklich wusste, was er da in seinen Tüten transportierte. Natürlich kannte sie aus Krimiserien Methoden, das herauszufinden, aber in seinem Müll zu wühlen ging ihr dann doch zu weit.

Das war auch gar nicht nötig, denn ihr Graf war vom Scheitel bis zur Sohle ein echter Blaublüter. Sein schwarz gewelltes Haar umrahmte weich sein fein geschnittenes, immer leicht gebräuntes Gesicht, was eher zu einem sensiblen Künstler passte als zu dem Geschäftsmann, der er war. Die Anzüge, in denen er jeden Morgen das Haus verließ, waren klassisch und aus feinstem Tuch, dafür hatte Tatjanas geschultes Hotel-Auge einen Blick entwickelt.

Und zweimal die Woche sah sie ihn in Sportkleidung, die genauso adrett wie seine Arbeitskleidung war. Zwanzig Minuten, nachdem er seine Sachen hineingetragen hatte, begab er sich zum Joggen in die Grünanlage, die zwei Minuten von ihren beiden Wohnhäusern entfernt lag. Ein rundherum gespannter Drahtzaun vermittelte den Eindruck eines Haftanstalt-Freigeländes, davor verströmte eine Batterie von Glascontainern vor allem an warmen Tagen ihren süßlich-gärenden Alkoholduft. Selbst die am Ende angrenzende Kleingartenanlage wirkte eher miefig als idyllisch, denn auch sie war mit einer mannshohen Thujenhecke hermetisch gegen indiskrete Blicke abgeriegelt. Alles andere als eine grüne Oase war der kleine Park, denn er war so karg bepflanzt und wenig einladend, dass er nur von unmittelbaren Anwohnern zur sportlichen Ertüchtigung und zum Gassiführen von Hunden frequentiert wurde. Länger hielt sich dort niemand gerne auf. Niemand außer Tatjana, die jedoch wegen ihrer knirschenden Knie nicht zu joggen wagte. Gott sei Dank hatte sie keine Figurprobleme und konnte ihre drei Yoga-Übungen zu Hause auf einer Matte durchführen.

Aber an diesen beiden Tagen saß sie – jeder Witterung trotzend – auf einer graffitibeschmierten Parkbank, um Rüdiger zu bewundern, wann immer eine seiner konzentrierten Runden ihn an ihr vorbeiführte. Wenn sie erst mal ihr Haus am Waldrand und den Labrador hätten, würde sie ja auch bei jedem Wetter rausgehen müssen.

Um ihre eigentliche Mission nicht aufzudecken, hatte sie immer ein Buch dabei, das sie unkonzentriert las. Sie hatte sich für ein englischsprachiges entschieden. Ein kleiner Wink mit dem Zaunpfahl an ihren Zukünftigen, dass sie über eine standesgemäße Bildung verfügte.

Viel natürlicher wirkte es, dass sie mit einigen Hundebesitzern Bekanntschaft geschlossen hatte, die sie begrüßen und in ein Gespräch verwickeln konnte. Belanglose kleine Schwätzchen über den Durchfall von Oskar, den betagten Westhighland-Terrier, oder die Erfolge des Schäferhundes Aladin in der Hundeschule. Auch diese absolvierte sie ebenso unkonzentriert, weil sie mit einem Auge Rüdiger auf seinen Bahnen folgte. Auf keinen Fall wollte sie es verpassen, wenn er seine dunkelblauen Augen auf sie richtete.

Tatjana war keine große Nachtschwärmerin. Wozu auch? In ihrem Hotel konnte sie täglich mehr neue Leute kennenlernen als manche in ihrem ganzen Leben. Hier gab es einige schicke Bars, in denen sie nach der Arbeit mit ihren Kolleginnen manchmal einen Absacker trinken ging. Und während der Nachtschicht präsentierte ihr das Nachtleben seine hässlichste Fratze: alkoholisierte Geschäftsleute, die mit leichten Mädchen auf ihren Hotelzimmern ihre Frauen betrogen, fast besinnungslos bekiffte, desorientierte und ungehobelte Berufssöhnchen, abgetakelte, von der Müdigkeit um Jahre gealterte Damen der Gesellschaft, auf die Straße kotzende oder pissende Gestalten in den teuersten Roben. Sie hatte alles schon gesehen. Was ihr das Ausgehen nicht unbedingt attraktiv machte. Auch wenn Rüdiger gern um die Häuser zu ziehen schien. Manchmal war bei ihm um vier Uhr morgens noch das Licht an. Zu Tatjanas Erleichterung kehrte er aber allenfalls in männlicher Begleitung zurück. So sorgfältig und detailverliebt, wie der groß gewachsene, durchtrainierte und stets wunderbar duftende Rüdiger Graf von Vossberg sich zu allen Anlässen kleidete, lag der Verdacht nahe, er sei schwul. War er aber nicht. Und auch nicht in anderen Händen. Er war das, was man die perfekte Partie nannte: ledig, ohne Exfrau, ohne Kinder.

Sofern es ihr Schichtdienst erlaubte, richtete Tatjana ihre eigenen Unternehmungen und Besorgungen zeitlich danach, Rüdiger möglichst oft begegnen zu können. Mehrmals täglich fragte sie sich beim Blick auf die Uhr, wo er wohl gerade sei. Sie sah ihn in einem seiner Designeranzüge Anweisungen geben, souverän seine Termine erledigen oder in schicken Restaurants Geschäftsgespräche führen. Und wünschte sich so sehr, er möge zwischendurch kurz bei ihr anrufen, um ihr »Ich liebe dich« zu sagen. Ehrlich gesagt, fand Tatjana ihren Traumjob an der Rezeption von Tag zu Tag lästiger und uninteressanter. Denn er hielt sie davon ab, sich ihrem geliebten Grafen zu widmen.

Ganz anders ging es da Ulrich, einem Delikatessenhändler, der zweimal wöchentlich Waren beim Hotel ablieferte. Für ihn gab es nichts Schöneres, als seinem Job nachgehen zu können. Seit er Tatjana Rothe das erste Mal in ihrer schmucken maßgeschneiderten Uniform hinter dem Massivholztresen des gediegenen Fünf-Sterne-Hotels gesehen hatte, arbeitete er mit allergrößter Leidenschaft.

Er liebte es, wie die grüne Uniform alle Details von Tatjanas schlanker Figur nachzeichnete, aber erst als Ulrich eines Tages beschlossen hatte, ihr nach ihrem Dienst zu ihrer Wohnung zu folgen, hatte er sich ein Bild der privaten Tatjana machen können. Bei Sonnenschein hängte sie ihre Wäsche wie in Italien an einer Wäscheleine vor ihrem Küchenfenster raus, und er sah ihre bunten Kleider und farbenfrohen Handtücher im Wind flattern. So war sie ihm noch lieber. Merkwürdig, denn er war ja nur einer unter unzähligen Passanten, aber ihre Sachen dort zu entdecken, erfüllte ihn mit einer unerwarteten körperlichen Erregung. Als hätte er ein intimes Geheimnis herausgefunden, stieg ihm die Schamesröte ins Gesicht, und er fühlte sich plötzlich selbst beobachtet. Aber gerade wegen dieses heftigen Herzklopfens, so stark, als hätte er zu viel Maschinenkaffee getrunken, konnte er nicht aufhören, immer wieder vor Tatjanas Mietshaus zu patrouillieren.

Einmal hatte dort ein niedliches mädchenhaftes Wäscheset aus geblümter Baumwolle gehangen. Seitdem stellte sich Ulrich vor, dass sie ihn in diesem Set empfing, die frisch gewaschenen roten Locken noch feucht, ihre porzellanweiße Haut fast transparent. Er würde verharren, um diesen Anblick so lange wie möglich auszukosten. Zerbrechlich und unschuldig wirkte sie auf ihn, und genau das regte seine Fantasie an. Er würde sie heranwinken und ihr zusehen, wie sie auf ihn zuging. Mit diesem fragenden, ein wenig unsicheren Blick. Er würde seine Arme weit wie Schwingen ausbreiten und sie umschließen. Sie würde ihren heißen Körper an seinen schmiegen, und er würde sein Gesicht in ihrem nach Pfirsichshampoo duftenden Haar verbergen und ihre weichen Rundungen an seiner Haut erspüren. Ihre Brustwarzen würden sich durch den dünnen Stoff erhärten und an seiner Brust reiben. Dann würden sie sich küssen, zuerst zaghaft, dann fordernder, leidenschaftlicher. Er würde alles Weitere bestimmen, sie führen, ihr den Weg zu seinem Herzen weisen. In ihrer Nähe fühlte er sich stark und männlich.

Es bereitete ihm Vergnügen, ihr eine kleine Leckerei aus seinem exklusiven Gourmet-Versand mitzubringen, aber am liebsten überraschte er sie mit etwas Selbstkreiertem. Jedes Mal versuchte er sie dann in ein Gespräch zu verwickeln, das er sich zurechtgelegt hatte, um bei ihr Eindruck zu schinden. Ulrich verstand etwas von Marketing. Aber mehr als ihre natürliche Freundlichkeit hatte sie nicht für ihn übrig. Wenn Tatjana ihm ihr schüchtern wirkendes Lächeln zeigte und ihm artig dankte, bekam er Lust, sie sofort zu packen, durch die elegante Drehtür hinauszutragen und irgendwohin zu entführen. Zu gern würde Ulrich sie zum Beispiel mit einem selbst gekochten Menü in seiner perfekt ausgestatteten Küche verwöhnen. Doch seine Vorschläge blieben ungehört, seine Komplimente unbemerkt, seine Aufmerksamkeiten ungewürdigt. Manchmal kam es ihm so vor, als wäre sie mit ihren Gedanken ganz woanders.

Seine Lieferzeiten hatte Ulrich so eingerichtet, dass er Tatjana möglichst oft zu Gesicht bekam. Nicht nur im Hotel, sondern auch auf seiner sonstigen Route. Er wusste, dass sie Freitag, Samstag und Sonntag Frühschicht hatte, also um sieben Uhr Morgens ihren Dienst antrat. Warum sie im Gegensatz zu den meisten Menschen nicht am Wochenende ausschlafen wollte, war ihm ein Rätsel.

An den übrigen Tagen begann sie nachmittags um 17 Uhr ihre Arbeit an der Rezeption, adrett und strahlend. Wegen ihrer Zehn-Stunden-Schichten hatte sie drei Tage hintereinander frei, in denen Ulrichs Sehnsucht so groß wurde, dass er gern ein paar Umwege in Kauf nahm, um wenigstens einen kurzen privaten Blick auf sie zu erhaschen. Inzwischen hatte er alles Mögliche über sie herausbekommen. Dass sie Kuchen so sehr liebte und sich jeden Tag ein Stück kaufte. Denn den holte sie sich um sieben Uhr dreißig in der Bäckerei gegenüber von ihrem Wohnhaus und ging danach noch einmal um den Block, bevor sie zu Hause frühstückte. Er hatte auch herausgefunden, dass sie überhaupt viel alleine und zu ungewöhnlichen Zeiten spazieren ging und sich dabei nie aus ihrem Karree herausbewegte. Dass sie sich jeden Monat ein neues englischsprachiges Buch in einer Spezialbuchhandlung kaufte und es auf Parkbänken in der unmittelbaren Umgebung ihrer Wohnung las. Wahrscheinlich, um für ihren Job in der Übung zu bleiben, was Ulrich, der selbst Englisch und Italienisch sprach, sehr bewunderte. Er wusste außerdem, dass sie ihre naturrote *Rita-Hayworth*-Frisur mit einer Tönung, die sie einmal im Monat bei *Haarscharf* in der Barbarossastraße erhielt, noch mehr zum Strahlen brachte. Dass sie in ihrer Freizeit nicht viel unternahm und das Wenige allenfalls mit Freundinnen.

So schnell, wie die aparte, stilvolle und gebildete Tatjana nach der Arbeit verschwand, lag der Verdacht nahe, sie habe einen Freund oder Ehemann zu Hause. Hatte sie aber nicht. Was Ulrich über alle Maßen wunderte. Sie war das, was man die perfekte Frau fürs Leben nannte: ledig, ohne Exmann, ohne Kinder.

Tatjana öffnete die Augen. Sie musste weggetreten sein. Wo war sie? Ihre Pupillen schmerzten bei jeder Bewegung, so dass sie sich aufzurichten versuchte, um sich umzusehen. Sofort wurde ihr wieder schwindlig, und wie eine schwere nasse Robbe fiel sie rückwärts zurück auf die Unterlage, die sich wie Wildleder anfühlte. Vorsichtig rollte sie ihre Augen zur Seite. Und erblickte die scheußlichste Einrichtung, die sie jemals außerhalb eines Möbelgeschäfts gesehen hatte: italienische Stilmöbel. Als hätte sich jemand in einem der Showroom-Abteile einmal um die eigene Achse gedreht und gesagt: »Packen Sie alles ein, was ich sehe.« Inklusive Dekosträußchen, geschmacklosen Messingkerzenständern und kitschigen Landschaftsdrucken. Sie hatte den Verdacht, dass die wenigen Bücher, die sie entdecken konnte, auch nur Pappimitate waren. Aber das schlimmste waren die Bronzeskulpturen von nackten Frauen in willigen, erwartenden Posen. Im Vierfüßlerstand unter dem Glascouchtisch. Fast lebensgroß, der Physiognomie nach eine Afrikanerin. Der Po, der zusammen mit dem Kopf die Glasplatte balancierte, fußballrund und prall, wirkte durch das extreme Hohlkreuz, das die schweren Bronzebrüste weit herabbaumeln ließ, überdimensional groß. In breitbeiniger Erwartungshaltung auf dem Rücken liegend, diente eine kleine Skulptur als netter Fensterschmuck, und neckische Salz- und Pfefferstreuer-Frauen räkelten sich in frivolen Posen auf dem Mahagoni-Esstisch.

Nur mit Mühe konnte Tatjana den aufkommenden Brechreiz unterdrücken. Sie fürchtete, dass es nicht ihrer Bewusstlosigkeit zuzuschreiben war, dass ihr so schlecht war. Und wieder schwanden Tatjana die Sinne. Das war auch besser so. Denn diese Peinlichkeit wollte sie nicht eine Sekunde länger miterleben.

Ja, sie hatte sich gewünscht, dass Rüdiger sie zu sich einlud. Dass er sie strahlend in seine starken Arme schloss. Dass er ihr etwas aus seiner gut ausgestatteten Hausbar zu trinken anbot und sie galant umsorgte. Dass seine nachtblauen Augen bewundernd auf ihr ruhten. Dass er ihr wohlklingende Komplimente machte. Dass er ihr die grüne Satinbluse aufknöpfte, die ihrer vornehmen Blässe so schmeichelte. Dass er seine Hände in ihren Nacken legte und ihn sanft massierte. Dass er sein Gesicht in ihren unendlich weichen Locken vergrub und ihren Pfirsichduft einsaugte. Dass seine Lippen ganz leicht über ihr Ohr strichen und ihr zuflüsterten, wie schön sie sei. Dass er behutsam und zart ihren Hals küsste, genau an den Stellen, die besonders empfindlich waren. Dass eine seiner Hände – kühl und trocken und kräftig – langsam an ihrer Wirbelsäule hinabglitt und ihrer Haut kalte Schauer bereitete. Sie hatte sich vorgestellt, wie diese Hand ohne lange Fummelei, mit einem gekonnten Schnipp, den Verschluss ihres raffinierten Spitzen-BHs öffnete. Wie er beide Hände in die Schalen des BHs gleiten ließ, so dass sich ihre Brustwarzen sofort verhärteten und seinen Fingern entgegenreckten. Wie er ihre Brüste, die genau in seine Hände passten, umfasste und liebevoll streichelte. Nicht zu fest und nicht zu zaghaft. Schon so oft hatte sie alleine in ihrem Bett gespürt, wie ihre Leibesmitte nass wurde, während er das tat. In ihrem immer wiederkehrenden Traum hatte er sich dann selbstlos zuerst um sie gekümmert, sie lange und ausgiebig am ganzen Körper liebkost, geleckt, geküsst, gestreichelt, bis sie fast wahnsinnig vor Gier nach seinem Reißverschluss gegriffen und seinen herrlich prallen, pochenden Schwanz aus seinem engen Gefängnis befreit hatte. Freudvoll war er ihr entgegengeschnellt, und mit einem routinierten Ruck hatte Rüdiger ihre sehnsuchtsvolle Muschi auf seinen steil aufgerichteten Stab gestülpt. Hatte die Regie übernommen und instinktiv alles richtig gemacht.

Tatjana wachte von einem unangenehmen Gefühl auf. Irgendetwas zerrte an ihr. Ihre Haut wurde geknetet, auf grobe, schmerzhafte Weise.

Nun fiel ihr alles wieder ein. Endlich hatte sie den Mut gefasst, einen Vorstoß zu wagen. In einem sündteuren sexy Outfit, das sie sich extra für diesen Zweck angeschafft hatte, hatte sie vor Rüdigers Haus gelauert, bis ein Kurier die Tür öffnete. Dann war sie hinter ihm ins Treppenhaus geschlüpft und hatte es sich einen Stock über Rüdigers Wohnung eingerichtet, um ihm – ganz zufällig – über den Weg zu laufen, wenn er nach Hause kam. Ebenso beiläufig hatte sie ein Gespräch beginnen wollen. Aber dann war sie in ihren ungewohnt hohen Absätzen die Treppe runtergerutscht. Hatte wegen des knallengen Rocks keinen Halt mehr gefunden und war ihm direkt vor die Füße gefallen.

»Hoppla, hübsches Kind«, waren die historischen ersten Worte, die Rüdiger Graf von Vossberg an Tatjana gerichtet hatte. Mit dem Satz »Bin gleich bei dir, Süße« hatte er ihr nicht etwa Erste Hilfe geleistet, sondern die Wohnungstür aufgesperrt, um seine Sachen reinzustellen. Sein »Was für ein nettes Präsent« hatte sie schon gar nicht mehr gehört. Und dass er sie über seine Schwelle getragen hatte, hätte sie in höchste Verzückung versetzt, wäre sie da nicht schon bewusstlos gewesen.

Langsam kam Tatjana zu sich. Sie sah an sich herab und stellte fest, dass ihre Bluse aufgeknöpft und sie von der Taille abwärts völlig entblößt war.

Auf dem Zweisitzer gegenüber saß Rüdiger, ebenfalls von der Taille abwärts entblößt, und holte sich einen runter. Er grinste sie an, als wäre das, was er da tat, das normalste der Welt.

Tränen stiegen ihr in die Augen.

Umständlich krabbelte Tatjana vom Sofa und nahm neben dem Couchtisch unfreiwillig dieselbe Position ein wie ihre bronzene Leidensgenossin.

Wie durch einen Wattebausch gedämpft, hörte sie Rüdiger lachen und sagen: »Ja, bleib so, Süße. So gefällst du mir.«

Um einem erneuten Schwindelanfall vorzubeugen, senkte sie den Kopf. Und sah, warum sie so unsicher stand, der Boden so uneben war. Vor ihr aufgefächert wie ein *Full House* lagen die widerlichsten Pornohefte, die sie je gesehen hatte: Frauen als Objekte, die gedemütigt, geschlagen, gefoltert und missbraucht wurden.

»Die sind heiß, was?«, hörte sie Rüdigers unangenehme Stimme, die sie sich viel sonorer vorgestellt hatte.

Wieder kämpfte sie gegen die Übelkeit an. Nun war sie

wach. Nichts wie raus hier! Sie fand ihren Slip und den Rock zerknautscht auf dem ekligen Alcantara-Sofa und nahm beides an sich. Der kühle weiße Marmorboden belebte sie so weit, dass sie zum nächsten Sessel robben und sich daran hochziehen konnte. Sie musste schleunigst aus diesem Zimmer raus. Nicht mal anziehen wollte sie sich vor diesem Schwein, das da breitbeinig und obszön auf dem Sofa fläzte und Tatjana »Oooh jaaa, das ist schön. Komm zu mir. Zeig dich mir, Süße« und dergleichen hinterherstöhnte. Sein gestreiftes Businesshemd wirkte plötzlich alles andere als edel.

Sie stolperte durch den langen, geräumigen Gang, den eine beachtliche Batterie leerer Weinflaschen zierte. Daraus bestanden also seine Einkäufe. Ihre Beine waren so wacklig, dass sie eine Flasche streifte, die ihr zwischen die Füße rollte. Fast wäre sie wieder gestürzt, schaffte es aber unfallfrei zur riesigen, reich verzierten Wohnungstür. Beim Gepolter der umstürzenden anderen Flaschen, die wie Dominosteine von der ersten mitgerissen worden waren, schlüpfte sie in ihre Kleidung. Neben der Tür, die ihr dabei Halt gab, fand sie ihre Handtasche. Rüdigers »Süße, bleib doch noch. Wo willst du denn hin? Wir lernen uns doch gerade erst kennen« kroch ihr schleimig hinterher, als sie die Tür hinter sich ins Schloss fallen ließ und vorsichtig – einen Fuß vor den anderen setzend – die breite Holztreppe hinunterstieg. Die ganze Zeit über war kein Ton über ihre Lippen gekommen, so tief saß der Schock über Rüdigers Verrat. Seinen Verrat an ihren Träumen, ihren Plänen, ihren Fantasien. Ihr Blick vernebelte sich, und endlich bahnten sich erlösende Tränen ihren Weg. Unten angekommen, kramte sie schniefend in ihrer Handtasche nach einem Taschentuch. Weil sie beide Hände benötigte, um die schwere Haustür aufzuziehen, kippte der gesamte Inhalt ihrer Tasche auf den Bürgersteig.

»Was für ein Scheißtag!«, zischte sie zwischen zusammengepressten Zähnen, während sie sich umständlich bückte. Ihren teuren Rock wollte sie nicht auch noch zerreißen.

Ein Mann ging vor ihr in die Knie und half ihr, die Sachen aufzusammeln. »Danke, nett von Ihnen«, murmelte Tatjana matt. Sie sah ihn an. »Du? Was machst du denn hier?«

Ulrich sagte: »Ich war gerade in der Nähe. Ganz zufällig.«

Sie warf ihm einen zweifelnden Blick zu.

»Du siehst mitgenommen aus. Komm.« Behutsam umfasste er sie und half ihr auf. Erleichtert stützte sie sich auf ihn.

»Ulrich.« Seinen Namen kannte sie also. Wieder bedachte sie ihn mit diesem irritierten Blick. »Wie auch immer du hierherkommst … dich schickt der Himmel.«

Wenn du wüsstest, dachte Ulrich und sagte: »Alles ist gut.« Weit wie Schwingen breitete er die Arme aus, zog Tatjana an sich, griff ihr sanft in die zerzausten Locken, saugte den Duft ihres Haares und ihres Körpers auf, der genauso war, wie er ihn sich immer vorgestellt hatte.

Sie sah zu ihm hoch mit diesen unglaublich reinen Kleinmädchen-Augen und seufzte.

»Wenn du wüsstest, wie froh ich bin, dich zu sehen. Ich will jetzt nach Hause. Kommst du mit?«

Trip ins Glück

Es wird nie passieren, hatte Jana gedacht. Gerade als sie hin und her überlegt hatte, ob sie sich von Jens trennen sollte, um auf andere Weise zu ihrem Familienglück zu kommen, da hatte er ihr einen Antrag gemacht. Nicht ganz so romantisch, wie sie sich das immer ausgemalt hatte, aber was wollte man nach so langer Zeit schon erwarten? Ein Antrag war ein Antrag, egal ob an einem Montag nach dem Kino in der Tram gemacht oder in einer venezianischen Gondel. Sie verstanden sich gut, war das nicht die Hauptsache?

Wie die Zeit raste. Sechs Jahre war es nun schon her, dass sie sich auf einem Grillfest bei seinem Arbeitskollegen Peter ineinander verliebt hatten. Seitdem verlief ihr Leben wie ein langer, ruhiger Fluss. Ihre Partnerschaft war schnörkellos wie eine Kaffeemaschine, harmonisch wie Weißwurst und süßer Senf, pragmatisch wie Geschirrspültabs mit sieben Funktionen auf einmal. Für Jens ein gutes Zeichen. Aber Jana zwickte manchmal die Abenteuerlust. Kaum sah sie im Fernsehen eine Reise- oder Tier-Dokumentation, bekam sie Lust, sofort den Rucksack zu packen und loszuziehen. Was schon deshalb nicht so schnell gegangen wäre, weil sie noch nicht mal einen *backpacker*-Rucksack besaß. Der war für die Erholungsurlaube mit fest organisiertem Sport-Programm, die sie gewöhnlich machten, auch nie nötig gewesen. Immer wenn sie davon anfing – »Jähäääns« (wenn sie etwas von ihm wollte, zog sie seinen Namen immer so in die Länge), »könntest du dir vorstellen, in der afrikanischen Wüste Shrimps zu züchten?« –, führte Jens ihr vor Augen, wie gut sie es doch hatten: keine Krisen, keine Schulden, keine Affären. Und machte ihr klar, wie dumm es wäre, das alles für einen verrückten Geistesblitz aufs Spiel zu setzen.

Dennoch hatte sich Jana bei der Wahl ihres Flitterwochen-Paradieses durchsetzen können. Er wollte ans Meer und ausspannen, sie wollte etwas erleben. In Holland hatten sie beides.

Während der eineinhalb Wochen, in denen sie von Strand zu Strand gezogen waren, hatte Jens ausreichend Zeit für Ruhe und Sport gehabt. Stille Tage in Den Haag. So hatten sie sich langsam in Richtung Amsterdam bewegt. Und je näher sie dieser Stadt nun kamen, desto unruhiger wurde Jana. Hier lag die Erinnerung an die »unartige« Jana begraben. Hier war sie mit ihren Freundinnen gleich nach dem Abitur im Nachtzug angereist und hatte es richtig krachen lassen. Gott, wie lang das her war! Es kam ihr vor, als hätte sie das alles in einem Film gesehen, so unwirklich waren die Bilder, die jetzt auf dem Speicher ihres Elternhauses verstaubten: Jana mit verwegener Freibeuter-Miene beim Kiffen und Wasserpfeiferauchen. Jana verschwörerisch beim Haschkekse-Probieren. Jana aufgekratzt und mit derangierten Klamotten und Haaren nach dem Durchmachen in einem Straßencafé. Jana bunt verkleidet beim Ernüchtern auf dem coolsten Flohmarkt, den sie je erlebt hatte. Ihr Mann hasste so etwas – er ekelte sich vor Dingen, die andere Leute schon benutzt hatten. »Wer weiß, was die alles damit gemacht haben«, war sein Spruch, der Jana immer dazu brachte, sich verachtungsvoll abzuwenden. Um die Wochenenden mit ihm verbringen zu können, verzichtete sie also auf das Vergnügen, in den gebrauchten Sachen anderer Leute zu wühlen, und fuhr stattdessen mit ihm in irgendwelche *Outlet-Malls* auf dem Land. Was beklagte sie sich, immerhin ging er überhaupt Shoppen. Die Männer, die dabei nicht grummelig wurden, konnte man an einer Hand abzählen, meinten ihre Freundinnen, die inzwischen auch alle verheiratet waren und wussten, wovon sie sprachen.

Jedenfalls, auf diesem aufregenden Flohmarkt in Amsterdam, der sich durch die halbe Stadt zu ziehen schien, hatten sie und ihre beiden Schulfreundinnen dann eine ausgeflippte Rockband kennengelernt. Drei spontane, witzige, verrückte Musiker, mit denen sie die wildesten zwei Tage und Nächte ihres Lebens verbracht hatten. (Auch davon gab es gut versteckte Fotos: Jana inmitten eines Knäuels halb bekleideter Leiber.) Geschlafen hatten sie erst wieder im Zug. Und gelacht, so gelacht, dass Jana Muskelkater in den Mundwinkeln gehabt hatte. Was für ein Trip!

Dass jetzt alles ganz anders ablaufen würde, wusste Jana natürlich. So war das nun mal, wenn man älter und ruhiger wurde. Immerhin kannten sie sich so gut wie auswendig. Aber eben nur ›so gut wie‹. Denn von diesem Trip damals hatte sie Jens nie etwas erzählt. Wie gesagt, manche Erlebnisse wurden irgendwann so unwirklich, dass sie nicht mehr zu einem zu gehören schienen.

Aber kaum erreichten sie die engen Grachten Amsterdams, befiel Jana wieder das alte, wilde Gefühl. Die schiere Lust aufs Leben. Auf der Suche nach ihrem vorreservierten Vier-Sterne-Hotel – vorbei auch die Zeiten der quietschenden Stockbetten in irgendwelchen Absteigen, die man zu Fuß in einer lichtscheuen Seitengasse ausfindig machen musste – fuhren sie im Schritttempo, was Jana ermöglichte, sehnsüchtig nach altbekannten Orten Ausschau zu halten. Am liebsten wäre sie gleich aus dem Wagen gesprungen.

Die Freundlichkeit einiger Passanten ließ sie ihr Hotel auf Anhieb finden, so dass sie schon bald ihr gemütliches, britisch anmutendes Zimmer beziehen konnten. Jana verspürte keine Spur von Müdigkeit. Sie wollte sofort raus.

»Komm, wir gehen spazieren«, schlug sie übermütig vor. Doch ihr Mann, der erschöpft von der Fahrt war und sich erst frisch machen wollte, merkte nicht, was in ihr vorging. Er setzte einfach die Koffer ab und verschwand im Bad. Das versetzte ihr einen kleinen Stich der Enttäuschung, aber ihre Fantasie war durch die Erinnerungen, die nach und nach plastischer wiederkehrten, ganz schön angeheizt. Erst öffnete sie ihren Koffer, ließ das Auspacken, das nun mal ihre Aufgabe war, dann aber abrupt sein. Stattdessen entledigte sie sich blitzschnell ihrer Kleider und stieg zu Jens in die Dusche. Unter dem heißen Strahl schmiegte sie sich an seinen aufgeheizten nassen Körper, der schon eingeseift war. Ein raues Stöhnen signalisierte ihr, dass er es genoss. Wortlos begann Jens damit, Jana einzuseifen. In seinen Händen rieb er die Seife schaumig und strich damit sanft über ihre wohlbekannten Kurven. Seine Tätigkeit hatte ein bisschen etwas Steriles, obwohl sich sein kleiner Jens dabei wacker aufrichtete, um sich bemerkbar zu machen. Auch Jana seifte ihre Hände ein und wusch den heißen Schaft mit besonderer Sorgfalt, wobei der sich genötigt sah, sich immer größer und strammer aufzurecken. Jens schloss die Augen und ließ seine Hände über ihre weichen glitschigen Kurven gleiten. Dass er dabei immer wieder liebevoll ihre Hüftpölsterchen kniff, irritierte Jana, aber in einer solchen Situation war Maulen oder Zicken einfach unangebracht, fand sie. Dieses Mal schloss sie auch die Augen und driftete einfach in ihre Erinnerungen ab: Lippen, Münder, Zungen, wer weiß, von wem … Als der unaufhörlich auf sie einprasselnde Wasserstrahl alle Seifenreste von ihren Körpern gespült hatte, stiegen sie gemeinsam aus der Duschkabine und legten sich ins Bett, um miteinander zu schlafen. Worte waren nicht nötig. Dies war ein altbekanntes, ein verlässliches Ritual ihrer langen Beziehung. Aber hatte es nicht auch etwas Beruhigendes?

In einem der berühmten Amsterdamer Coffeeshops etwas anderes als Kaffee zu sich zu nehmen, war für Jens unvorstellbar. Aber Jana fühlte sich sofort in ihre Jugend zurückversetzt. Jens war so ein asketischer Typ. Irgendwo herumzuhängen, war ihm fremd. Lieber rannte er ein paar Runden. Also beschlossen sie am Nachmittag des darauffolgenden Tages, für ein paar Stunden getrennte Wege zu gehen. Jana spazierte an den Grachten entlang, saugte den fischigen, leicht muffigen, dunstigen, teilweise sogar ranzigen, für sie aber einfach lebendigen Kanalduft in sich ein. Drogen gab es hier immer noch überall in rauen Mengen, davon zeugten die vielen Zubehör-Läden und durchgeknallten Leute, die das Straßenbild prägten. Hier waren die Blumenkinder nie gealtert oder immer neue nachgewachsen. Jana setzte sich in einen belebten Coffeeshop und nahm sich eine der dort herumliegenden Stadtzeitungen mit an den Tisch. Das war einfach das Tollste an Holland, fand sie. Dass sich allerorten Generationen, Klassen und Menschentypen fröhlich mischten. Auch hier in diesem Café saßen fein bepelzte Damen beim Kaffeeklatsch nach dem Shoppen neben studierenden und schreibenden Intellektuellen, die in ihren Kleidern zu wohnen schienen. Man sah gepiercte Kids, die sich vor dem Ausgehen aufputschten, Nachtarbeiter beim späten Frühstücken, alte Menschen aller Nationalitäten, die scheinbar dort lebten. Jana genoss die Sonne, die ein Lichtflecken-Ballett auf der Wasseroberfläche inszenierte, und fing an zu träumen.

Zwar hatte sie ihre allerschönsten Kleidungsstücke dabei, aber sie hatte sich vorgenommen, auf jeden Fall etwas Neues zu kaufen. Irgendwas Ausgeflipptes, was sie zu Hause nie bekommen würde. Etwas, das sie immer an ihre Hochzeit erinnern würde, denn das typische weiße Brautkleid hatte es bei ihr nicht gegeben. Ein bisschen albern bei einer standesamtlichen Trauung, nicht wahr? Also hatte sie sich für ein schickes, nicht zu modisches Kostüm entschieden, das sie auch ins Büro oder zu einem klassischen Konzert anziehen konnte. Dieser Pragmatismus war auch so ein Zeichen der unausweichlich fortschreitenden Reife. Man wird einfach vernünftiger … Ach was, wenn ich vernünftig wäre, wäre ich nicht hier, dachte sie und blätterte die Stadtzeitung durch. Was sie fand, waren keine Flohmärkte und Boutiquen, sondern seitenweise Sex-Clubs. Neugierig las sie von Live Sex Shows, S/M-Shows, Bondage, Lolitas on Stage, Super-Cocks in Action. Und bekam unbändige Lust, sich zu berauschen und nicht mehr nach Hause zu gehen, sich mit Jens einfach treiben zu lassen und die Nacht durchzumachen. Kurzerhand riss sie die Anzeigenseiten aus der Zeitung, legte das Geld für den Kaffee abgezählt auf den Tisch und machte sich auf in Richtung Rotlichtbezirk. Sie wusste, wohin, obwohl sie damals nicht dort durchgekommen waren.

»Na, war's schön?«, begrüßte sie Jens, der mit der Fernbedienung in der Hand auf dem Bett lag. Robert de Niros Originalstimme im Fernsehen zu hören, war ungewohnt.

»Ganz interessant. Ich habe ein paar schöne Läden gesehen, da könnten wir ja morgen mal hin.« Von ihrem Ausflug ins Rotlicht-Viertel erzählte sie nichts. Sie fürchtete, er würde versuchen, ihr das, was sie vorhatte, gründlich auszureden.

Sie beugte sich zu ihm herab und gab ihm einen zärtlichen Kuss auf den Mund. Sein nackter Oberkörper reizte sie, ihn zu berühren.

»Mhhhmm, du warst schwimmen«, flüsterte sie. Stolz pumpte er seinen sportgestählten Brustkorb noch ein bisschen mehr auf, erwiderte die Berührungen ihrer Hand mit den einzelnen Muskelpartien. Aber Jana ließ von ihm ab.

»Nicht aufhören, das ist schön«, brummte er mit tiefer Stimme und zog sie zu sich heran. Flüchtig ließ sie sich küssen, machte sich aber gleich wieder los. Das fiel ihr ganz schön schwer, denn sein durchtrainierter Körper konnte ihren Puls immer noch beschleunigen. Aber sie wollte sich alles Weitere für später aufsparen.

Gerade wurde es dunkel. Hand in Hand zogen sie los und ließen sich gut gelaunt über mehr als sieben Brücken durch das belebte Amsterdam treiben, so wie sie es sich am Nachmittag ausgemalt hatte. Jana musste sich ziemlich zusammenreißen, dabei nicht mit ihren Erinnerungen herauszuplatzen. Diese Stadt schläft nie, dachte sie. Man schämt sich richtig, müde zu werden. Selbst in den dunkelsten Gassen trifft man zu jeder Tages- und Nachtzeit auf Menschen. Einer lustigen Truppe folgten sie in eine schummrige Bar, die ihre besten Zeiten wohl in den Zwanzigerjahren gesehen hatte. Sie nutzten die *Happy Hour* und brachten sich mit ein paar *Mojitos* in eine gelöste Stimmung – auch etwas, das schon so lange her war. Für gewöhnlich war ihr Umgang miteinander eher nüchtern, aber als sie die Bar verließen, schmiegte sich Jana eng an Jens. Liebevoll lächelte er sie an und legte seinen Arm um ihre Taille, während sie weiterschlenderten und müßig die Auslagen der – inzwischen geschlossenen – Läden betrachteten.

Ein Hauch von Nichts aus goldenen Stoffstreifen zog Jana magisch an. Solche exklusiven Boutiquen frequentierte sie normalerweise nie, deshalb wollte Jens sie gleich weiter dirigieren. Aber Jana starrte wie gebannt auf die mit Strass besetzten goldenen Stiletto-Sandalen vor der Schaufensterpuppe. Ihre letzten hochhackigen Schuhe hatte sie in den Anfängen ihrer Beziehung getragen, als Jens und sie sich noch in Bars verabredet hatten. Bei ihrer Heirat hatte sie, um den Tag schmerzfrei zu überstehen, bequeme flache Pumps bevorzugt – natürlich mit einem Seitenblick auf die spätere Verwendbarkeit im Büro. Zu Hause hätte Jana so ein extravagantes Mini-Kleid wahrscheinlich ordinär gefunden, aber hier in Amsterdam schien alles Frivole völlig natürlich. Hier stand man hinter einem eins neunzig großen, bieder gekleideten Transvestiten an der Supermarktkasse, wurde im Hotel von einem schwulen Ehepaar aufs Mütterlichste umsorgt, kaufte Designerkleidung von einer siebzigjährigen gepiercten, bunthaarigen Punk-Nostalgikerin oder Frühstücksbrötchen bei einer latexverpackten Bio-Bäckerin mit rotem Kussmund.

»Sexy, nicht?«, fragte sie Jens. Sie stellte sich vor, wie das Gold ihre blonde Lockenmähne zum Glänzen brachte. »Das würde mir sogar passen.«

»Wann willst du das denn anziehen?«, war sein abfälliger Kommentar, bevor er sie weiterschob.

Plötzlich waren keine Waren mehr ausgestellt. Im ersten Schaufenster hielt Jens die Figur im schwarzen Lackkleid noch für eine Puppe, aber im zweiten war die üppige Dame im roten Plüschsessel, deren Reize aus einem viel zu knappen weißen Marilyn-Monroe-Kleid herausquollen, damit beschäftigt, mit flinken Nadeln einen rustikalen Pullover zu stricken. Noch grotesker wirkte die Inszenierung, als ihr Kleid in regelmäßigen Intervallen von einem Luftstoß gelüftet wurde und ihren unbekleideten Unterleib enthüllte. Dass es Jana gelungen war, Jens in den berüchtigten *Red Light District* zu lotsen, ohne dass er es gemerkt hatte, war ihr ein kleines Laubhüttenfest. Zumal er jetzt keine Anstalten machte, schnell weiterzuziehen. Ein Schaufenster war dekoriert wie eine antiquierte Arztpraxis, und die sexy Krankenschwestern darin hätte sich wahrscheinlich jeder männliche Patient bei der Visite gewünscht: zwei Blondinen mit Endlosbeinen, die aufgrund identischer Perücken und Aufmachung wie geklonte Brigitte Nielsens aussahen. Fröhlich winkten sie Jana und Jens mit riesigen Metallspritzen und einem Einlauf-Gummibeutel zu, als ein schrankförmiger Mann auf sie zusteuerte und sich breitbeinig vor ihnen aufbaute.

»Welcome, beautiful couples in love, come see our beautiful live sex show.« Das Paar konnte sich kaum von der bizarren Praxis losreißen und reagierte nicht, da versuchte er es auf Deutsch: »Kommen Sie herein. Drinks gratis. Wo kommen Sie her? Genießen Sie Live Sex.« Obwohl dieses holländische Deutsch für sie so charmant klang, dass Jana unwillkürlich lächeln musste, schob Jens sie in eine andere Richtung. Aber der Schrank folgte ihnen, um sie nun auf Französisch zu fragen, ob sie aus Frankreich kämen. Jens verstand ihn nicht. Höflich, wie es stets seine Art war, wies er ihn ab: »Nein, danke.« Sie machten einen großen Bogen um den Anheizer, wurden ihn damit los, nur um gleich dem nächsten in die Fänge zu geraten. Dieser breitete herzlich die Arme aus, als begrüße er lang vermisste Verwandte. »Deutschland?«, fragte er freundlich. Das Paar blieb stehen und bejahte artig. »Wollen Sie etwas Besonderes erleben?«, fragte er weiter. Jens suchte einen Ausweg, Jana warf einen schnellen Blick auf die Leuchtreklame hinter ihm. *Tunnel of Love.* »Etwas, das Sie noch nie gesehen haben und nie wieder vergessen werden?«

Ja, genau das wollte Jana, aber Jens sagte automatisch: »Nein.«

Jana sah ihn an und fragte: »Wieso nicht?«

Erstaunt wandte er sich ihr zu. »Wieso nicht?«

Sie setzte ihr verführerischstes Lächeln auf. »Ja, sind wir nicht hier, um etwas zu erleben, was wir nie vergessen werden?« Auch der nette Anheizer war gespannt auf Jens' Antwort.

»Na ja, jaaaa. Aber ...«, wollte Jens argumentieren, doch Jana fiel ihm sogleich ins Wort.

»Ist das nicht der Grund, warum man Flitterwochen macht? Um was Unvergessliches zu erleben?«

Jens warf dem Anheizer, der wie ein Zuschauer beim Tennismatch interessiert von einem zum anderen gesehen hatte, einen entschuldigenden Blick zu, packte Jana an der Hand und schob sie an dem menschlichen Kleiderschrank vorbei, der ihnen noch einen schönen Abend wünschte. Weitere Schaufenster mit Liebesdienerinnen allen Alters und aller Couleurs konkurrierten um ihre Aufmerksamkeit:

Eine baumlange Inderin mit ungewöhnlich schmalen Hüften vollzog einen anmutigen Tempeltanz, wobei sie die Passanten mit ihren kajalumrandeten Augen hypnotisch fixierte.

Eine Domina im Rentenalter schien es nicht mehr nötig zu haben, Kundschaft anzulocken. Vom Hals bis zu den schwindelerregend hohen Pfennigabsätzen in körpernahes rotes Leder eingeschnürt, war sie vertieft in einen Groschenroman, ohne jemals aufzusehen. Vielleicht war ihr Berufsgeheimnis ja, ihren Kunden keinerlei Aufmerksamkeit zuteil werden zu lassen. Eine knöcherne Mulattin mit luftballongroßen Brustimplantaten, die kaum von dem neongelben Miniatur-Bikinioberteil im Zaum gehalten werden konnten (der Quadratzentimeter Stoff musste an den Brustwarzen festgeklebt sein), vollführte unermüdlich aufreizende Turnübungen an einer Stange. Dabei konnte niemand auch nur ein Gramm Fett ansetzen.

Aber die Flitterwöchner waren zu beschäftigt, um dieses Kuriositätenkabinett in sich aufzunehmen.

»Macht dich das denn gar nicht an?«

»Was soll mich anmachen?«, fragte Jens unschuldig.

Jana rollte mit den Augen. »Komm, gib's doch zu, dass dir die Krankenschwestern gefallen haben.« Sie machte sich von ihm los und sah ihn an. »Du müsstest impotent sein, wenn es nicht so wäre.«

Jens' Antwort bestand darin, dass er nun demonstrativ den Blick auf die provokanten Schaufenster mied, indem er Jana angestrengt in die Augen sah. Keine schlechte Entscheidung, denn wann immer einer den Blick der indischen Tempeltänzerin erwiderte, klappte sie kokett den Seitenschlitz ihres farbenfrohen Seiden-Saris zur Seite und entblößte ein mächtiges männliches Glied, dunkel wie eine Ebenholz-Figur.

Eine zierliche, hagere Frau, die in einem fast bodenlangen schwarzen *Matrix*-Ledermantel versank, gesellte sich frech zu ihnen. Mit einem koketten Augenaufschlag, so als böte sie sich selbst an, fragte sie: »Hast du Lust für ein bisschen Sex?« (Sie sprach es »büschen« aus, was Jana wieder zum Lächeln brachte. So ungefähr wäre es wohl, wenn die holländische Hochzeitsstifterin auch noch nach der Hochzeitsfeier dabei wäre.)

Jana sah Jens herausfordernd an. »Haben wir Lust?«

Jens musste lachen. Verlegen versuchte er, sowohl dem Blick seiner Frau als auch der schwarzledernen Mini-Amazone auszuweichen. Eigentlich wollte er ja nur nicht zugeben, dass ihn auch andere Frauen als seine eigene anmachten. Was, wenn Jana seine Erregung spürte? Das konnte nicht gut gehen. Er hatte schlichtweg Angst vor den Diskussionen, denn er vermutete, dass Janas plötzliches Interesse an dieser Sache nur ein Test war. Ein Treuetest. Seine Frau war einfach nicht der Typ, der sich für so was erwärmte. Sie waren nicht die Pornofilm-Sextoys-Swingerclub-Typen, sie waren die Saubere-Bettlaken-Sex-Typen.

Jana fragte die Türsteherin: »Sagen Sie, wenn es uns nicht gefällt, können wir dann jederzeit gehen?«

Die Frau in der Ledermontur lachte: »Das ist hier nicht wie in ein Theater – natürlich. Du hast keine Verpflichtung. Nur fünf Euro Eintritt. Du trinkst was, wenn du Lust hast, und gehst, wenn du willst.«

»Ach komm, Jähääns. Bitt-tääää«, bettelte Jana. »Nur mal reinschauen.« Sie zerrte an seiner Jacke wie ein kleines Mädchen.

Das mussten die *Mojitos* sein. Jetzt steckte er in einer Zwickmühle. Wie konnte er seiner Frau auf der Hochzeitsreise etwas abschlagen?

»Und wenn euch gut gefällt, könnt ihr bleiben bis morgen früh«, fügte die Türsteherin noch hinzu und hielt ihnen die schwere Metalltür zum *Bedroom Fantasies* weit auf. Für Jens ziemlich unwahrscheinlich; er vermutete, dass sie in zehn Minuten wieder draußen wären. Zwei weitere *Matrix*-Fans, die hünenhaft und blond den Eingang flankierten, unterzogen Jana und Jens einer kritischen Musterung, bevor sie ihnen den schweren Vorhang mit aufgemalten Kamasutra-Motiven aufhielten.

Nun war es Jana, die den sichtlich angespannten Jens voranschob. Aber die Dunkelheit des schwarz ausgekleideten, erstaunlich kleinen Saales – eine Art Mini-Kolosseum – versprach wohltuende Anonymität. Langsam drehte sich eine runde Plattform unten in der Mitte der Arena, um jedem Zuschauer gleichgute Sicht zu gewähren. Die Show war in vollem Gange, als das Paar von einem der blonden Hünen in die vorderste Reihe begleitet wurde. Klar, wenn man rund um die Uhr bleiben konnte, hörte das Spektakel wohl nie auf, fiel Jana ein, und ohne zu wissen, was sie erwartete, bekam sie spontan Mitleid mit den Darstellern.

Rhythmisches Trommeln und ein greller Scheinwerfer begleiteten eine blonde Frau, die so schön war, dass sich Jana sofort fragte, wieso sie auf diese Weise ihr Geld verdienen musste. Die hätte glatt als Fotomodell arbeiten können. Gespannt sah Jana auf die Bühne, während sie ihre Jacke auszog und sie neben sich legte. Die Blondine vollführte einen klassischen Striptease mit einem Stuhl, bis sie nur noch in einem Korsett und ein paar sehr hochhackigen silbernen Pumps dastand. Insgeheim bewunderte Jana Frauen, die so was konnten.

Jens war längst in seinem bequemen schwarzen Kinosessel

versunken. Eine dralle ältere Dame in einem zu tief dekolletierten kleinen Schwarzen und mit pechschwarzer *Morticia-Adams*-Mähne bis zum Po (sicher eine Perücke) nahm freundlich ihre Getränkebestellung auf. Schon zur Entspannung brauchte Jana dringend etwas zu trinken. Sie bemerkte, dass Jens der Dame nachsah anstatt zur Bühne, fast so, als hätte er Angst davor. Schmunzelnd schmiegte sie sich an ihn.

Dramatischer Trommelwirbel, der Janas Herz automatisch höherschlagen ließ, erklang, als sich der Boden in der Mitte der Bühne auftat. Rauchwolken – in unwirkliches rosafarbenes Licht getaucht – stiegen aus der Öffnung auf, und langsam kam darin ein transparentes Gebilde hervor. Eine Art gläserne Rakete.

»Ist es das, was ich denke?«, fragte Jana irritiert.

Jens lachte. »Wofür hältst du es denn? Ein Raumschiff?«

Von wegen Raumschiff. Das wurde beiden klar, als die Blondine mit katzenhaftem Gang zu dieser Rakete schritt und sich breitbeinig darüberstellte. Das martialische, leuchtende Ding hatte einen beträchtlichen Durchmesser und reichte vom Boden fast bis an ihre Scham.

»Sie wird doch nicht«, flüsterte Jana noch, aber da ließ sich die Schöne schon über dem Raketengebilde hinabsinken. Grinsend. Bald saß sie auf, aber das schien sie nicht zu bremsen, denn immer tiefer ging sie in die Knie, während das Ding in ihrem Innern verschwand. Auf den Bildschirmen, die überall an den Wänden Groß- und Nahansichten der Show zeigten, konnte man nun die Besonderheit des ohnehin schon ungewöhnlichen Lustspenders sehen: Eine Kamera im Riesendildo übertrug Innenansichten der Blondine auf die Leinwände. Rosiges Fleisch in einer nicht enden wollenden Höhle. Wie tief der reingeht, wunderte sich Jens, der Jana meist wie eine zerbrechliche Porzellanpuppe behandelte. Irgendwann war auch wirklich Schluss, aber da tobte der Saal schon. Frenetischer

Applaus begleitete den Aufstieg und Rückzug der wagemutigen Blonden. Auf der Bühne erschienen nun ein farbiger und ein weißer Mann in lächerlichen Lendenschurzen, die nicht verbergen konnten, wie enorm bestückt sie waren. Einer dilettantischen Choreografie folgend, hantierten sie unbeholfen mit afrikanisch bemalten Holzstangen und Holzschilden herum, bis wieder die blonde Darstellerin erschien, ihr Körper jetzt notdürftig mit Waschlederfetzen behängt wie eine ziemlich heruntergekommene *Jane*. Ohne großes Federlesen kamen die drei Protagonisten dieser erotischen *Tarzan*parodie, über die Jana laut auflachen musste, zur Sache. Wieder Trommelwirbel, diesmal mit afrikanischen Elementen. Mit einem Ruck rissen sich die beiden Männer die Schurze von den Lenden und nahmen die Frau in ihre Mitte. Sie hoben sie auf ihre hoch aufgereckten Lanzen. Die Trommeln gaben den Rhythmus vor, in dem die Frau von den Männern so richtig derb rangenommen wurde.

Jana verzog das Gesicht. Au, das muss doch wehtun, dachte sie. Dennoch stieg ein Kribbeln in ihr auf. Nach einem lautstark vorgetäuschten gemeinsamen Höhepunkt standen ihre Prügel immer noch himmelhoch.

Verlegen sah Jens zu Jana herüber, als sich die drei nebeneinander zum Publikum wandten und verbeugten. Die Frau schien noch immer nicht genug zu haben. Herausfordernd ließ sie den Blick durch den dunklen Zuschauerraum schweifen. »Where is our sexslave?«, rief sie und machte eine Geste in Richtung Publikum. Sie zeigte direkt auf Jana. Und wie auf Kommando bewegte sich der schwarze Hengst auf Jana zu, streckte seinen muskelbepackten Arm aus und hielt ihr seine Hand hin.

Jens sah seine Frau an, in der Bereitschaft, sie gleich verteidigen zu müssen. Aber sie … sie blickte dem schwarzen Stecher in die Augen, lachte kokett – und gab ihm ihre Hand.

Mit Schwung zog er Jana auf die Bühne, während die anderen beiden Darsteller enthusiastisch applaudierten und das Publikum mit einstimmte. Nicht einen Blick verschwendete Jana an Jens. Der schaute sich zweifelnd im Zuschauerraum um. Er sah in erwartungsvoll glänzende Gesichter. Gleich nahmen die beiden Männer seine Frau in ihre Mitte und rieben ihre Prügel an ihr. Wohl, um ihr einen Vorgeschmack von dem zu geben, was sie erwartete. Jana schwang lasziv die Hüften, und bald fand sie den gleichen Takt wie ihre Bühnenpartner. Ohne den Balztanz zu unterbrechen, begann der Schwarze, ihr Oberteil heraufzuschieben. Das Publikum klatschte im Rhythmus der Trommeln mit. Jedes Schlängeln ihres Körpers beförderte das Kleidungsstück weiter nach oben, und schon stand sie im BH da.

Jens erwartete, dass damit Janas Schamgrenze erreicht war.

Aber stattdessen fing er reflexartig ihr T-Shirt auf, das ihm der Schwarze in hohem Bogen zugeworfen hatte. Grinsend, als mache er ihm eine lange Nase. Wieder sah sich Jens schamhaft um, aber nichts als Gier, Konzentration und Anerkennung waren in den Gesichtern der Zuschauer zu lesen. In null Komma nichts stand Jana nur noch in Unterwäsche da. Nein, sie stand nicht mehr, denn der weiße Mann hatte sie an den Schenkeln hochgehoben, damit der schwarze Mann ihren Slip herunterstreifen konnte. Jana hing hilflos in der Luft, und sie hätten sie mühelos auf ihre harten Schwänze stülpen können. Aber anscheinend hatten sie etwas anderes mit ihrer neuen Gespielin vor. Denn inzwischen trug die Blondine – nun mit einer Art Mini-Toga bekleidet, die aber ihre nackten, wohlgeformten Brüste frei ließ – ein quadratisches Holzkreuz herein. Sie steckte es in eine Vorrichtung am Boden der Bühne und machte einen artigen Knicks zum Publikum.

Bereitwillig ließ sich Jana von den beiden Männern dorthin tragen und mittels Lederriemen an das Kreuz schnallen, die

Arme ausgebreitet und die Beine gespreizt. Sie war splitterfa-
sernackt und fand es offenbar toll. Richtig stolz schien sie zu
sein. Jetzt rieb die römische Sex-Vestalin Jana über und über
mit einem Öl ein.

Jana schloss die Augen und legte den Kopf zur Seite, sie
schien die Ölmassage sichtlich zu genießen. Jens erregte es
sehr zu sehen, wie Jana ihren Körper von jemand anderem als
ihm berühren ließ. Aber gleichzeitig irritierte es ihn. Mit einer
Frau konnte er nicht konkurrieren.

Als hätte es kein Gewicht, packten die beiden Männer das
Kreuz und legten es um. Nun wirkte es wie ein mittelalterli-
ches Streckbett, auf dem Jana wie eine Opfergabe ausgebreitet
lag. Die Plattform drehte sich gnadenlos weiter und gewährte
jedem einzelnen Zuschauer einen guten Einblick in Janas gespreizte Mitte. Jens war in Habachtstellung, ob Jana ihm einen
hilflosen Blick zuwerfen würde, aber das geschah nicht. Nun
zündete die Blondine eine Kerze an und hielt sie über Janas
Körper. Jana zerrte an ihren Fesseln. Nicht etwa als Widerstand, nein, sie reckte sich ihr entgegen.

»Shall I begin?«, wurde sie gefragt. Und Jana, deren Mitte
jetzt schon triefnass war, nickte.

Jens konnte nicht glauben, was er da sah. Während die beiden Gehilfen ihre Schwänze an ihr rieben, ließ die Frau aus
großer Höhe quälend langsam Kerzenwachs auf Janas Körper träufeln. Bei jedem Tropfen applaudierte das Publikum.
Jens starrte wie hypnotisiert auf seine Frau. Wachs tropfte
auf ihre Brüste. Instinktiv ging Jana ins Hohlkreuz und reckte sich der schönen Tempelhure entgegen. Wachs tropfte auf
ihre flache Bauchdecke. Jana schloss die Augen und stöhnte
auf. Wachs tropfte auf ihr dichtes blondes Schamhaar. Janas
Gesicht färbte sich rot vor Hitze, was Jens gut ausgeleuch-
tet auf allen Leinwänden sehen konnte. Er wischte sich den
Schweiß von der Stirn. Wachs tropfte auf ihre Schenkel. Jana

wand sich vor Wollust in ihren Lederfesseln. Die Stimmung kochte.

»Do you want more?«, fragte die Blondine, der das alles großen Spaß zu machen schien. Mit Schreien und Pfiffen feuerten die Zuschauer sie an. Sie sah Jana erwartungsvoll an.

Die warf ihr einen wilden Blick zu und sagte mit fester Stimme: »Yes.«

Als hätte sie damit ein geheimes Losungswort ausgesprochen, lösten sich die beiden Männer von der Blondine und begannen, das Wachs von Janas Körper zu reiben. Gezielt ließ die grausame Frau dabei einen Tropfen nach dem anderen von der Kerze direkt auf Janas Klitoris tropfen. O Gott. Janas Körper bäumte sich unter den kräftigen Händen der Liebes-Gehilfen auf. So etwas hatte sie noch nie empfunden. Sie hatte keine Kontrolle mehr über ihre Empfindungen. Ungebremst kam sie zum Höhepunkt.

Jens stöhnte auf und griff sich an seinen knallharten Penis. Er konnte nicht mehr, er musste hier raus. Rasch stand er auf.

Unter tosendem Applaus schnallten die beiden Helfer Jana vom Kreuz, hüllten sie in einen weißen Sauna-Bademantel ein und trugen sie von der Bühne in die Garderobe. Vor dem *Backstage*-Bereich begegnete Jens der Blondine, die ihn um Janas T-Shirt bat, damit diese sich hinter den Kulissen wieder anziehen konnte.

Durch den Bühnenausgang verließen Jana und Jens wenig später eng umschlungen das *Bedroom Fantasies*.

Jens führte Janas Hand an seinen Schritt, um sie seinen zum Bersten geschwollenen Penis spüren zu lassen. Ein bisschen ging es ihm auch darum zu wissen, ob er noch im Rennen war. Sie presste ihre Hand fest auf die harte Wölbung und gab ihm einen leidenschaftlichen Zungenkuss. Sonst hatte Jana nach einem Mal genug, aber jetzt konnte sie anscheinend den

Hals nicht voll kriegen. Als hätte sie im Knast gesessen und seit Ewigkeiten keinen Sex mehr gehabt.

Das machte Jens noch mehr an. Mit festem Griff zog er sie am Handgelenk hinter sich her. Wäre sie nicht so geil gewesen, hätte es ihr wehgetan. Suchend blickte er sich um, während er zügig weiter durch die nächtlichen Gassen schritt, Jana so hinter sich her schleifend, dass sie fast stolperte. Er schwenkte in eine noch dunklere Gasse ein, eher ein Durchgang zu den Müllcontainern, die sich dort an die Häuserwände schmiegten. Kaum im Schatten, umfasste er Janas Taille und drückte sie gegen die kalte Mauer. Gierig schob er ihr den Rock über die Schenkel, zerrte heftig an ihrem Slip und drang mit einem gezielten Stoß in ihren immer noch triefnassen Schoß ein.

»Ooooh Jens«, schrie sie auf und krallte ihre Hände in seinem Rücken fest. Der Schmerz war köstlich. Er packte ihre Schenkel und hob sie hoch. Nur seine Hände stützten ihre Pobacken, aber durch seine Stöße konnte sie sowieso nicht aus ihrer Position heraus. Sie wollte auch gar nicht. Sie wollte von Jens genau so rangenommen werden wie die Blondine von den beiden Stechern. Jetzt war Jens der Akteur, der die Richtung vorgab. Er bestimmte das Tempo. Und den Zeitpunkt ihres Höhepunkts. Aber Jana schloss die Augen und sah sich zwischen den beiden enorm bestückten Tarzanen.

Da hatte sie nun ihr Abenteuer. Eine Woche nach ihrer Rückkehr, als der Alltag sie gerade wieder fest in seinen Klauen hatte, schickte Jens Jana auf eine Schnitzeljagd. Die erste Station war ein Sex-Shop in einer Seitenstraße der Fußgängerzone, an deren Schaufenster sie beide immer geflissentlich geradeaus schauend vorbeigehetzt waren. Kurz schoss ihr durch den Kopf, dass sie vielleicht ein Arbeitskollege sehen könnte, aber dann dachte sie ans *Bedroom Fantasies*. Nun war es ein Kinderspiel, mit fester Stimme an der Theke nach dem neongrü-

nen Lurch-Vibrator »Jupp« zu fragen, den sie besorgen sollte. Sie musste laut lachen, als sie den Laden mit der neutralen
schwarzen Plastiktüte verließ. Und sie musste Jens unbedingt
eine SMS schicken: »Du bist völlig verrückt.« Aber ihr Puls
raste. Und ob sie wollte oder nicht, die verstohlenen Blicke
der Männer im Sex-Shop hatten ihr ein feuchtes Höschen be-
schert. Neugierig und erregt machte sie sich auf zum nächsten
Ort. In einem für das langweilige Wohnviertel viel zu glamou-
rösen *Second-Hand*-Laden hatte Jens eines der schärfsten Kleider hinterlegt, das Jana je gesehen hatte. Sie traute ihren Augen kaum. Ein gebrauchtes Kleid. Was musste ihn das für eine
Überwindung gekostet haben. Sie las die schwungvollen, gold
gestickten Lettern des Etiketts: »*Handcrafted in Las Vegas*«.

»Das ist ein Auftrittskostüm von einem Showgirl aus dem
berühmten *Stardurst*«, informierte sie die Verkäuferin stolz.
Au ja, mit allem, was zu so einem Show-Outfit gehörte. Oder
auch nicht, denn viel war da nicht dran. Dieses aufwändig pail-
lettenbesetzte, maßgeschneiderte Gewand bestand hauptsächlich aus Löchern. An den richtigen Stellen. So etwas Frivoles
hatte sie noch nicht einmal in Amsterdam gesehen.

»Es ist alles bezahlt. Sie können es aber gern noch mal anprobieren.« Strahlend übergab ihr die mütterliche Dame den
Kleiderbügel. Da hing noch ein kleines Seidenbeutelchen. Als
Jana es abnahm, bemerkte sie, dass es mit Kamasutra-Motiven
bestickt war. Sie schmunzelte. Sie öffnete den Beutel und fand
darin einen Zettel und einen Schlüssel. Es war der Schlüssel
zu einem Schließfach auf dem Hauptbahnhof, ein Ort, den sie
so selten wie möglich frequentierte. Die Tag und Nacht dort
herumlungernden Männer und ihre dreisten Blicke hatten ihr
immer Unbehagen bereitet. Vielleicht hatte sie nur einfach den
Gedanken ganz tief vergraben, dass dieser Ort auch die Ver-
heißung auf Reisen und Abenteuer barg. Als sie dann aber das
Schließfach öffnete, war ihr überhaupt nicht mehr mulmig,

sie war aufgeregt wie eine Ballettelevin vor dem ersten Auftritt. Ihr Herz schlug bis zum Hals, während sie den weichen schwarzen Samtbeutel aus dem Fach nahm. Wie gut er sich anfühlte! Sie konnte es kaum erwarten. Mit einem raschen Ruck zog sie die Kordel auf und griff in den Beutel. Und zog die mit Strass besetzten goldenen Stiletto-Sandalen aus dem noblen Amsterdamer Schaufenster hervor. Und schon hüpfte die sonst so beherrschte Jana quietschend auf dem Bahnhof auf und ab, die teuren Sandalen an sich gedrückt wie ihre Lieblingspuppen.

Klar, dass Jana und Jens an diesem Abend Sex hatten. Aber mit Sauberem-Bettlaken-Sex war es für das schnörkellose, harmonische, pragmatische Paar endgültig vorbei. Sie hatten Amsterdam-Live-Show-Sex. Dass so was passieren würde, hätte Jana nie gedacht.

Beim ersten Mal, da tut's noch weh …

Heute habe ich *Der Schneider von Panama* gesehen. Mas Neuer hat die DVD mitgebracht und Sushi dazu. Natürlich konnte er perfekt mit Stäbchen essen – ist ja wohl das Mindeste, wenn man schon mal ein halbes Jahr in Shanghai gelebt hat. Ich denke, ich habe mich auch ganz gut geschlagen. War superlecker, könnte ich jeden Tag essen. Ich sollte in ein Land ziehen, wo Fisch billiger ist als bei uns. Vielleicht Panama? Hihi. Eigentlich ist so ein Fernsehabend mit meiner Ma und ihrem Freund peinlich, aber mich hat der Film interessiert. Wegen Pierce Brosnan. Der einzige Gentleman unter den lebendigen Filmstars. Die Story habe ich gar nicht richtig verstanden, Hauptsache, Pierce spielt mit. Noch lieber gucke ich ja die alten Schwarzweißfilme. Mann, sahen die Männer gut aus früher. Ich bin in der falschen Zeit geboren! Ich will keinen Schluffi, dem der Hintern seiner Jeans in den Kniekehlen hängt und der Hosensaum im Dreck. Wie Jan, der aus meiner Klasse, der mir ständig so bescheuert simst. Ich antworte nie, aber er hält sich trotzdem für den größten Herzensbrecher aller Zeiten mit seinen gefärbten Haarspitzen (würg!) und den Zentnern Gel, die er da noch reinschmiert (kotz!), als würde das irgendwas verbessern, und dann erst die schlabberigen, ungewaschenen Klamotten – »Nur wo *Picaldi* draufsteht, ist auch Kacke drin«, oder wie war das? Und er denkt, er ist ein Modepapst! Ach egal, ich ignoriere ihn einfach weiter und träume von Pierce.

Bei der Liebesszene musste ich kurz zu Mas Freund, Fred heißt er, rüberschauen. Das passierte ganz instinktiv, aber er hat mich auch angesehen. Ich glaube, ich bin rot geworden. Das war aber auch wirklich eine heftige Szene: Pierce war komplett nackt (Ganz schön mutig! War das wirklich er oder nur ein Double?) und hat die Frau im Stehen gerammelt. Anders kann man das nicht beschreiben. Wie ein Tier. Hart und unerbittlich. Ich habe mich vorgebeugt, weil ich dachte, man könnte noch mehr sehen als ihre nackten Pos, war aber nix. Das machen die beim Film ja ganz geschickt. Sein bestes Stück jedenfalls war im Schatten und irgendwie weggebunden oder so. Mir wurde ganz schön heiß. Pierce (oder sein Bodydouble?!) war sooooo sexy … Ich habe mir dann vorgestellt, ich wäre die Frau. Und ich stünde vollkommen nackt in diesem heißen Zimmer in Panama, die Hitze würde meine Haut streicheln, bevor Pierce mich von hinten an der Taille packte und zu sich heranzöge. Seine Brusthaare würden mich auf dem Rücken kitzeln und sein *sixpack* sofort eine nasse Schweißpfütze auf meinem Rücken hinterlassen. Ich würde ihm meinen Po entgegenstrecken und er … Oh Mann. Als ich spürte, wie die Hitze hinten an meinem Nacken raufstieg, hatte ich Angst, Ma könnte sehen, was ich denke. Fred sah mich tatsächlich an, und ich schaute ganz schnell wieder weg, weil ich wohl schon wieder rot wurde. Ma hat Gott sei Dank nichts gemerkt. Aber es hat mich schon gewundert, dass ihr Freund bei so was mich ansieht und nicht sie. Ich habe ihn dann heimlich beobachtet, und mir ist was aufgefallen: Er sieht Pierce ein bisschen ähnlich. Nicht vom Aussehen, obwohl er auch schwarzhaarig ist, aber von der Art, von der Haltung. Seine Kleidung ist genauso elegant und männlich wie bei Pierce, und bei beiden kann ich mir gar nicht vorstellen, dass sie mal ein Junge oder sogar ein Baby gewesen sind. Pierce im Strampler mit Schnuller, wie absurd! Hihi. Morgen mache ich eine Collage davon. Irgendwann fiel es mir ein, wie er aussieht, und das ist wirklich der Hammer, weil er ja auch noch so heißt: Fred MacMurray!

Das glaubt man doch nicht, oder? Habe alle seine Filme gesehen. Fred. Freddy. Mein Traummann! Wieso bist du schon tot? Schluchz.

Annette hat's schon getan und sogar Julia. Die ist seit letztem Sommer keine Jungfrau mehr. Aber mit dem Schnarchsack, mit dem sie ja inzwischen gar nicht mehr geht, weil sie es irgendwann selbst geschnallt hat (zu späte Erkenntnis …), hätte ich es nie gemacht – lieber werde ich Nonne. Nein, eigentlich möchte ich es jetzt endlich mal wissen. Ich bin echt die totale Spätzünderin. Dabei sehne ich mich so danach, dass mich jemand in seine starken Arme nimmt. Ich will wissen, wie sich das anfühlt, wenn ich darin völlig versinke. Wie das ist, wenn jemand anderes mich auszieht. Nicht ich selber. Wenn ich komplett angezogen vor ihm stehe wie eine Schaufensterpuppe und er dann zuerst den Reißverschluss von meiner Jacke aufzieht und sie mir von den Schultern streift, so dass sie hinter mir auf den Boden fällt. Wenn er den Saum von meinem Shirt (das weiße, ein bisschen durchsichtige, da sehen meine Haare noch dunkler aus) nimmt und es mir über den Kopf streift und einfach neben uns fallen lässt. Und dann greift er unter meinen Armen durch an meinen Rücken und öffnet mir den BH, und bevor ich mir darüber Gedanken machen kann, was als Nächstes kommt, stehe ich schon oben ohne da. Ich glaube, ich würde instinktiv die Arme verschränken. Wie das wohl ist, wenn mir jemand an den Busen fasst? Zärtlich, erfahren, nicht so grob und unbeholfen wie dieser Blödmann Jan beim Schwimmen letztes Mal. Selbst da standen meine Brustwarzen danach so ab, dass es jeder sehen konnte. Ich hatte das Gefühl, dass alle Jungs da hinstarren. Was habe ich denn davon, dass sie starren? Gar nichts. Ich will endlich, dass mich jemand richtig anfasst. Wie das wohl ist, wenn ein Mann seine große Hand in meinen BH schiebt? Ob es mir gefallen wird? Wenn ich mich da selbst berühre, ist es irgendwie seltsam, irgendwie nicht geil. Es fühlt sich gar nicht an wie mein Körper, eher so, als würde ich jemand anderen anfassen. Nein, stimmt nicht. Annette und ich haben ja mal verglichen. Wir haben gewettet, wer nach den Ferien den größeren Busen hat, und um das festzustellen, haben wir sie beide in die Hand genommen. Annette hat gewonnen, aber inzwischen habe ich sie überholt: 70 C. Ihrer fühlte sich schön an, unglaublich warm und weich und fest zugleich, und die Brustwarze saß auf dem weichen Hügel wie ein kleiner hart gepanzerter Käfer. Ich bekam Lust, den kleinen Käfer zu stupsen, aber natürlich habe ich das gelassen. Vielleicht macht ein Mann es ja anders als ich. Bitte lieber Gott, mach, dass ich schnell erwachsen werde, damit die männlichen Wesen, die mich umgeben, nicht mehr solche Waschlappen sind. Ich will einen richtigen Mann! Ich glaube, ich bin nicht nur spät dran, ich bin auch ziemlich altmodisch … Aber eigentlich auch nicht. In der *Young Miss* stand nämlich, dass die meisten Jungs ihr erstes Mal mit älteren Frauen erleben. Die werden von ihren großen Brüdern oder Onkeln in den Puff mitgenommen, damit sie lernen, wie's geht. Hihi. Ich stelle mir gerade vor: Ich mit Tante Doris im Puff, aber da sind keine Frauen, sondern lauter Männer im Angebot. Die sitzen da in Unterhosen in einer Sitzgruppe rum, und meine Tante schaut sie sich prüfend an wie auf dem Markt, wenn sie Gemüse einkauft. Da dreht sie auch immer jede Tomate um. Während sie den Preis mit der Puffmutter (oder dem Puffvater?) verhandelt, guckt sie genauso streng über ihre Brille drüber wie beim Gemüsehändler. (Allein darüber könnte ich mich schon totlachen.) Ich suche mir einen aus, und dann geht's aufs Zimmer, und Tante Doris setzt sich unten zu den anderen nackten Männern und liest Klatschblätter wie beim Friseur, bis ich fertig bin. Lustig, oder? Aber das gibt's ja leider nicht, und wir Mädchen müssen uns also wieder mal mit den Dilettanten abfinden … Das Leben ist sooooo unfair.

Fred hat schon zweimal bei uns übernachtet. Gestern Nacht habe ich gehört, wie sie ins Bett gegangen sind. Ich glaube, Ma war besoffen, weil sie so laut rumgekichert hat. Das macht sie nur, wenn sie was getrunken hat. Gott sei Dank hört man nichts mehr, wenn die Schlafzimmertür zu ist. Heute Morgen habe ich mir den Wecker extra früh gestellt, um ihm nicht wieder total verpennt auf dem Flur zu begegnen. Letztes Mal hatte Ma mir nichts gesagt (sie hätte mir ruhig einen Zettel hinlegen können), und ich bin vor der Badezimmertür in ihn reingerumpelt. Ich im kindischen *Snoopy*-Schlafanzug und er mit nacktem Oberkörper in Boxershorts (wenigstens kein Stringtanga!). Peinlich genug, wenn das alles gewesen wäre … aber er, er hatte EINE MORGENLATTE! Ist das zu fassen? Ich konnte gar nicht hinsehen. Ihm war das anscheinend gar nicht peinlich. Hat mich angegrinst, ganz cool »Guten Morgen, Kleine« zu mir gesagt und sich dabei das schwarze, ganz schön dichte Brusthaar gekratzt. Ich konnte gar nicht hinsehen. Hab mich schnell an ihm vorbeigedrängt ins Bad, damit er ganz schnell vergisst, was er da gesehen hat. Ich habe in den Spiegel geschaut: Wie kann man mit sechzehn so schlimm aussehen?! Ich glaube, ich kann nie neben einem Mann aufwachen, der kriegt den Schock seines Lebens. Da komme ich über einen One-Night-Stand nicht hinaus. Na ja, jedenfalls bin ich heute aufgestanden und habe mich extra leise ins Bad geschlichen und zum Menschen gemacht, bevor die beiden aufgewacht sind. Haare gewaschen, Abdeckstift und Wimperntusche und ein Spritzer *Eau d'Été* (von Ma geklaut). Habe den neuen rosa Babydoll angezogen, den Ma mir zum Geburtstag geschenkt hat. Der passt toll zu meinen langen dunklen Haaren, meine Beine sehen richtig gut darin aus, und das Beste: Mein Busen wirkt wesentlich größer, als er ist. Als ich fertig war, habe ich extra viel Lärm gemacht, damit die beiden wach werden. Hab die Klospülung mehrmals betätigt, hab die Türen zugeschlagen, hab den Fernseher angemacht. Eine Morgenlatte hat ja nichts mit Sex zu tun, heißt es, also habe ich darauf spekuliert, dass Fred als Erstes auf die Toilette geht. Es dauerte eine halbe Ewigkeit, bis die Schlafzimmertür meiner Ma aufging. Ich wollte sicher sein, dass es tatsächlich Fred und nicht meine Ma war. Die hätte mir sicher blöde Fragen gestellt. Damit nervt sie mich ständig. Er war's, und ich bin losgestürzt und wieder in ihn reingelaufen. Und bin doch tatsächlich gegen seine Morgenlatte gestoßen! Mann, war das hart, das Ding! Irgendwie gar nicht wie was Lebendiges. Er sagte »Oh« und dann »'tschuldigung, Kleine«, was ich sehr süß fand. Er fasste sich an seine Hose und nahm sein Ding in die Hand wie die Footballspieler. Ich habe mein strahlendstes Lächeln aufgesetzt (fällt mir als Morgenmuffel ganz schön schwer) und »Guten Morgen« gesagt. Mit einem zurückgegrummelten »Guten Morgen« verschwand er im Bad. Ich musste mich an die Wand lehnen, so schwummrig wurde mir plötzlich. Dabei konnte ich seinen starken Strahl hören.

Ob er gesehen hat, was ich anhatte? Jedenfalls hat er sich ziemlich gut angefühlt. Und er hat gut gerochen. Und das, obwohl er verpennt war. Mir wird schon wieder schwummrig. Beim Frühstück haben die beiden rumgeturtelt, das war echt eklig. Sonst frühstücke ich ja nicht mit Ma (wie gesagt, Morgenmuffel), aber heute war ich ja (o Wunder) schneller fertig als sonst, und ehrlich gesagt wollte ich Fred noch mal sehen. Er war frisch rasiert und roch nach seinem geilen After Shave. Wie kriege ich raus, was für eins das ist? Muss mir ein Pröbchen besorgen und es auf mein Kopfkissen sprühen. Da werde ich bestimmt süß träumen. Hat er seinen Rasierer schon mitgebracht, oder hat er den benutzt, den wir für die Beine nehmen? Und so einen tollen Anzug hatte er auch wieder an. Gott sei Dank datet Ma keinen Mechaniker. Wenn ich mir vorstelle, da sitzt morgens einer im Blaumann da … (Grusel!)

Wir haben getanzt! Wie das kam? Na ja, meine Tante war da mit Onkel Michael und den Zwillingen. Die sind ganz süß, aber erst fünf. Wir waren alle zusammen auf dem Stadtfest, und im Bierzelt war voll geile Musik. Meine Ma war schon nach einem Bier so angedudelt, dass sie mich gepackt hat und mit mir wie wild auf der Tanzfläche herumgesprungen ist. Manchmal ist sie richtig süß, gar nicht wie eine Mutter. Ihre Schwester hat mal wieder pikiert den Kopf geschüttelt, aber dann hat sie sogar selber mit Fred getanzt. Man merkt, dass sie aus der Übung ist, ihr Hochzeitswalzer war wahrscheinlich der letzte Tanz. Aber Fred macht eine Superfigur auf der Tanzfläche. Er kann all diese Standardtänze. Meine Cousins haben sich beide wie die Kletten an meine Beine geklammert, da blieb mir nichts anderes übrig, als sie rumzuwirbeln. Das sah sicher total blöd aus. Und irgendwann hat Fred alle anderen durchgehabt und mich aufgefordert. Ausgerechnet, als ein langsames Stück lief. Ich bin schon wieder rot geworden. Das nervt so! Ich habe mich einfach in seine Arme fallen lassen und alles rundherum vergessen. Es war viel schöner, als ich es mir vorgestellt habe. Er hat so breite Schultern. Und so große warme Hände. Meine waren ganz schwitzig und glitschig. Saupeinlich ... aber es war einfach traumhaft! Ich hasse *Dirty Dancing* (alle mögen's, ich weiß), aber dieses eine Lied lang kam ich mir so vor.

Dieser Blödmann Jan war auch da, mit seiner ganzen Posse. Aber ich habe so getan, als sähe ich sie nicht. In so was bin ich gut. Der hat ganz schön dumm geglotzt, als er mich mit Fred gesehen hat. Wenn ich nicht wüsste, wer da so als Partner zur Auswahl steht, würde ich mich auf den Tanzkurs freuen, der ja bald anfängt.

Gerade ist Fred vorbeigekommen. Er hätte eigentlich wissen müssen, dass Ma um diese Zeit noch gar nicht von der

Arbeit zurück sein kann. Er hat Eis mitgebracht – für mich meine Lieblingssorten Campari-Orange und Zitrone-Basilikum. Dass er sich das gemerkt hat ... süß. Mas Portion haben wir ins Gefrierfach gestellt. Ich weiß nicht, bilde ich mir das ein? Ich hatte das Gefühl, er beobachtet mich, wie ich das Eis schlecke. Er verfolgte den Weg meiner Zunge, wie sie die Eiskugel umrundete. Er sah genau auf meine Zungenspitze, wie sie sich in die kalte Kugel bohrte und ein Stückchen von dem weichen weißen Eis aufnahm, sich aufrollte und damit in meinem Mund verschwand. Aus Spaß habe ich ihm angeboten zu probieren, doch das hat er abgelehnt. Aber gelacht hat er. Und das klang so, als hätte er doch gerne mal geschleckt. Und was später passierte, sagt mir, er hat ganz genau gewusst, dass Ma gar nicht da sein würde. Ich habe ihn nämlich provoziert und ihn die ganze Zeit angeschaut, während ich mein Eis geschleckt habe. Gaaaaanz genüsslich. Er musste wieder lachen, aber er hat nicht ein Mal weggesehen. Ich habe so lange dafür gebraucht, dass das Eis schon in der Tüte schmolz, und auf einmal tropfte es saukalt direkt in meinen Ausschnitt. Ich habe mich so erschrocken, dass ich quieken musste. Scheiße, wie ein kleines Mädchen ... nein, ein kleines Schweinchen. Und er griff einfach da hinein (in meinen Ausschnitt!) und wischte das Eis mit dem Finger von meiner Brust. Meine Brustwarzen haben sich sofort aufgestellt. Pling! Und dann steckte er mir seinen Finger zum Abschlecken in den Mund. Und ich, ich habe ihn abgeschleckt. Das war wie ein Reflex. Ich habe richtig daran gesaugt, und dabei hat er plötzlich aufgestöhnt, als täte ihm was weh. Ich habe sofort losgelassen. Und er hat den nassen Finger in seinen Mund gesteckt, ihn abgelutscht und mich so komisch angeschaut dabei. Verführerisch. Wie Pierce Brosnan vor dieser Liebesszene. Und gefährlich. Deshalb ist er gekommen, glaube ich. Nicht wegen Ma. Wegen mir. Kann das sein?

Mann o Mann, Fred, du bringst mich ganz durcheinander ...

Es liegt was in der Luft. Seit der Sache mit dem Eis. Ein Knistern. Ich weiß, dass er Mas Freund ist, trotzdem kommt es mir so vor, als käme er auch zu mir. Natürlich ist er nicht dauernd da, so zwei Mal in der Woche, und wenn sie ausgehen, nehmen sie mich ja nicht mit. Aber ich ziehe mich jetzt immer extra schön an, Kleider und so. (Den *Snoopy*-Schlafanzug habe ich ganz unten im Wäschekorb versteckt.) Ihm fällt das nämlich auf, und er macht mir immer Komplimente. Er ist soooo aufmerksam. Er sagt Sachen wie: »In diesem Kleid siehst du besonders zauberhaft aus, Kleines« oder »Ist das neu, das habe ich noch nie an dir gesehen?« Ma ist dann immer total stolz. Und ich, ich schmelze nur noch dahin. Ich kann gar nicht mehr schlafen.

Ich bin verwirrt. Ich habe die beiden beobachtet, wie sie rumknutschen. Wie er Ma die Bluse hochschiebt, wenn er sie küsst. Als wäre jeder Kuss nur das Vorspiel zum Sex. Wenn das so wäre, wäre ich ja wohl auch keine Jungfrau mehr. Küsse hatte ich schon mehr, als mir lieb ist.

Will man so was sehen? Eigentlich nicht. Aber bei ihm sieht es überhaupt nicht billig aus. Wäre das schön, wenn mich mal jemand so berühren würde. Komisch, als sie mich bemerkten, hörte er sofort auf und ließ Ma stehen. Als schäme er sich vor mir. Er hat bei uns übernachtet und sich tatsächlich bei mir entschuldigt. Dabei hat er mein Kinn in seine Hand genommen und mir tief in die Augen gesehen. Und ich, ich hatte nichts Besseres zu tun, als mal wieder rot zu werden. Das weiß ich, weil ich danach gleich ins Bad gerannt bin und in den Spiegel geschaut habe. Aber dann habe ich mein Gesicht betrachtet, so wie er es getan hat, und – ganz ehrlich – es hat mir gefallen. Ich finde mich schön! Warum habe ich ihn eigentlich nicht geküsst? Ich bin soooo ein Schisser!

Am Wochenende hat er uns beide zum Chinesen eingeladen. Wenn ich ihm egal wäre, würde er das doch nicht tun, oder? Er könnte seine Zeit ja auch anders verbringen. Zum Beispiel mit Ma alleine. Wir hatten einen Tisch mit so einer Drehplatte in der Mitte, und Fred hat wild alles Mögliche durcheinander bestellt – auf Chinesisch, ich hab mich totgelacht, wie das klang, aber es hat mir auch ganz schön imponiert –, und dann haben wir reingehauen wie die Irren und uns gegenseitig mit den Stäbchen gefüttert. Unser Tisch sah aus wie ein Schweinestall, überall Nudeln und Reis und Soße. Wir hatten total Spaß. Wann kommt es schon mal vor, dass man mit seiner Mutter Spaß hat? Fred kennt viele von den alten Filmen, die ich so mag, und hat die ganze Zeit Humphrey Bogart und James Stewart nachgemacht. »Schau mir in die Augen, Kleines« usw. Mal auf Englisch und dann auch noch auf Chinesisch. Das war echt cool! Wenn der wüsste, wie mich das anmacht, wenn er mich »Kleines« nennt ... und er sagt das ja nur zu *mir!*

Au weia! Es ist passiert! Ma hätte nicht wegfahren dürfen. Scheiße. Wo fange ich bloß an? Ich bin total durch den Wind. Seit gestern habe ich nur noch *eine* Gehirnzelle!

Also: Sie hat Omi besucht, die aus dem Krankenhaus gekommen ist. Die OP ist gut gelaufen, aber Ma wollte sich einfach selber vergewissern, ob Omi nicht wie immer die Heldin spielt und sagt: »Es geht schon« und dabei am Boden kriecht. Also war sie schon weg, als ich aus der Schule kam. Da lag ein Zettel auf dem Tisch und Geld für Pizza, damit ich nicht kochen musste. Als ob ich das nicht könnte ... Sie hat nur Angst, dass ich den Herd anlasse und die Wohnung abfackele. Ich habe einen Berg Käsebrote gegessen, bis mir schlecht war, und werde mir von dem Geld was bei *H&M* kaufen. Da wollte ich eigentlich nach den Hausaufgaben hin. Sozusagen als Belohnung. Die muss ich immer sofort machen, sonst mach ich sie gar nicht. Ich war gerade fertig und wollte Julia anrufen, ob sie mitgeht (Mann, bin ich froh, dass ich sie nicht vor den Hausaufgaben angerufen habe. Dann wäre alles ganz anders gekommen), da klingelte es. Tagsüber klingeln immer nur irgendwelche Idioten, die Werbung einwerfen, also habe ich in die Sprechanlage geschimpft, sie sollen sich verpissen. Aber es klingelte noch mal, und ich fragte genervt »Was ist?«

Mich traf fast der Schlag, als ich Freds Stimme hörte: »Ich bin's, Kleines. Mach schon auf.«

Erst mal habe ich gar nicht reagiert. Ich glaube, ich stand wie eine Schaufensterpuppe vor der Sprechanlage. »Paloma! Mach auf!«

Ich hab den Summer gedrückt, bin wie eine Irre zum Spiegel gerannt, hab mein Haar durchgebürstet und Lipgloss draufgeschmiert. Er stand schon längst vor der Wohnungstür, als ich geöffnet habe. Und sah umwerfend aus. Hellblaues Hemd mit kleinen Streifen wie ein Pyjama und dunkelblaue Anzughose. So altmodisch, genau wie ich es liebe.

»Du kannst vielleicht fluchen. Hätte ich dir gar nicht zugetraut«, hat er gesagt und gelacht. Ganz selbstverständlich kam er rein, schloss die Tür und sah mich von oben bis unten an. Im dunklen Flur konnte er wenigstens nicht sehen, wie sich mein Gesicht in eine Tomate verwandelte. »Lust, ein bisschen rauszugehen?«, hat er gefragt. Und ich habe einfach nur genickt, wie hypnotisiert. »Na los, dann komm.« Dass ich in dem Moment an den Hausschlüssel gedacht habe, grenzt echt an ein Wunder.

Er hat mich einfach in seinen Wagen gepackt. Der stand direkt vor der Tür im Halteverbot, was Ma tierisch aufregt. »Von deinen Strafzetteln könnten wir einen Urlaub machen«, sagt sie jedes Mal.

Und er antwortet immer: »Zeit ist Geld, und meine Zeit ist teurer als so ein Wisch.« Ich glaube, er hat sehr viel Geld. Er fährt ein cooles kanariengelbes Cabrio, bei dem ich sonst immer hinten sitzen musste. Wie ein echter Gentleman hielt er mir die Wagentür auf und schob noch den Zipfel von meinem Rock rein, damit er nicht einklemmt. Gut, dass ich mich so aufgetusst hatte. Er hat's bemerkt, wie immer. »Hübsch siehst du aus, Kleines«, hat er gesagt. Ich hatte auch zum ersten Mal mein neues giftgrünes Wäscheset an und – Gott sei Dank – rasierte Beine. Als hätte ich gewusst, dass es sich lohnt. Er sah noch nach, ob ich angeschnallt bin, und fuhr einfach los, ohne mir zu sagen, wohin. Ich kann gar nicht glauben, dass er dieselbe Musik mag wie ich. Was für ein Mann! Als hätte er sich darauf vorbereitet … und als wäre er sicher gewesen, dass ich mitkomme. Erst dachte ich, das macht er in Mas Auftrag, damit ich nicht so allein bin. Vielleicht hatte Ma ihn ja gebeten, auf mich aufzupassen, sozusagen als Ersatz-Papa? Na ja … Was dann passierte, war jedenfalls alles andere als aufpassen.

Ich war so aufgetuned, dass ich die ganze Zeit mitgesungen habe. Dass er immer wieder zu mir rübergeschaut hat, habe ich mitgekriegt, aber ich habe mir mal wieder nichts anmerken lassen. Wir sind raus aus der Stadt und ewig durch die Landschaft gefahren. Mann, war das geil! Bis jetzt waren wir noch nie mit offenem Dach gefahren. Es war so unglaublich warm, und der Wind fühlte sich so toll an, als würde jemand ununterbrochen mit einem heißen Föhn über meine Schultern und mein Haar streicheln. Ich hätte mir die Kleider vom Leib reißen können vor Wonne. Ich will nur noch Cabrio fahren. Drunter mach ich's nicht mehr. Die ganze Fahrt über haben wir kein einziges Wort gesprochen. Ich konnte auch gar nichts sagen. Ich hätte gar nicht gewusst, was. Mein Hirn war da schon völlig leer. Was ihm so durch den Kopf gegangen sein muss, kann ich mir erst heute vorstellen.

Irgendwann kamen wir an einen kleinen See, den ich noch nicht kannte. Mir kam es vor, als wären Stunden vergangen. Da hat er das erste Mal gesprochen. »Hast du Hunger?« Ich schüttelte den Kopf. Die Käsebrote halten jetzt noch an. Ich glaube, ich werde sowieso nie wieder was runterkriegen. »Gut, dann essen wir später.«

Er parkte den Wagen unter einem Baum, schnallte uns beide ab, stieg aus und half mir aus dem Wagen. Vom Rücksitz holte er einen Rucksack, nahm meine Hand und zog mich einfach hinter sich her. Ich fühle mich so beschützt, wenn er mich so umsorgt.

Er schleppte mich einen kleinen Trampelpfad entlang zu einer versteckten Bucht. Auf der anderen Seite des Sees waren Leute, aber hier war niemand. Aus dem Rucksack holte er ein großes Handtuch und breitete es auf dem Gras aus.

»Willst du schwimmen?«, fragte er mich. Das hätte er mir sagen müssen, dann hätte ich einen Bikini mitgenommen, meinte ich. Er lachte mich an und zog mich einfach mit sich runter auf das Handtuch. Da saßen wir eine Weile und starrten auf den See. Aber nicht lange, denn dann rückte er mir auf den Pelz.

Als er mich geküsst hat, hat er mir auch das T-Shirt hochgeschoben. Genau wie bei Ma. Aber daran habe ich natürlich in dem Moment nicht gedacht. Ich habe nur seine warmen trockenen Hände gespürt, und es war genau so, wie ich es mir vorgestellt habe. Einfach wunderschön. Und dann hat er plötzlich an meinem Shirt herumgezerrt, als hinge sein Leben davon ab. Als gäbe es was umsonst, wenn ich es ausziehen würde. Ich musste lachen, weil es kitzelte, machte die Arme lang und ließ es ihn ausziehen. Meinen BH hatte ich ja noch an. Gott sei Dank. Außerdem hatte ich gar keine Zeit nachzudenken, ob mir das wegen der Leute am anderen Ufer peinlich war. Komischerweise habe ich gar nichts gedacht. Ich glaube, ich hatte da schon keine Gehirnzellen mehr. Ich habe die Augen zugemacht und einfach nur seine Hände gespürt.

Anstatt den Verschluss zu öffnen, schob er mit einem Ruck beide BH-Körbchen zur Seite, so dass meine Brüste raushüpften wie zwei Tennisbälle. Ich bin mir sicher, das hat er nicht zum ersten Mal gemacht.

»Weißt du eigentlich, wie schön du bist?«, hat er mich immer wieder gefragt. Ich konnte es gar nicht glauben.

Plötzlich war er in mir drin. Zuerst war es einfach nur furchtbar eng, aber dann bewegte er sich, und es wurde schön. Ich hätte nie gedacht, dass es so schnell geht. Es hat geblutet, ich habe einen Fleck auf sein Handtuch gemacht. Ich dachte ja, es tut weh, aber ich fand das Gefühl eher seltsam. Erst machte er seinen Finger nass und schob ihn in meine Scheide. Das war nicht sonderlich schön, aber ich merkte, wie ich immer feuchter wurde. Dann drückte er meine Beine auseinander und stieg auf mich. Ich dachte noch, ich hab doch mein Höschen an, da zerrte er einfach meinen Zwickel zur Seite.

Nicht, dass ich das alles nicht in der BRAVO gelesen hätte, aber wenn es dann wirklich passiert, weiß man nicht, was man machen soll. Aber das brauchte ich auch gar nicht zu wissen, denn Fred gab mir ständig Anweisungen: »Dreh dich um«, »Heb deine Beine« usw. Zwischendurch packte er mich und hievte mich auf sich drauf. Er hat mich doch tatsächlich auf seinen steifen Penis rauf gesteckt, so dass ich gar nicht mehr hochkam. Aber da er alles machte, packte er mich an den Pobacken und hob mich rauf und runter. Das war schon geil. Und er hat gesagt, er mag meinen Arsch. Ja, er hat Arsch gesagt, was mich schon sehr wunderte. Wo er doch sonst so höflich ist.

Auf einmal flüsterte er: »Nimm ihn in den Mund. Kleines.

Los, Kleines. Ich will, dass du ihn in den Mund nimmst.« Ehrlich gesagt, hatte ich Angst zu ersticken, weil er meinen Kopf angefasst und ihn auf seinen Schwanz draufgedrückt hat. Kann mir nicht vorstellen, dass das irgendjemand mag. Wie damals, als ich seinen Finger lutschte, stöhnte er, als täte ihm was weh. Aber ich glaube, er fand es sehr schön. Denn ziemlich bald hob er mich von seinem Schwanz, und der spritzte auch gleich los. Direkt auf seinen Bauch. Dann wollte er, dass ich es ablecke. Was für eine Ladung. Hätte nicht gedacht, dass das so viel ist. Aber ich machte es, allein schon, weil ich neugierig war, wie das schmeckt. Dabei sahen wir uns an. Er sah glücklich aus. Es roch komisch und schmeckte komisch. Als ich es im Mund hatte, nahm er mein Kinn in seine Hand (ich liebe es, wenn er das macht), zog mich zu sich, küsste mich und trank seinen Samen aus meinem Mund. Ganz schön versaut, oder? Ich wette, so was fällt dem Blödmann Jan nie ein …

Dass man mit ihm sogar zu *Burger King* gehen kann, hätte ich nicht gedacht. Bei mir war essen gar nicht drin, jetzt erst recht nicht mehr. Ich hatte noch immer seinen Geschmack im Mund. Also hielt er einfach an einer Raststätte an, anstatt in ein Restaurant zu gehen, stopfte sich ein XXL-Menü rein, und ich sah ihm dabei zu. Ich konnte einfach nicht aufhören zu quatschen. Ich habe ihm das mit Fred MacMurray gesagt, dass er ihm so ähnlich sieht, und ab da hat er die ganze Zeit Fred gespielt und Zitate aus den Filmen gebracht. Ich glaube, ich liebe ihn!

Nun bin ich also eine Frau. Ich habe das Gefühl, dass es jeder sehen kann. Dass jeder sehen kann, dass ich Sex hatte. Immer, wenn ich an einem Spiegel vorbeikomme, muss ich reinschauen, um es zu checken. Mein Gesicht ist schon noch dasselbe, aber ich muss mich total zusammenreißen, um nicht ununterbrochen zu grinsen. Vor allem wegen Ma. Wenn sie was merkt,

bin ich geliefert. Dann kann ich auswandern. Nach Panama …
Hihi. Schluss jetzt mit dem Gegrinse. :)

Wann werde ich Fred wohl wiedersehen? Ich kann es kaum
aushalten, ihn nicht zu sehen. Ich kann nichts mehr essen.
Mir wird sofort schlecht. Ich konnte nicht anders: Als Ma heute Morgen im Bad war, habe ich mir aus ihrem Handy seine
Nummer rausgeholt. Klar, dass er mich nicht anrufen wird, er
hat ja meine Nummer gar nicht. Und auch klar, dass ich ihn
genauso wenig kontaktieren werde. Wenn Ma in der Nähe ist,
würde ich es nie riskieren, aber wenn sie nicht in Reichweite
ist, könnte sie genauso gut mit ihm zusammen sein. Stell dir
mal vor, ich rufe bei ihm an, während sie zusammen sind …
Das wäre mein Todesurteil! Ich darf mir ja nichts anmerken
lassen. Das ist soooo schwer …

Wie ich Ma darum beneide, dass sie einfach mit Fred zusammen sein kann, wann sie will. Wie gerne würde ich mit ihm
eine ganze Nacht verbringen. Neben ihm aufwachen (nein, das
lieber nicht, das will ich ja niemandem zumuten), aber morgens mit ihm im Bett kuscheln und dann zusammen duschen.
Heute Morgen unter der Dusche musste ich mich selbst streicheln, so sehr habe ich es vermisst, dass seine großen warmen
Hände über meinen Körper streichen. Diese Sehnsucht nach
Fred bereitet mir richtige körperliche Schmerzen. Ich habe mir
vorgestellt, es wären seine Finger, die mich da unten berühren. Ich bin ganz schnell zum Höhepunkt gekommen. Das ist
ja am See nicht passiert. O Fred, ich will, dass du das erlebst.
Eigentlich will ich, dass du es verursachst. Fred. Freddy. Mein
Freddy.

Mir geht's so schlecht, ich kann heute nicht zur Schule. Ich
weiß, dass Fred heute Nacht bei uns war, weil ich die beiden

im Wohnzimmer gehört habe. Stundenlang. Quatschen, Lachen, Musik, sonst was. Und ich lag die ganze Zeit wach. Stundenlang. Was für eine Folter. Wie gern hätte ich ihn gesehen, aber ich habe mich nicht rausgetraut, und heute ist er ganz früh verschwunden. Ich will Ma gar nicht ins Gesicht sehen. Ich hasse sie richtig dafür, dass sie in seinen Armen liegen darf und nicht ich.

Er hat angerufen! Endlich. Nach der Schule, als Ma nicht da war. Er war so süß, aber auch ein bisschen versaut. Hat über unseren Ausflug gesprochen. Wie sehr ihm mein Pfläumchen gefallen hat. Ja, so hat er es genannt. Und wie schön er meine Tittchen findet und meinen Arsch. Wenn man ihn so sieht, glaubt man nicht, dass er so redet. Aber er hat nach meiner Handynummer gefragt, und dann hat er mir versprochen, dass wir uns bald sehen. Ich habe gefragt, wann. Und er hat geantwortet: Bald, Kleines. Ich kann es gar nicht erwarten.

Hey, plötzlich habe ich Hunger. Ich werde mir gleich 'ne Pizza in den Ofen schieben.

Scheiße … Scheiße … Scheiße!!! Ich steck richtig in der Scheiße!

Ich war beim Frauenarzt wegen der Pille (habe ja noch mal Glück gehabt, aber das sollte man nicht herausfordern), und Julia rief bei mir zu Hause an, weil sie mich auf dem Handy nicht erreichen konnte. Sie redete ein bisschen mit meiner Ma. Das tut sie, weil Ma ihr immer einen Haufen Fragen stellt. Na ja, jedenfalls erzählte sie dabei, dass sie mich in Freds Wagen gesehen hat. Sie dachte natürlich, Ma wäre dabei gewesen oder wüsste zumindest davon. Julia kann ja gar nichts dafür, aber was sie mit dem Gequatsche für einen Supergau ausgelöst hat, das ist wirklich der Hammer! Ma hat nichts Besseres zu tun gehabt, als sofort in mein Zimmer zu gehen, nach meinem Tagebuch zu suchen und es zu lesen. War nicht schwer zu finden, in der Nachttischschublade. Hätte ja nie gedacht, dass sie so was tut … Sonst hätte ich niemals alles haarklein aufgeschrieben! Oder es wenigstens mitgenommen. Verdammte Scheiße! Bis jetzt hat sie meine Privatsphäre immer gewahrt!

Ich kam nach Hause, und da saß sie mit meinem Tagebuch auf meinem Bett und sah mich nur an. Vorwurfsvoll. Und ein bisschen traurig. Ja, und danach hat sie ihn einfach angerufen und am Telefon angeschrien. Mitten am Tag, wahrscheinlich war er im Büro. Sie hat ihm richtig die Hölle heiß gemacht, ohne Punkt und Komma.

Aber mich hat sie überhaupt nicht geschimpft. Das war vielleicht komisch, denn ich hätte erwartet, dass sie mir zumindest Stubenarrest gibt. Aber stattdessen ist sie einfach verstummt. Sie redet nicht mehr mit mir. Kein Wort. Ehrlich gesagt, ist das noch viel schlimmer als irgendeine Strafe. Manchmal liegt ein Zettel da mit irgendeiner Anweisung, aber das ist die einzige Kommunikation, die seitdem zwischen uns stattfindet. Wie lange wird das wohl so gehen?

Ich weiß, ich habe ewig nicht geschrieben, aber die Ereignisse überschlagen sich gerade.

Fred hat Ma verlassen!!! Was für mich eigentlich heißt, dass sie ihm gar nichts wert war. Nicht mal eine Sekunde hat er um sie gekämpft. Hat sich einfach nicht mehr blicken lassen. Nur, um mir nicht mehr in die Augen schauen zu müssen! (Hätte nicht gedacht, dass ich so eine Macht habe.) Sie heult sich seit Tagen die Augen aus. Und ich weiß gar nicht, wie ich mit ihr umgehen soll. Alles ist auf den Kopf gestellt.

Wo ist der Fred, den ich kenne? Der Gentleman? Der lustige, aufmerksame, höfliche, liebevolle, zärtliche Fred, den ich liebe? Ich fühle mich so elend. Und Ma tut mir furchtbar leid. Ich schäme mich so, dass ich ihr solch einen Kummer bereite.

Sie hat ihn anscheinend wirklich geliebt. Scheiße! Wie bin ich nur in dieses Schlamassel geraten?

Aber das Allerschlimmste ist, dass ich mit niemandem darüber reden kann. Diese Geschichte werde ich wohl mit ins Grab nehmen müssen.

Ich habe Fred gesehen! Ich habe sein Cabrio sofort erkannt an der roten Ampel. Dieses Auto werde ich sicher nie mehr vergessen. Als wir vor ihm über die Straße gingen, habe ich ihm direkt in die Augen gesehen. Ich weiß, dass er mich auch erkannt hat, aber dann sah er einfach ganz angestrengt auf die Ampel über sich und schloss das Dach. Hätte ich was sagen sollen? Was? So ein Scheißkerl, oder? Habe gleich seine Nummer aus meinem Handy gelöscht.

Ich glaub, ich werde lesbisch!

Höhenflüge

Gedränge war ihr zuwider. Vanessa wartete vor dem Flugzeug, bis die anderen Passagiere ihre Plätze gefunden und ihr Gepäck verstaut hatten. Während die blonde Stewardess hanseatisch-distanziert ihr immer gleiches Willkommens-Sprüchlein aufsagte, bedachte sie Vanessa mit einem gereizten Blick. Vanessa schmunzelte. Schafe, die nicht mit der Herde mittrotten, sind bei Hütehunden nicht besonders beliebt. Normalerweise tanzte sie nicht aus der Reihe, doch sie ließ sich nicht beirren. Sie war noch nicht oft geflogen – einmal im Jahr in den Urlaub. Beruflich war sie lieber mit der Bahn unterwegs. Ihre mühsam mit allen möglichen Kundenkarten und Mitgliedschaften gesammelten Meilen hatte sie für ein *Upgrade* in die Business Class genutzt. Bei diesem New-York-Flug lohnte sich das richtig. Und wenn ihr das keine Privilegien verschaffte, was sonst?

Als Allerletzte schritt sie hocherhobenen Hauptes über die breite Kunststoffschwelle in den Bauch des riesigen Flugzeuges, grüßte die Stewardess freundlich zurück und zeigte ihr ihre Bordkarte. Nur, um ihr zu demonstrieren, wo sie hingehörte: in die vorderen Reihen nämlich, jenseits des schimmernden Vorhangs, der die Klassen voneinander trennte. Wer weiß, wann sie jemals wieder die Gelegenheit dazu hätte. Hier war das Zeitschriftenangebot nicht rationiert, wie sie es aus der Touristenklasse kannte, und Vanessa deckte sich richtig ein mit amerikanischen Hochglanz- und Klatschmagazinen, die sie immer schon mal lesen wollte. Auf dem Hinflug war sie bescheidener gewesen, so dass sie alles schon an Bord durchgelesen hatte. Schlafen konnte sie nie im Flieger, selbst bei der größten Erschöpfung nicht.

Vanessa dachte, sie brauche jetzt nicht lange nach ihrem Platz zu suchen, aber sämtliche Gangplätze waren besetzt. Sie kontrollierte noch einmal ihre Bordkarte. Gott sei Dank, nicht neben der lila Pelzkragen-Tante mit dem süßlichen Killerparfüm, die sie gerade kritisch musterte. Vanessa ging zu ihrem Platz, auf dem es sich ein Mann Zeitung lesend gemütlich gemacht hatte. Er war groß, doch so versteckt hinter der *New York Times,* dass sein Gesicht nicht zu erkennen war. Der Fensterplatz neben ihm war leer, wahrscheinlich war das seiner. Aber Vanessa wollte da auf keinen Fall hin. Sie pfiff auf die tolle Aussicht, denn die versetzte ihr immer Magenstüber. Demonstrativ streckte sie sich vor ihm, denn trotz ihrer hochhackigen Stiefel war sie immer noch nicht groß genug, um ihr *Beautycase* und ihre prallvollen *Duty-free*-Tüten ins Gepäckfach zu stellen. Doch er war völlig vertieft in seine Lektüre. Erst als sie mühsam alles untergebracht hatte und den schweren Zeitschriftenstapel und ihre voluminöse neue Designer-Handtasche, auf die sie mächtig stolz war, auf den Armen balancierte, kam die Stewardess mit strengem Blick auf sie zu und schloss das Fach mit energischem Schwung. Von ihr hatte sie wohl keine Hilfe mehr zu erwarten. Jetzt erst sah der dreiste Platzdieb von seiner Zeitung auf. Freundlich lächelte er Vanessa an.

»Ist das Ihr Platz?«, fragte er.

»Eigentlich schon«, antwortete Vanessa mit einem gereizten Unterton.

»Möchten Sie tauschen?«

Was bildete sich dieser Typ ein? »Nein«, sagte sie schroff.

»Verzeihen Sie. Nur 'ne Frage.« Er faltete die Zeitung zusammen.

»Nehmen Sie jetzt bitte Ihren Platz ein«, mischte sich die Stewardess hinter ihr ein.

»Würde ich ja gerne …«, fuhr Vanessa sie an. » …wenn er frei wäre.« Sie hatte sich ein bisschen zu schnell umgedreht, und schon rutschte ihr der ganze Stapel Zeitschriften aus den Händen und fiel mit einem lauten Knall auf den Kabinenboden. Ihre Tasche konnte sie gerade noch abfangen. »Na toll«, zischte Vanessa, die es hasste, nun die Aufmerksamkeit sämtlicher Passagiere zu haben. Sie musste die forsche Stewardess mit ihrem Körper regelrecht zur Seite drängen, um sich bücken zu können.

»Lassen Sie nur«, sagte ihr Sitznachbar, erhob sich baumhoch, ging vor ihr in die Knie und klaubte ihre Zeitschriften vom Boden auf. Er hatte strubbeliges blondes Haar wie eine Ibiza-Strand-Promenadenmischung. Mit dem Stapel im Arm setzte er sich auf seinen Fensterplatz. Dennoch ließ die Stewardess sich nicht abwimmeln und wartete so lange, bis auch Vanessa sich angeschnallt hatte. Mit einem um Verständnis heischenden Dackel-Blick sagte der Mann zur Flugbegleiterin: »Mir wird bei Schräglage grundsätzlich übel, wenn ich aus dem Fenster gucke.«

Es wirkte. Wesentlich freundlicher antwortete die: »Sehen Sie einfach nach vorne, und atmen Sie tief und gleichmäßig, bis wir unsere Flughöhe erreicht haben.« Sie zeigte auf den Bildschirm, der sich im Rücken des Vordersitzes befand. »Sie sehen das ja dann auf Ihrem Display.« Endlich verschwand sie, um ihrer Aufgabe nachzugehen, den Fluggästen in melodischem Singsang die auswendig gelernten Sicherheitsinstruktionen zu vermitteln.

Dass sie sie und nicht ihn zurechtgewiesen hatte, war mal wieder typisch, dachte Vanessa, doch sie wollte das nicht auf sich sitzen lassen.

»Ich kann da gar nicht rausschauen, deswegen nehme ich immer einen Gangplatz«, sagte sie eher vor sich hin als an ihn gerichtet, während sie in ihrem Fach nach der Kotztüte kramte. Sie fischte sie heraus und steckte sie ganz vorne, gut erreichbar, wieder rein.

»Dann wissen wir ja jetzt, was zu tun ist«, antwortete ihr Nachbar gut gelaunt und übergab ihr den Zeitschriftenstapel. »Stört es Sie, wenn ich zumache?«

»Nein.« Vanessa war eher erleichtert, als er die Jalousie herunterzog und ihnen somit den unnatürlichen Anblick von Feldern und Hausdächern im 90-Grad-Winkel ersparte.

»Wobei … wenn wir es gemeinsam tun, ist es ein bisschen wie beim Geburtsvorbereitungskurs, oder?« Er lachte und sah sie schelmisch von der Seite an. Sie runzelte die Stirn. Flirtet der etwa mit mir? Eigentlich hatte sie gar keinen Grund, verstimmt zu sein, denn sie hatte fünf tolle Tage in der aufregendsten Stadt der Welt genossen, unvergessliche Eindrücke gesammelt und ihre Kreditkarte ordentlich zum Rauchen gebracht. Es war die Angst. Angst ließ sie übellaunig wirken. Aber dieses Lachen, das löste etwas in ihr aus. Es kam ihr so vertraut vor, dass es ihr ein kleines gequältes Lächeln abzuringen vermochte. Für eine Sekunde blickte sie ihn an – und dann wie empfohlen wieder konzentriert geradeaus, denn das Flugzeug rollte schon. Und der schlimmste Augenblick war der, an dem sie den sicheren Boden verließen. Da unternahm ihre Magengrube mal eben eine Liftfahrt auf den Fernsehturm. Vanessa atmete derart angestrengt tief und gleichmäßig, dass sie fast zu spät merkte, wie ihr schwindlig wurde. Gut, dass sie immer eine Plastikflasche mit Wasser dabei hatte und ihre neue persönliche Feindin, die Stewardess, jetzt nicht darum bitten musste. Ein Vorteil ihrer zierlichen Maße – ein Meter sechzig ohne Schuhe – war, dass sie selbst in der Holzklasse nie unter mangelnder Beinfreiheit litt. Aber sich zu ihrer Tasche unter dem Sitz herabbeugen zu können, ohne sich den Kopf zu stoßen, war doch der pure Luxus. Den Kopf zwischen den Beinen baumeln zu lassen, half schon, nicht ohnmächtig zu werden.

Sie kramte die Flasche hervor, nahm einen großen Schluck, und – schwupp – schwappte ihr eine plötzliche Turbulenz eine volle Ladung Wasser ins Gesicht. Schmunzelnd entfaltete ihr Sitznachbar seine Zeitung und verschanzte sich dahinter.

Rasch holte Vanessa ein Papiertaschentuch aus ihrer Tasche, tupfte sich vorsichtig das Kinn ab, um ihr penibel aufgetragenes Make-up nicht zu zerstören, und stopfte das ärgerlich zerknüllte Tuch in den Abfallbehälter. Die Wasserflasche klemmte sie vorsorglich in ihr Fach. Entnervt zog sie die Augenbrauen hoch und lehnte sich zurück. Der komfortabelste Flug ihres Lebens schien auch der peinlichste zu werden, und Vanessa fand, dass dieser Typ daran schuld war. Sie nahm sich vor, ihn das die ganzen siebeneinhalb Flugstunden spüren zu lassen.

Lässig schlug er sein Bein in ihre Richtung über das andere; da konnte sie nicht vermeiden, seinen Schuh in kritischen Augenschein zu nehmen. Sportlich, aber aus Leder. Er schien ein smarter Typ zu sein. Smart, aber keiner von diesen Entscheidertypen, die für Vanessa zur Business Class gehörten wie das Erfrischungstuch zum Bordfraß. Auch seine Hose aus einem leichten, fein glänzenden Material wirkte leger, jedoch nicht billig. Die Socke dazwischen war dunkel und edel wie der Schuh und lang genug, so dass kein Streifen gekräuselten Haares hervorblitzten konnte. Weiße Männerbeine mit dunklen Kräuselhaaren fand sie nämlich richtig abstoßend. Verstohlen sah sie zu ihm herüber. Die Zeitung verdeckte seinen Oberkörper komplett. Gern hätte sie sich auch durch Lesen abgelenkt, aber sie spürte jeden Millimeter Neigung direkt in ihren Eingeweiden. Bevor der Flieger nicht in einer geraden Position war, war es ihr absolut unmöglich zu lesen. Die Kotztüte fest im Blick, wartete sie angespannt, bis der Warnton erklang und sie sich endlich abschnallen und Ablenkung verschaffen konnte. Aufatmend nahm sie sich den Stapel Zeitschriften vor und blätterte unkonzentriert in den Illustrierten, bis die Getränke serviert wurden.

»Champagner?«, fragte ihn die Stewardess zuerst, als kenne sie ihn schon.

Aha, dafür ließ er also sein Schutzschild sinken. Ein selbstgefälliger Ausdruck, na, das passte ja zu allem anderen, fand Vanessa.

»Gerne«, antwortete er strahlend und klappte seinen Tisch herunter. Mit anmutiger Hand reichte die Stewardess ihm den Kelch mit der Star-Brause.

Vanessa bestellte einen Tomatensaft. »Der schmeckt wirklich nur im Flieger«, bemerkte ihr Nachbar freundlich, als die Stewardess ihr das Glas hinhielt. Ja, es stimmte, wie fast alle Menschen trank sie das rote Zeug ausschließlich im Flugzeug. Aber stand es ihm zu, sich darüber zu äußern? Ihr Zeitschriftenstapel war zu hoch, um den Tisch herunterzuklappen. Fahrig griff Vanessa nach der Serviette, den Gewürzen und dem Glas, in dem sogar noch eine Selleriestange steckte. Während sie alles in ihren Händen balancierte, rutschten die Zeitschriften langsam von ihrem Schoß. Ein Reflex ließ sie danach greifen. »Sachte, sachte, Schätzchen«, hörte sie ihren Sitznachbarn sagen, und auf einmal wurde Vanessa klar, warum die Stewardess die ganze Zeit so überaus freundlich zu ihm war. Dieser Ausspruch war das Markenzeichen ihres absoluten Lieblings-Fernsehkommissars. Sie sah ihn an und hätte sich am liebsten in Luft aufgelöst. Verdammt, er war's. Verdammt, schon hatte sie den Tomatensaft auf dem Rock. Die Stewardess nahm den ganzen Kram wieder an sich, sagte nur »Oh« und reichte ihr einen Stapel Servietten. Irgendwie war jetzt sowieso schon alles zu spät. Sie hatte es gründlich vermasselt – jetzt musste sie bei ihrer Zicken-Nummer bleiben. Sie konnte ja schlecht plötzlich umschwenken und rumschleimen. Wie sähe das denn aus? Viel zu offensichtlich. Sie war eine Frau mit Prinzipien.

Innerlich brodelnd, tupfte sie mit einer Serviette den blutroten Tomatensaft von ihrem cremefarbenen Bleistiftrock.

»So kannst du auf keinen Fall bleiben«, stellte der Kommissar, der mal wieder ihre Illustrierten an sich genommen hatte, trocken fest und schlürfte seinen Champagner. Er duzte sie, der freche Kerl, dabei hatte er sich noch nicht mal vorgestellt. Er ging einfach davon aus, dass man ihn kannte.

»Wieso? Ich find's richtig schick«, zischte sie aus dem Mundwinkel in Richtung Fensterplatz. Ansehen konnte sie ihn nicht, er gefiel ihr einfach zu gut.

Zur Antwort lachte er. Was Vanessa nicht wusste: Gerade ihr abweisendes Verhalten reizte ihn dazu, sie ganz oben auf seine Eroberungsliste zu setzen. Und hätte sie sich öfter mal die Frivolität erlaubt, eine Klatschzeitung zu lesen, hätte sie gewusst, dass er ein notorischer Aufreißer und diese Liste verdammt lang war.

Wie gut, dass sie für alle Eventualitäten gerüstet war. Irgendwo in den Tiefen ihrer Riesentasche fand sie einen Fleckenstift. Eigentlich müsste sie den Rock dazu ausziehen, aber ihr war nicht danach, in dem Zustand durch den Gang zu laufen. Hilflos spielte sie mit dem Stift herum. Sollte sie sich ihre Strickjacke drüberlegen und den Rock herunterstreifen und hier an Ort und Stelle säubern? In diese schwierigen Überlegungen mischte sich die sonore Stimme des Kommissars: »Weißt du was, Schätzchen, auf den Schreck trinkst du jetzt erst mal einen Champagner.« Sie trank grundsätzlich nie auf Flügen, aber er hatte schon nach der Stewardess gerufen und zwei neue Gläser bestellt. Die Stewardess kam mit einem professionellen Eis-Lächeln und einem professionellen Kellnertablett und füllte die Kelche vor ihren Augen. Der Kommissar rieb sich die Hände und sagte: »Super.«

Vanessa konnte nicht nachvollziehen, was er da so super fand, aber er nahm strahlend die beiden Gläser entgegen und reichte Vanessa eines davon. Bevor die Stewardess gehen konnte, sagte er: »Wieso lassen Sie die Flasche nicht gleich da? Sie haben auch ein bisschen Ruhe verdient.« Zwar stimmte sie zu, aber ihre Haltung und ihr Ton verrieten Missbilligung.

»Cheers, Schätzchen« war auch so ein Satz seiner lässigen TV-Figur, der sie ganz wuschig machte. Er ließ sein Glas an ihrem klingen, und froh um das bisschen Vergessen, das der Alkohol ihr versprach, nahm Vanessa einen tiefen Schluck. Jetzt galt es noch die Spuren ihrer Ungeschicktheit zu beseitigen, um wieder alles unter Kontrolle zu kriegen. Kein leichtes Unterfangen, denn der TV-Star hatte sehr viel mehr Übung im Verführen von Frauen als Vanessa in der Abwehr von männlichen Verführungen. Und es gab ja auch nicht wirklich Fluchtmöglichkeiten auf den paar Quadratmetern, abgesehen davon, dass wahrscheinlich jede Frau an Bord liebend gern ihren Platz eingenommen hätte.

Sie hatten zusammen gegessen, sie hatten zusammen die Bordfilme geguckt, aber hauptsächlich hatten sie zusammen getrunken. Es war entschieden zu spät, als ihr bewusst wurde, dass er wohl der gemeinste Mann war, den sie je getroffen hatte. Denn ehe sie es recht begriffen hatte, hatte er sie mit seinen dämlichen Serien-Handschellen am Sitz festgekettet. Sie hatte sich ein bisschen zur Wehr gesetzt, aber innerlich hatte sie triumphiert. Denn während die Stewardess ihre Safttrolleys rumschubsen musste, verbrachte Vanessa innige Stunden mit dem smarten Serienstar. Er hatte den Champagner in Strömen fließen lassen und sie unablässig genötigt zu trinken, ihr aber nicht erlaubt, sich zu erleichtern. Doch wenn sie es jetzt nicht sofort zur Toilette schaffte, würde sie explodieren. »Mach mich sofort los! Ich halte es wirklich nicht mehr aus«, bettelte sie im Flüsterton, damit es keiner mitkriegte. Dabei hatte sie schon so viele neidische Blicke geerntet, einfach nur, weil sie zufälligerweise den Platz neben ihm hatte und alle außer ihr den Prominenten natürlich sofort erkannt hatten.

»Schwöre, dass du die Tür offen lässt und auf mich wartest.« Sie sah ihn fassungslos an. »Sonst bleibst du hier für immer sitzen«, fügte er charmant lächelnd hinzu, lehnte sich zurück und verschränkte die Arme hinter dem Kopf.

»Ja, ja, ja, ich schwöre«, zischte sie. Sie hätte in ihrer Situation jeden Meineid geleistet. »Jetzt mach endlich diese Dinger auf.« Unter anderen Umständen hätte Vanessa sein unverschämtes Grinsen als sexy empfunden und es genossen, dass er sich Ewigkeiten Zeit ließ, um behutsam eine Handschelle nach der anderen aufzusperren. Kaum befreit, durchflutete sie eine heiße Welle der Erlösung, und es kostete sie äußerste Mühe, es nicht gleich hier und jetzt laufen zu lassen. So würdevoll wie möglich versuchte Vanessa, aufzustehen und die Toilettenkabine zu erreichen. Sie sandte Stoßgebete gen Himmel, dass sich nicht schon irgendwas auf ihrem hellen Rock abzeichnete. Doch heil auf der Toilette angekommen, war ihr alles egal. Sie ließ die Tür wie gewünscht offen. Weiß der Teufel, was der Kerl wollte, sie wollte sich einfach nur erleichtern. In Windeseile hob sie ihren Rock hoch und streifte ihr Höschen runter, das schon ganz feucht und verschwitzt von der unmenschlichen Anstrengung war. Da drängte er sich auch schon gegen die Tür, schlüpfte herein und schloss ab.

»Warte«, sagte er so bestimmt, dass Vanessa auf einmal gar keinen Harndrang mehr verspürte. »Was soll denn das?«, protestierte sie.

»Sachte, sachte, Schätzchen.« Dieser Satz machte sie einfach schwach. »Stell dich da hin.« Er zeigte auf das Toilettenbecken, das wie ein Thron in ein Plastikpodest eingelassen war. »Nein, zieh den ganzen Kram aus und stell dich da drauf«, wies er sie an. Bevor sie etwas erwidern konnte, hatte er schon geschickt ihren Rock geöffnet. Holla, das machte er bestimmt nicht zum ersten Mal. Der feine Stoff fiel über ihre Hüften nach unten, und um ihre Qualen nicht unnötig zu verlängern, stieg sie gehorsam aus Rock und Höschen. Einen Moment lang überlagerte ihr Ekel, dass ihre kostbare Kleidung auf diesem unhygienischen Boden lag, alles andere. Da zum Bücken kein Platz war, ging sie in die Knie, hob beides auf und legte es ans Waschbecken.

Er grinste und sagte: »O.k., Schätzchen, jetzt geht's los.« Dann packte er sie an der Taille und hob sie mühelos auf das Podest. Wie gut, dass Vanessa keine Riesin war. Sie konnte fast aufrecht über dem Loch stehen, das direkt in die Stratosphäre führte. Kaum stand sie da – breitbeinig, anders ging's gar nicht –, faltete er sich wie ein Taschenmesser zusammen, setzte sich vor das Becken und legte seinen Kopf rückwärts auf der Brille ab, sodass er direkt in ihre Scham sehen konnte.

Das glaub ich ja nicht, dachte Vanessa.

In einem selbstverständlichen Ton, als schlage er ihr vor, heute mal Rührei zum Frühstück zu machen, sagte er: »So. Jetzt lass laufen, Süße.« Dann sperrte er den Mund weit auf und starrte erwartungsvoll in ihren Schoß. »Los, mach schon. Ich will deinen Champagner trinken«, drängte er schwer atmend.

Vanessa hatte ja immer vermutet, dass alle Prominenten pervers waren, aber dass sich jemand so was ausdachte, war jenseits ihrer Vorstellungskraft gewesen. Wie kam er auf so eine Idee? Hatte das in irgendeinem Drehbuch gestanden? Auf einmal war ihr Harndrang gar nicht mehr so ausgeprägt. Meinte sie. Doch dann spürte sie kochende Lava in ihrem Schoß aufsteigen. Und plötzlich schoss es aus ihr heraus, und ein breiter Geysir glühend heißer, klarer Flüssigkeit ergoss sich aus ihrer Quelle direkt in den Mund ihres Lieblings-TV-Kommissars. Der schlürfte genüsslich ihren Saft, als wäre es der kostbarste Jahrgangstropfen.

»Aaaah, du schmeckst wundervoll.« Vanessa stieg die Schamesröte ins Gesicht. Ihr Instinkt gebot ihr, sofort ihre Beine zu schließen, aber das ging nicht. Er hatte ihre schmalen Fesseln fest im Griff. Sie traute sich gar nicht, nach unten zu sehen, und schon ertönte es wieder zwischen ihren Schenkeln: »Gib mir mehr, Süße. Komm schon, sei nicht so grausam.«

Wer war hier grausam? Sie hatte doch einfach nur mal Business Class fliegen wollen, und nun servierte sie hier seltsame Drinks an versaute TV-Stars.

»Na los, da muss doch mindestens noch ein Liter sein.« Allerdings, das Gefühl hatte sie auch. Abgesehen von dem Muskelkater, den ihre Blase langsam, aber sicher zu entwickeln schien. Vielleicht war es leichter loszulassen, wenn sie die Augen schloss.

»Ich verdurste, Süße. Bitte, bitte gib mir dein Wasser«, bettelte die wohlbekannte, wunderschön sonore Stimme, die eine geradezu hypnotische Wirkung auf sie haben musste. Doch irgendetwas in ihr schien sich immer noch zu sträuben. Da spürte sie auf einmal seine festen, rauen Lippen auf ihrer Scham. Diese winzige intime Berührung versetzte sie in einen solchen Schrecken, dass alle Flüssigkeit, die sie in den letzten Stunden zu sich genommen hatte, wie eine Fontäne auf einmal aus ihr herausplätscherte. Einfach, weil sie es sonst niemals geglaubt hätte, öffnete Vanessa die Augen, neigte den Kopf und sah zu, wie dieser verrückte Schauspieler voller Wonne den Champagner aus ihr herausschlürfte.

»Mhhhhmmm, was für ein feiner Jahrgang, Süße«, sagte er, als ihre Quelle endgültig versiegt war, und leckte sich genießerisch die Lippen. Vanessa errötete und schämte sich plötzlich wieder dafür, dass sie hier so nackt und breitbeinig vor ihm stand. »Du warst richtig brav. Dafür sollst du belohnt werden, Süße.« Allerdings. Sie fand auch, dass sie eine Belohnung verdient hatte, vor allem dafür, dass sie sich das alles überhaupt gefallen ließ. Kein anderer hätte so mit ihr umspringen können.

Während sie sich erschöpft auf die Klobrille sinken ließ – ihre Beine zitterten vor Anstrengung, sonst hätte sie sicher mehrere Lagen Toilettenpapier draufgelegt –, richtete er sich auf und öffnete seine Hose. Der Versuch, sie ganz auszuziehen, hätte bestimmt einen Bandscheibenvorfall verursacht. Wie ein vorwitziger Schachtelteufel sprang ihr sein Schwanz aus dem Designer-Slip entgegen. Ja, genau so hatte sie ihn sich immer vorgestellt: lang, gerade und enorm standfest. Sein Schwanz war genauso perfekt wie sein knackiger Hintern, den er schon ein paar Mal in seiner Serie entblößt hatte. Unglaublich, wie gut dieser Typ aussah, und in natura noch besser als auf dem Bildschirm. Sie wäre bescheuert, sich das entgehen zu lassen. Bereitwillig hob Vanessa beide Beine kerzengrade in die Höhe und exponierte diesem Fremden ihre bloße Mitte. Nein, für sie war er ja gar kein Fremder. Schon seit Jahren hatte er ihr auf ihrer Couch Gesellschaft geleistet. Beim Abendbrot, beim Stricken, beim Fußnägel-Lackieren, beim Telefonieren mit Mama, beim Grippe-Ausheilen, und manchmal hatte sie sich dabei sogar selbst befriedigt. Doch von all dem wusste er nichts. Für ihn war seine Sitznachbarin eine Fremde. Und die würde sie wohl auch bleiben, denn er hatte gar kein Interesse daran, ihre Hobbys oder ihre Telefonnummer zu erfahren. Er war gerade nur total heiß darauf, dieser kleinen widerspenstigen Zicke zu zeigen, wer hier das Sagen hatte.

Dass Vanessa ausgerechnet jetzt stolz darauf war, schon seit Jahren Yoga zu machen, war typisch für sie. Sonst hätte sie ihre Beine in der engen Kabine niemals so weit spreizen können, ohne sich den Rücken zu brechen. Sie war immer noch nass, da war es ein Leichtes für ihn, mit einem gezielten Stoß seines Schwanzes tief in sie einzudringen. Zu gern hätte er sie dabei schreien hören, doch um kein Aufsehen zu erregen, zog er es vor, ihr den Mund zuzuhalten. Vanessa japste nach Luft und hätte gute Lust gehabt, ihn in die Hand zu beißen.

Das war nicht ihr erster One-Night-Stand, aber ihr erster One-Flight-Stand und sicher ihr abgefahrenster One-Sight-Stand. Aber sie sahen sich ja nicht mal an. Sie küssten sich nicht. Sie berührten sich nicht. Sie empfanden ja nicht mal Sympathie füreinander. Was taten sie hier überhaupt?, schoss es Vanessa durch den Kopf. Da machte das Flugzeug einen Satz, und plötzlich zuckte es tief in ihrem Inneren, wo sein hartes Ding herumtobte. Aber nicht sie, sondern er schrie auf. Instinktiv hielt nun sie ihm ihre kleine Hand auf den Mund.

»Scheiße, was ist das?«, jammerte er um einiges leiser.

Sie wusste es nicht. Sie wusste nur, dass nichts mehr vor oder zurück ging. Und dass es höllisch wehtat da drin. So als hätte man ihr geradewegs ein Messer in die Scheide gerammt. Sie wünschte, jemand würde dieses Messer sofort herausziehen. »Au.« Noch eine Turbulenz.

»Halt still! Sonst bricht er ab!«, zischte er gequält, als sie sich auf seinem Bolzen wand wie eine Eidechse. »Scheiße«, wimmerte er. Wieder und wieder. Wieder und wieder vollführte das Flugzeug dazu Rösselsprünge. »Lass los«, ächzte er. Schweiß tropfte von seiner Stirn auf ihren angespannten Bauch.

»Ich kann nicht«, presste sie aus zusammengebissenen Zähnen hervor.

»Scheiße, was machen wir denn jetzt?« Sein Ton wurde von Sekunde zu Sekunde panischer, ihr Leib von Sekunde zu Sekunde enger. Vanessa hatte immer gedacht, die Männer mochten es eng, aber das hier glich inzwischen einem Schraubstock.

Keine zehn Minuten vergingen, doch ihnen kam es vor wie eine Ewigkeit, bis es an die Toilettentür klopfte.

»Alles in Ordnung da drin?«, drang eine gedämpfte Frauenstimme durch die Plastiktür.

Er drückte Vanessa eine Hand vor den Mund und antwortete mit lauter Stimme: »Ja.«

»Dann kommen Sie jetzt bitte raus, wir befinden uns im Landeanflug«, sagte die Stimme auf der anderen Seite.

»Ja«, antwortete er mit schmerzverzerrtem Gesicht, ohne die Hand von Vanessas Mund zu nehmen.

»Hör auf!«, raunte sie ihn an, als sie sich endlich von seiner Hand befreit hatte. »Wie soll ich mich denn so entspannen?« Das Beste war, sich überhaupt nicht mehr zu bewegen. Leider half auch das ganz und gar nicht. Der Schmerz hörte nicht auf und das Klopfen an der Tür auch nicht.

»Hallo!« Nun waren es zwei Stimmen. »Hallo da drin!« Verdammt, die Stewardess hatte anscheinend schon Verstärkung angefordert. »Gehen Sie zurück auf Ihren Platz.«

»Ja«, antwortete er kläglich, in der Hoffnung, damit das Unvermeidbare abzuwenden. Doch es dauerte nicht lange, da machte sich jemand am Türschloss zu schaffen.

»Wenn Sie jetzt nicht sofort herauskommen, müssen wir die Tür öffnen.« Darauf wussten sie beide nichts zu sagen. Schicksalsergeben langte er hinter sich und entriegelte die Tür. Mit einem kräftigen Schwung riss die Stewardess sie auf, nur um sie eine Sekunde später mit einem erstaunten »Oh« wieder zuzudrücken. Durch das weiße Plastik hörten sie, wie sie ihre Kollegin wieder wegschickte. Dann zog sie die Tür nur einen kleinen Spalt auf und flüsterte diskret durch die schmale Öffnung: »Gibt es irgendein Problem?« Vielleicht hatte Vanessa ihr ja unrecht getan, denn in ihrem Ton war keine Häme.

»Kann man so sagen«, ächzte der Kommissar. »Scheidenkrampf.«

Nicht mal die verhassten Turbulenzen beim Sinkflug taugten dazu, sie aus dieser ungemütlichen Starre zu schütteln. Im Gegenteil, jede kleinste Bewegung schien die Schraube, die sie so unerbittlich verband, noch stärker anzuziehen. Verdammt,

Vanessa hatte es doch schon geahnt, als er sich auf ihrem Platz breitgemacht hatte: Dieser Typ bedeutete Ärger. Dass sie sich furchtbar über ihre eigene Blödheit aufregte, wirkte nicht gerade entkrampfend. Und das kägliche Wimmern, das der Serienheld ununterbrochen von sich gab, trug auch nicht zu ihrer Beruhigung bei. Wie schnell jemand aus der Nähe betrachtet an Charisma verlieren konnte.

Nicht nur, bis das Flugzeug zum Stillstand gekommen war, mussten sie in ihrer misslichen Lage verharren, sondern zu ihrem eigenen Schutz empfahl ihnen die Stewardess, in der Toilette zu bleiben, bis alle anderen Passagiere von Bord gegangen waren. Ja, Vanessa verabscheute Gedränge, aber so exklusiv hätte ihr Abgang dann doch nicht sein müssen. Als die Luft vollkommen rein war, gelang es zwei Sanitätern, sie aus der winzigen Nasszelle heraus und auf eine Tragbahre zu befördern. Inzwischen hätte Vanessa ihren Lieblingsstar erwürgen können; stattdessen musste sie die Beine um ihn schlingen und sich an ihm festklammern. Im Prinzip wäre es ihr egal gewesen, ob er sich seinen Penis brach oder nicht, aber bitte nicht in ihr. Eng umschlungen wie eine Skulptur aus einem Guss wurden sie gemeinsam aus dem Flugzeug getragen. Gott sei Dank waren die Rettungsmänner so geistesgegenwärtig gewesen, die zarte Vanessa obenauf zu legen. Kaum waren sie von Bord, stürzten sich etliche Paparazzi mit lautem Geschrei wie die hungrigen Geier auf sie. Tausend Fragen prasselten ungebremst auf sie ein.

»O nein! Schnell, ein Tuch! Haben Sie denn kein Tuch?«, schrie der TV-Star die Sanitäter panisch an. Rasch warfen sie ein weißes Leintuch über die gesamte Bahre, was ihr den makaberen Anblick eines Leichentransportes verlieh. Aber die Fotografen schossen sie weiterhin so wild ab, dass das Blitzlichtgewitter sogar durch das Leintuch drang, mit dem der TV-Star krampfhaft sein Gesicht verdeckte. »Wie ist Ihr Name? Was ist passiert? Wer sind Sie? Wie lange kennen Sie sich schon? Waren Sie zusammen in New York? Sehen Sie hierher!«, drangen ihre fordernden Stimmen durch das dünne Tuch. Beim Einladen in den Notarztwagen wurde das Leintuch noch einmal hochgehoben. Mit zuckersüßer Stimme verabschiedete sich die blonde Stewardess von ihnen: »Ich hoffe, Sie hatten einen angenehmen Flug, und wir dürfen Sie bald wieder bei uns an Bord begrüßen.«

Vanessa presste hervor: »O ja, vielen Dank für Ihren zuvorkommenden Service.« Die Stewardess zwinkerte ihr zu. War das Triumph in ihren Augen? Da wurde Vanessa bewusst: Sie war diejenige gewesen, die die Presse informiert hatte.

So schwer es Vanessa immer fiel, sich von eingefahrenen Gewohnheiten zu lösen, so sicher war sie, dass sie eine neue Lieblingsserie brauchte.

Cinderella

»Das hätte auch ich sein können«, sagte sie. Ja, sie hätte auch abends in einem Stuhlkreis in einem verwaisten Klassenzimmer sitzen und sagen können:»Mein Name ist Cinderella, aber alle nennen mich nur Cindy«. Peter, Gertrud, Renate, Ulrike und Heiner hätten im Chor geantwortet:»Grüß dich, Cindy«, und dann hätte sie diesen wildfremden Leuten mit den leidgeprüften Gesichtern ihre Geschichte erzählt, genau wie in dieser Reportage.

»Wärst du nicht aufgetaucht«, sagte sie erleichtert und gab Rafael, der neben ihr auf dem Sofa lümmelte, einen Kuss.

»Ach, was du wieder redest.« Er lachte, griff nach der Fernbedienung und schaltete den Fernseher aus.

Ernst sah Cinderella ihn an und sagte:»Doch, du bist mein Prinz auf dem weißen Pferd.«

In Bergstiefeln war Cindy durch ihre Kindheit gestapft. Tagaus, tagein. Da hatte sie noch bei ihrer Großmutter gelebt, in einem hölzernen Hexenhäuschen, das allein am Waldrand gestanden hatte. Doch nach und nach waren die Neubausiedlungen der Stadt dem kleinen Waldstück immer näher gerückt. Scheibchen für Scheibchen waren die angrenzenden Äcker und Felder in Wohnraum umgewandelt worden. Mit den dazugehörigen Straßen. Irgendwann hatte Cindys Wohngegend nichts Ländliches mehr gehabt. Nur hinter ihrem grün gestrichenen Gartenzaun schien die Zeit stillzustehen. Denn ihre Großmutter fand weiterhin, dass Cindy nicht mehr Schuhe brauchte, als sie selbst durch den Krieg gebracht hatten: ein Paar hirschlederne Bergstiefel. »Wir hatten nix, und aus mir ist auch was geworden«, war ihr Standardsatz, wenn Cindy mal wieder den vermessenen Anspruch erhob, Barbie-rosa Turnschuhe wie alle ihre Freundinnen anzuziehen. Also trug Cindy ihr schweres Schuhwerk zu den kratzigen Winter-Flanellhosen, den dünnen, bunt bedruckten Sommerkleidchen, zum schwarzen Sylvester-Samtkleid mit Spitzenkragen und sogar zu ihren Faschingskostümen. Gab es etwas Peinlicheres als eine zarte Sechsjährige im rosa Prinzessinnentraum aus Tüll und Satin mit derben Zweizentnerstiefeln in anmutigem Braun an den Streichholzbeinchen?

Auch was den Werdegang ihrer Oma betraf, war sie anderer Ansicht, aber diese Diskussion zu führen war genauso müßig wie der Versuch, einem Esel Schlittschuhlaufen beizubringen. Das Dumme war, dass sie ihrer sturen Großmutter für lange Zeit ziemlich ausgeliefert war. Ihren Vater hatte sie nie kennengelernt, und ihre Mutter war zum Theater abgehauen. Ja, genau wie man es aus Kitschromanen kennt, wo die Tochter aus gutem Hause nachts ihr Bündel schnürt, sich aus dem Fenster abseilt und sich einer Zirkustruppe anschließt.

»Diese dumme Gans! Ruiniert ihr ganzes Leben beim Varieté«, zischte Oma jedes Mal, wenn Cindy Fragen nach ihrer Mutter stellte. Dann aber fand Cindy beim Aufräumen ein Fotoalbum. Mit edlem, beigefarbenem Prägeledereinband. Sieh an, sieh an, dafür ist also Geld da, dachte sie. Fein säuberlich waren darin alle Artikel und Theaterkritiken eingeklebt, die ganze Bühnenkarriere ihrer abtrünnigen Mutter stolz verewigt. Von wegen »dumme Gans«, war Cindys erster Gedanke. Aber mit jeder Seite des liebevoll angelegten Albums wuchs ihre Enttäuschung. Die Enttäuschung darüber, dass ihre Großmutter ihr all die Jahre etwas vorgemacht hatte.

Schon nach drei Seiten wurde Cinderella klar, warum sie

diesen bedeutungsvollen Vornamen bekommen hatte. Rampenlicht und Applaus, in großer Garderobe über rote Teppiche zu stolzieren, die Ballkönigin zu sein, das war der Traum ihrer Mutter gewesen. Und falls sie es selbst nicht schaffen würde, hätte ihre Tochter mit einem so vielversprechenden Namen wenigstens schon mal die richtige Grundlage.

Cinderella hieß nicht nur so, sie sah auch noch so aus, wie man sich ein Aschenputtel vorstellte. Blond. Prinzessinnen waren einfach blond, oder? Rein und frisch wie eine Sommerwiesenblüte, die sich – im festlichen Gewand – zu einer faszinierenden Rose verwandeln konnte, von der man den Blick nicht abzuwenden vermochte. Doch das war bisher noch nicht geschehen, denn im Gegensatz zu ihrer Mutter lebte Cindy als junge Frau ein Durchschnittsleben. Das Einzige, was sie mit ihrer märchenhaften Namensvetterin gemeinsam hatte, waren ein Paar gläserne Schuhe. Ihre 46-Quadratmeter-Wohnung in einem Genossenschaftsblock war durchschnittlich, ihre Bildung auch, also arbeitete sie wie viele andere als Sachbearbeiterin in einer großen Firma in einem großen Gebäude zu einem durchschnittlichen Gehalt. Nur ihre Füße schienen (wie die roten Schuhe aus dem gleichnamigen Film, die sich Cinderella sogar hatte anfertigen lassen) ein extravagantes, glamouröses Eigenleben zu führen. (Wie hatte sie als kleines Mädchen nach solch glänzenden roten Ballerinas geschmachtet! Ihren Puppen hatte sie mit Mamas altem vertrocknetem Nagellack sogar die nackten Babyfüßchen angemalt, um wenigstens ihnen diese verbotene Wonne zuteil werden zu lassen.)

Mit jedem neuen Paar Bergstiefel war Cinderellas Passion für Schuhe gewachsen.

Ihr erstes Mal. Da war sie mit einer großen Tüte, schwarz mit goldener Aufschrift, nach Hause gekommen und verschwand sofort in ihrem Jungmädchenzimmer. Vierzehn war sie da, hatte über Monate Zeitungen ausgetragen und gespart. Sie legte die Tüte behutsam aufs Bett und zog vorsichtig eine Schachtel heraus. Einen Schuhkarton. Was sonst hätte sie sich von ihrem ersten selbst verdienten Geld kaufen sollen? Mattschwarz mit glänzenden goldenen Lettern beschriftet, sah er nicht unbedingt nach einem Kinderschuhkarton aus. Cinderella nahm den Deckel des Kartons ab, aber bevor sie das schwarze Seidenpapier aufschlug, stand sie auf, verriegelte die Zimmertür und stellte Musik an. Den glücklichsten Moment ihres jungen Lebens wollte sie richtig zelebrieren. Irgendwie hatte sie das Gefühl, nichts dürfe ihren neuen Schuhen die Show stehlen, und zog sich nackt aus. Dann setzte sie sich aufs Bett, schlug das raschelnde, dezent mit dem Markennamen bedruckte Seidenpapier beiseite und nahm die Schuhe einen nach dem anderen aus der Schachtel, so vorsichtig, als nähme sie einen Säugling aus seinem Bettchen. Sie stellte sie ganz akkurat nebeneinander auf den Boden vor ihre nackten Füße, wie sie es schon seit dem Kindergarten mit ihren Bergstiefeln tat. Langsam schlüpfte sie hinein, ein Fuß nach dem anderen, und ließ es erst einmal auf sich wirken, wie das noch kühle weiche Leder sich mit ihrer warmen Haut anfreundete und allmählich aufwärmte. Sich hinzustellen und gerade stehen zu bleiben auf zehn Zentimetern Absatz, war nach den Jahren in flachen, unförmigen Tretern gar nicht so einfach. Einige Minuten lang versuchte Cinderella, im Stehen die Balance zu halten. Als sie die ersten Schritte auf den hohen Absätzen machte, fiel ihr auf, wie ihre Hüften automatisch mitschwangen. Weil sie mussten. Sie sah an sich herab. Nein, ihre ersten Pumps hatten gar nichts Kindliches an sich. Handschuhweiches tiefschwarzes Wildleder, unterbrochen von Ornamenten aus glänzendem, sündig-schwarzem Lackleder und mit frivolen Strassschnallen verziert. Ganz kurz überlegte sie, was ihre Großmutter mit ihr anstellen würde, wenn sie diese Schuhe sähe. Aber sie hatte nicht vor, sie ihr zu zeigen, denn sie sollten – im Schrank versteckt – ihr Geheimnis bleiben, bis sie volljährig war. Der sich konisch nach unten verjüngende Absatz, dessen Spitze so viel weniger Trittfläche als ein Pfennig bot, obwohl er sich so nannte, wies eine perfekte Fersenwölbung auf. Er verlängerte ihre mädchenhaft-schmalen Fesseln ganz natürlich und verlieh ihren nicht sehr ausgeprägten Waden eine zarte Rundung. Sie trat an die Kommode heran, um sich ausgiebig im Spiegel zu betrachten. Aber sie konnte die Schuhe nicht an ihren Füßen sehen, und so nahm sie den Spiegel von der Kommode und baute ihn auf dem Bett auf. Nun waren nicht nur ihre schmalen Mädchenfüße in den elegantesten Schuhen, die sie sich je hatte vorstellen können, perfekt in Szene gesetzt. Auch ihre nackte Scham, seidig weich, aber noch nicht ausreichend behaart, um ihre geschwollenen und rosé glänzenden Schamlippen zu bedecken, war deutlich zu sehen. Bei dem Anblick verspürte Cinderella plötzlich ein starkes Jucken. Dort, ja genau dort zwischen ihren Beinen. Um sich Linderung zu verschaffen, befeuchtete sie ihren Zeigefinger und führte ihn zu ihrem juckenden Schoß. Im Spiegel konnte sie beobachten, wie ihr Finger auf ihrem geschwollenen Kitzler landete und ihn zu reiben begann. Was machte man sonst, wenn es juckte? Es fühlte sich so unglaublich gut an. Sie wollte die Beine ein wenig ausbreiten, verlor den Halt und strauchelte. Um sowohl die Pumps als auch ihren pochenden Schoß im Auge behalten zu können, musste sie sich vor den an die Wand gelehnten Spiegel legen, die Beine weit gespreizt, aber die Unterschenkel so angewinkelt, dass die verruchten Pumps ihre pralle Scham einrahmten. Es dauerte keine Minute, da durchflutete sie ein nie zuvor gekanntes Glücksgefühl von ihrem Schoß bis in die Haarwurzeln, das ihren gesamten Körper in ekstatische Zuckungen versetzte und ihren Kopf zum Rauschen brachte.

Nomen est omen, dachte Cinderella, wie jedes Mal, wenn sie ihre Kreditkarte zückte, um diesen unvergleichlich befriedigenden Moment auszukosten, in dem ein neues Paar Schuhe in ihren Besitz überging. Nur das vermochte ihr einen Höhepunkt zu verschaffen.

In einer Zeitung hatte Cinderella gelesen, dass sich perfekte High Heels durch den idealen physikalischen Stützpunkt auszeichneten, der einem Fuß Stabilität gab, egal wie hoch der Absatz sei. Aber sie wusste, dass genau das eben nicht die besondere Faszination von Damenschuhen ausmachte. Denn wenn Cindy mit ihrer inzwischen beachtlichen Oberweite auf Zwölf-Zentimeter-Stilettos unterwegs war, dann sah es so aus, als werde sie das Gleichgewicht verlieren und vornüberkippen, wenn sie nur einen Kugelschreiber in die Hand nähme. Diese verwirrende Kombination aus überragender Größe und gleichzeitiger Instabilität löste bei Männern sofort Beschützerinstinkte aus und verlieh ihr gleichzeitig eine Macht, die man ihr, zumindest ihrem Erscheinungsbild nach, gar nicht zutraute. Dass sie mit ihren 29 Jahren trotzdem noch nicht verheiratet, ja nicht einmal verlobt und leider auch nicht verliebt war, schrieb sie dem Bergstiefel-Terror ihrer Großmutter zu. Wie viele Männer hatten sich in und auf ihr abgemüht, um sie in Ekstase zu versetzen. Vollkommen zwecklos, wenn keine Schuhe im Spiel waren. Nichts auf der Welt war für Cindy eben derart erregend wie hohe Schuhe. O ja, ein neues Paar High Heels, das war der Eintritt ins Paradies. Sie wäre definitiv in der Lage, sich wie die bösen Stiefschwestern ihrer Namensvetterin die Zehen oder Hacken zu verstümmeln, um ihre Füße für ein begehrtes Paar passend zu machen. Da konnte eben kein Mann mithalten. Und es wollte auch keiner, denn spätestens dann, wenn einer ihren Schuhtick mitkriegte, hielt er sie für eine völlig verrückte Verschwenderin und suchte das Weite.

Aber das Schlaraffenland, das war für Cinderella eine Pediküre. Danach war sie geradezu süchtig. Sicher gab es irgendwo in Amerika bereits eine Selbsthilfegruppe dagegen, aber solange sie in der Lage war, ihre Sucht regelmäßig zu befriedigen (zugegeben – mithilfe ihrer Kreditkarte), wozu Abhilfe schaffen? Sie hatte lange nach einem ebenerdigen Kosmetiksalon mit Schaufenster gesucht. Normalerweise waren die blütenweißen Vorhänge zur Fußgängerzone hin zugezogen, doch Cinderella hatte es durchgesetzt, dass sie als Einzige bei geöffnetem Vorhang behandelt wurde. Dabei war es ihr völlig egal, ob die Passanten stehen blieben und fasziniert zusahen oder sich angewidert abwandten. Beides kam vor. Für sie zählte allein, bei einer derart intimen Prozedur auf dem Präsentierteller zu liegen. Darum hatte Cindy auch jetzt das volle Programm gebucht …

»Darf ich?«, fragte Olga, die sensible polnische Kosmetikerin, die sie von Anfang an betreute, und hielt ihr die ausgestreckten Hände hin. Cindy platzierte ihre Füße darin und sah zu, wie sie ins warme Fußbad getaucht wurden. Schon diese erste unbedeutende Berührung verursachte eine Hitzewelle in ihrem Schritt. Ach, das würde herrlich werden. Cindy lehnte sich zurück und schloss die Augen.

Rafael schaffte es nie, an einem Schuhgeschäft vorbeizugehen, ohne die Auslage zu betrachten. Fasziniert stand er vor dem exklusiven Schuhsalon. Die Schaufenster bestanden aus einer Spiegelfläche, die Vorbeigehende dazu zwang, ihr Aussehen zu überprüfen; nur in zwei Bullaugen-artigen Gucklöchern wurde wie ein kostbares Schmuckstück jeweils ein einziger Schuh präsentiert. Preisschilder gab es keine.

Plötzlich verlagerte sich sein Interesse von dem, was hinter der Scheibe ausgestellt war, auf das, was sich im Schaufenster spiegelte: Cindys Füße im Fenster des Kosmetiksalons. Rafael drehte sich um und ging rüber auf die andere Seite. Äußerlich war er der absolute Durchschnitt: nicht groß, nicht schlank, nicht markant, unauffällig in seinen Bewegungen, unspektakulär in Farbe, Statur, Bekleidung. Seine Haare, die Augen, selbst die Haut hatten eine undefinierte Unfarbe.

Eigentlich hätte Cinderella bei seinem Anblick gleich einen allergischen Anfall kriegen müssen, denn er trug nie etwas anderes als Bergstiefel. Aber ihr blieb nicht verborgen, wie neugierig dieser Mann ihre Fußbehandlung verfolgte. Er war der Erste, der ihr nicht gleich auf den üppigen Busen starrte. Und ebenso nahm Cindy das Feuer in seinen Augen wahr, das die Betrachtung ihrer Füße entfacht hatte.

Am liebsten hätte Cindy im Anschluss an die Behandlung aller Welt ihre frisch pedikürten Füße in offenen Sandalen präsentiert. Aber das ging nicht, denn vor einem Kaufhaus ein Stück weiter gab es einen Schuhputzer. Und was für andere eine Haarwäsche mit Kopfmassage war, das war für Cindy einmal Schuhe wichsen – die reinste Glückshormon-Ausschüttung.

»Madame!«, grüßte sie der nette grauhaarige Marokkaner schon von Weitem, als sie sich einen Weg durch die herumhetzenden Menschenmassen zu seinem Stand bahnte.

Gelöst lächelte ihn Cindy an. Er reichte ihr seine verwitterte, aber durch den Kontakt mit den fetten Cremes erstaunlich weiche Hand. Sie nahm sie dankbar an und stieg die eine Stufe zum alten Lederstuhl hinauf. Jaaa, das war ihr Thron. Hier war Cinderella die Märchenprinzessin, die Fußgängerzone ihr Königreich, die Passanten ihre Untertanen, die ihr huldigten. Und heute war ihr einer ganz besonders ergeben. Denn Rafael war ihr zaghaft gefolgt und sah nun belustigt zu, wie sie dort oben für alle gut sichtbar thronte und die bewundernden Blicke auf ihre schönen schlanken Beine in den hauchdünnen, hautfarbenen Strümpfen und den sexy Stiefeln genoss.

Cinderella genoss es auch, die Hände des Schuhputzers

durch das weiche Leder ihrer Stiefel zu spüren. Den sanften Druck, mit dem er die Creme einmassierte. Die gleichmäßig kreisenden Bewegungen, mit denen er die Politur einrieb. Das leichte Kitzeln, wenn er seine weiche Bürste über das glatte Material gleiten ließ.

Rafael hatte herausgefunden, dass Schuhe so einiges über Menschen aussagten. Zum Beispiel darüber, was ihnen im Leben wichtig war. Besaß einer nur Sportschuhe, war klar, wo seine Prioritäten lagen. Trug einer modische, aber qualitativ minderwertige Treter, war er ein anspruchsloser Mitläufer. Männer mit klassischen, handgenähten Schuhen waren traditionsbewusst und solide. Gesundheitstreter vermittelten eine besonders ausgeprägte Eigenliebe, die wenig Raum für die Berücksichtigung anderer ließ. Ist mir doch egal, ob ich dir gefalle oder nicht, schienen diese schmucklosen Vertreter bei jedem Schritt zu rufen. Gepflegte Schuhe, die weder Gehfalten noch abgetretene Absätze aufwiesen, verrieten Beständigkeit und Werteempfinden.

Aber das Bild, das Cindy abgab, stimmte irgendwie überhaupt nicht. Gerade weil ihr ungeschminktes Gesicht und ihre Allerwelts-Bluse unterm Allerwelts-V-Ausschnitt-Pullover über der Allerwelts-Jeans absoluter Durchschnitt waren, stachen Rafael die Modelle, die Cindy an den Füßen trug, besonders ins Auge: Wie eine zweite Haut eng anliegende, knallrote Stiefel, deren hoher Absatz aus einem auf dem Kopf stehenden metallenen Eiffelturm bestand. Allein dieser Anblick erweckte Rafaels Schwanz schon zum Leben, der pulsierte wie eine Blutdruckpumpe, stetig und unaufhörlich, bis er sich in seiner ohnehin schon körpernah geschnittenen Hose so sehr ausbreitete, dass sie höchst verräterisch spannte. Geistesgegenwärtig holte er seine Kamera hervor.

Rafael war *Still-life*-Fotograf. Man nannte das so, aber mit Leben hatten seine Motive nur wenig zu tun: Tote Fleischbatzen appetitlich in Szene zu setzen, Toaster und Alufelgen für billige Supermarktprospekte attraktiv zu positionieren, das war sein Metier. Dabei hatte Rafael den Beruf mit dem Vorsatz ergriffen, tagtäglich seiner großen Leidenschaft frönen zu können: Schöne Frauenfüße in schönen Frauenschuhen zu fotografieren. Aber die einzigen Schuhe, die er vor die Linse kriegte, waren abstoßend biedere Hausschlappen, deren Anblick noch mehr Leben aus ihm heraussaugte als seine übrigen leblosen Fotomodelle, und anstelle anmutiger Frauenschenkel fotografierte Rafael gummiartige Hühnerschenkel.

Extra für Cindy hatte der Schuhputzer, der sonst nur schwarze und braune Schuhcreme im Angebot hatte, feinste rote angeschafft. Ihm dabei zuzusehen, wie er ihre schönsten Schuhe zum Strahlen brachte, verschaffte Cindy das, wofür andere Frauen einen Vibrator brauchten. Mit einem EEG hätte man die kleinen Blitze sicher messen können, die während des Schuhwichsens unaufhörlich durch Cindys Hirn schossen, aber sie war gut trainiert darin, sich ihren Orgasmen-Schauer äußerlich nicht anmerken zu lassen. Niemand merkte was – außer Rafael. Denn auch seine Hirnfunktion war gerade im Ausnahmezustand. Er trat näher heran.

»Entschuldigung, dürfte ich dich fotografieren?«

Wie oft hatte er das schon gefragt und dazu seine Karte gezückt. Dann hofften die Frauen auf eine Modelkarriere, und er hoffte, sie würden ihn bitten, dass er auf ihre Schuhe wichste. Da sich weder das eine noch das andere je verifiziert hatte, hatten diese Fototermine entweder nicht stattgefunden oder in einem Fiasko geendet. Bisher hatte er gedacht, das Leben sei kein Lottogewinn, aber heute, heute hatte Rafael das Gefühl, sechs Richtige zu haben.

Cindy sah auf seine Kamera.

»Jetzt?«

»Nun ja, du bist ein sehr reizvolles Motiv da oben.«

Sie lächelte geschmeichelt und streckte ihre Füße aus. »Danke.«

»Wenn es o.k. ist?« Er sah den Schuhputzer an. Der zwinkerte ihm freundlich zu und sagte: »Aber natürlich, mein Herr. Haben Sie dann auch eine Foto für mich? Für Reklame?«

Rafael knipste wie ein Wilder drauf los. 360-Grad-Ansichten von Cinderellas göttlichen Beinen in diesen göttlichen Stiefeln. Sein Schwanz pochte rhythmisch gegen die Unterhose.

»Ja, einen Abzug hätte ich auch gern«, hakte Cindy ein. Ihre Vagina bekam dabei einen Fieberschub.

Rafael und sein Schwanz nickten. »Selbstverständlich. Wenn du mir deine Adresse gibst.«

»Gleich, wenn ich hier fertig bin«, hörte sich Cindy sagen. War sie denn völlig beknackt? Einem wildfremden Mann ihre Adresse zu geben? Es war doch hinlänglich bekannt, dass die unauffälligsten Typen die gefährlichsten waren.

»Ich wollte dich sowieso fragen, ob du Lust auf einen richtigen Fototermin hättest. Im Studio«, meinte Rafael und verdeckte die deutliche Beule in seiner Hose mit der Kamera. »Dann würde ich dir die Accessoires schon mal vorab zuschicken.«

Das Wort »Accessoires« sandte einen grellen Blitz in Cindys Schoß. Sie wusste genau, dass er dabei nichts als Schuhe meinte.

Rafael aber wusste genau, dass sie ihn nicht versetzen würde.

Und beide wussten, dass es bei dem Fototermin nicht ums Fotografieren ging.

Cinderella betrat Rafaels Studio in einer ihrer unspektakulären Blusen/Jeansrock-Kombinationen. Zur Begrüßung gaben sie sich förmlich die Hand. Was hätten sie auch sonst tun sollen, schließlich hatten sie sich erst einmal kurz gesehen? Doch ihre Herzen fielen sich bereits in die Arme wie alte Bekannte. Die Stiefel, die er ihr geschickt hatte, trug Cindy bewusst nicht. Dass sie wie angegossen passten, hatte sie überhaupt nicht verwundert. Aber bevor sie sich auf ihn einließ, wollte sie Rafael noch einem Test unterziehen. Sie holte die hautfarbenen Schweinsleder-Stiefel aus der großen eleganten Papiertasche, in der sie ihr geliefert worden waren, und drückte sie ihm in die Hand.

Wenn sie schon Cinderella hieß, dann wollte sie auch, dass ihr ein Prinz den gläsernen Schuh anzog.

Sie sah ihn gleichmütig an und wartete. Männer-Experimente hatte sie schließlich genug gemacht. Wenn er versagte, würde sie sich – ohne mit der Wimper zu zucken – auf dem Absatz umdrehen und gehen. Natürlich mit den Stiefeln.

Ganz dicht presste Rafael seine Nase an das handschuhweiche, ungefütterte Leder und saugte den tierischen Duft ein. Er schloss die Augen. Cindy beobachtete ihn regungslos. Endlose Sekunden verstrichen. Rafael sah ihr in die Augen. Er sah auf ihre kanariengelben Lackpumps. Er konnte nicht anders, er musste auf die Knie sinken und diese Frau anbeten wie eine Marienstatue am Wallfahrtsort.

Cinderella durchflutete ein unglaubliches Glücksgefühl, von den äußersten Haarspitzen ihrer weichen blonden Mähne bis zu den kribbeligen Zehenspitzen.

Behutsam hob Rafael ihren rechten Fuß hoch und zog ihren Schuh so mühelos ab, als hätte er sein Leben lang nichts anderes getan. Dasselbe tat er mit dem linken. Mit zarter Hand setzte er ihre Füße einen nach dem anderen auf seinem Knie auf und streifte ihr den weichen Stiefelschaft bis übers Knie. Cindys Füße glitten so leicht in die Schuhe, als wären sie für sie maßgeschneidert worden.

Endlich! Wie lange hatte sie davon geträumt, immer nur geträumt. Sie sah zu ihm herunter und strahlte ihn an.

Als wäre es ein seltenes Fell, strich er mit seinen Händen über den butterweichen Schaft. Streichelte Cindys Beine von oben bis unten durch die zweite Lederhaut, die sich perfekt an ihre durchtrainierten Rundungen schmiegte. Er wollte es so lange wie möglich genießen, auskosten, obwohl ihm danach war, sich sofort auf ihren Stiefeln zu ergießen und seinen Samen genüsslich in das Leder einzureiben wie die kostbarste britische Schuhwichse.

Aber sie hatten Zeit, alle Zeit der Welt. Denn seit er Cindys seligen Gesichtsausdruck auf dem Thron des Schuhputzers gesehen hatte, wusste Rafael, dass er sie nicht mehr gehen lassen würde.

Bestimmt war es kein Zufall, dass auch er der Sohn einer Rampensau war. Rafaels Mutter war Schönheitstänzerin gewesen. (Was das hieß, hatte er erst erfahren, als er alt genug gewesen war, um die Etablissements zu frequentieren, die seine Mutter immer durch den Bühneneingang betreten hatte.)

Langsam und mit größter Sorgfalt liebkoste er nun Cindys Beinkleid mit seiner Zunge, während seine Hand sich Stück für Stück ihrem Schoß näherte. Dieser Geruch von neuem Leder schickte seine Gedanken auf eine Zeitreise.

Das Einzige, was er von seiner Mutter zu Gesicht bekommen hatte, waren ihre scharfen High Heels gewesen, die immer im Flur herumgelegen hatten. Er selbst war auf leisen Sohlen alleine durch die Kindheit getapst, auf Socken, damit er sie nicht weckte. Tagsüber hatte sie geschlafen, und jeden Abend, sieben Tage die Woche, war sie zur Arbeit verschwunden und die ganze Nacht weggeblieben. Seinen Vater hatte er nie kennengelernt.

Jetzt war Rafael zum Bersten geschwollen, knüppelhart. Plötzlich glitten seine Fingerspitzen über den Stiefelrand hinaus, und diese erste Berührung ihrer Haut versetzte ihm einen Schlag. So lange war es her, dass er direkten körperlichen Kontakt gehabt hatte. Er konnte sich sowieso nicht erinnern, dass das besonders oft in seinem – wie er nun fand – bisher bedeutungslosen Leben vorgekommen war. Auch Cindy zuckte zusammen, denn obwohl sie sich danach gesehnt hatte, damit gerechnet hatte sie nicht. Zarte Berührungen von Männern war sie nicht gewöhnt.

Äußerst vorsichtig, um nur ja nichts kaputt zu machen, hatte Rafael jedes Paar Schuhe seiner Mutter inspiziert, während sie schlief. Hatte den unvergleichlichen Duft nach Leder, Schweiß, Fußpuder und dem schweren süßen Parfum, das sie sich auch immer an die Fesseln getupft hatte, in sich aufgenommen. Er hatte an den Perlen gedreht, die auf die feinen Riemchen aufgenäht waren, hatte die glitzernden Pailletten und bunten Strasssteine gezählt, die spitzen Absätze in seine Handflächen gebohrt. Er hatte seine kleinen Jungenhände in die Schuhe geschoben und war damit auf allen vieren durch die Wohnung gelaufen, bis seine Füße groß genug gewesen waren, hineinzuschlüpfen und darin herumzuschreiten. Sein erstes Mal unterschied sich in nichts von Cindys.

Behutsam strich Rafael Cindys Schenkel entlang, glitt mit der Hand über ihre gespannte Haut wie eine kühle Natter, näher, immer näher an ihre dampfende Mitte heran. Sein Kopf verweilte nun zwischen ihren Schenkeln, mit gebührendem Abstand, die Nase nach oben gerichtet, um ihre Fährte aufnehmen zu können. Ihr unpassend mädchenhafter Baumwollslip mit Blümchen und Schleifchen hielt ihrer Feuchtigkeit nicht mehr stand und offenbarte eine Pfütze in der Mitte. Dorthin glitt Rafaels Hand, um ihre Scham mit den Fingerspitzen zu erforschen. Erst durch den Stoff. Seine Finger tasteten die Konturen ihrer Schamlippen ab, die dabei mehr und mehr anschwollen. Cinderellas Erregung brachte Rafael so in Wallung, dass er eine Hand wegnahm, um seine Hose zu öffnen und seinem pulsierenden Schwanz Raum zu geben. Dabei entfuhr ihm ein kleiner Schmerzlaut, und Cindy öffnete irritiert ihre Augen. Seine Schwanzspitze gegen ihren immer noch im Slip gefangenen Kitzler pressend, legte er ihr einen Zeigefinger auf den Mund: »Schhh.«

Cindy schloss die Augen wieder. Jede Faser ihres Körpers wartete gespannt auf seinen nächsten Zug. An beiden Hüften führte Rafael seine Hände in den Gummibund ihres Slips ein und streifte das kleine Stück Stoff Zentimeter für Zentimeter über Cindys gestiefelte Beine nach unten. Cindy wollte alles mit sich geschehen lassen, aber nichts selbst steuern müssen. Also löste sie ihre Füße erst vom Boden, als Rafael abwechselnd ihre Absätze packte und hochhob. Nun war sie ihm ausgeliefert. Aber sie fürchtete sich nicht. Beide wussten: Er würde nicht in sie eindringen. Er würde genau das tun, was er mit den Filzhausschuhen nie hatte tun wollen.

Cindy betrat Rafaels Wohnzimmer. Über ihren weißen Baumwollunterhosen – mehr hatte sie nicht an – wippte ihr nackter Busen im Takt mit. Aber Rafael sah weder auf das eine noch das andere. Fasziniert starrte er auf ihre makellosen Füße in den Plexiglas-Sandalen. Wie ein Model lief Cinderella vor ihm hin und her. Bei jedem Schritt wogte die blaue Flüssigkeit in dem transparenten Keilabsatz-Aquarium, in dem bunte Fische, Plastikseepferdchen und Korallen schwammen, wie die Gezeiten hin und her.

»Die sind toll! Die ziehe ich gleich morgen ins Büro an.« Rafael strahlte sie vom Sofa her an. Sie beugte sich zu ihm herunter und küsste ihn.

»Danke, Schatz.«

Cinderella kickte die Sandalen von den Füßen und kuschelte sich an Rafael. »Komm, lass uns was ganz Normales machen. Einfach ein bisschen fernsehen.«

»Also, ich finde, wir sind völlig normal.« Rafael beugte sich vor, nahm die Sandalen behutsam in die Hand, als wären sie zerbrechlich, und stellte sie ordentlich nebeneinander vor ihnen auf.

Als gäbe es kein Morgen

»Fick mich, als gäbe es kein Morgen«, hauchte sie in den Telefonhörer. Dieser Satz aus ihrer Lieblingsserie *Sex and the City* hatte Nadja auf die Idee gebracht. (Einer der vielen Gründe für die Sinnlosigkeit ihres Daseins: Die Produktion der Serie war eingestellt worden.)

»O.k.«, erklang es zögerlich am anderen Ende. »Die ganze Nacht kostet tausendfünfhundert.«

»Was auch immer. Wie lange es auch immer dauern wird«, antwortete sie gelangweilt. »Mach dir keine Sorgen, du kriegst dein Geld schon.«

»O.k., Nadja, dann also bis um sechs.«

Gute Firma. Sie waren darauf geschult, sich sofort die Namen ihrer Kundinnen einzuprägen. Zu schade, dass das bei ihr nicht viel Sinn hatte, denn sie würde bestimmt keine Stammkundin werden. Ihr erstes Mal würde auch ihr letztes Mal sein. Ihr allerletztes Mal, genau genommen. Und wenigstens das wollte sie von vorne bis hinten (wie passend, diese Redewendung) bestimmen dürfen. Denn Nadja hatte endgültig die Schnauze voll. Es gab nichts mehr, was sie neugierig machte. Nichts, was sie hätte erleben wollen, das sie nicht schon zur Genüge kannte oder gar nicht wissen wollte. Das Einzige, womit sie noch keine Erfahrung gesammelt hatte, waren *Blind Dates* und käuflicher Sex.

Natürlich war das eine riskante Angelegenheit. Der Typ könnte zum Beispiel Haare auf dem Rücken und dafür keine auf dem Kopf haben. Mist, danach hatte sie gar nicht gefragt.

Tja, sie hatte eben wirklich keine Ahnung davon, aber es erschien ihr auch nicht notwendig, sich im horizontalen Gewerbe auszukennen. Zum Glück hatte er eine feste maskuline Stimme. Vielleicht war auch das antrainiert, um den Klientinnen Vertrauen einzuflößen. Egal, Hauptsache, nicht so weibisch. Nichts hasste Nadja mehr als einen Mann, der in einem sanften, beruhigenden, Verständnis heuchelnden Tonfall mit ihr sprach. Als wären alle Frauen reif für die Klapse und könnten dadurch davon abgehalten werden, im nächsten Augenblick Amok zu laufen und ihnen den Schwanz abzuhacken? Einmal hatte einer von diesen Frauenverstehern sogar für sie tief und gleichmäßig mitgeatmet. Das hatte sie in Sekundenbruchteilen so auf 180 gebracht, dass sie tatsächlich an Kastration gedacht hatte.

Ja, natürlich war es auch möglich, dass ihr Callboy verbraucht, abgefuckt oder roboterhaft routiniert sein würde. Dennoch war so ein Miet-Stecher in jedem Fall berechenbarer als irgendein Lover aus vergangenen Zeiten, den sie ansonsten hätte aktivieren müssen. Was, wenn der Zicken machte? Heutzutage genehmigte sich ja auch so mancher Mann mal eine »Migräne«. Oder was, wenn er gerade Liebeskummer wegen einer anderen hatte und ihr damit die Ohren voll heulte, anstatt sie zu besteigen? Oder wenn er keinen hochkriegte, weil er Probleme in der Arbeit hatte und nur kuscheln und eine DVD gucken wollte? Oder wenn er nach dem ersten Orgasmus einschlief? Eigentlich waren immer alle zu früh eingeschlafen. Wer zahlt, schafft an, hatte sich Nadja gedacht. Einschlafen war da nicht drin, dann würde sie halt einfach noch ein paar Scheinchen drauflegen. Und dass diese Typen vom Begleitservice Steherqualitäten hatten, davon sollte sie ja wohl ausgehen können. Abgesehen davon, dass die so was Knackiges wie sie wahrscheinlich eher selten in die Finger kriegten. Nadja schätzte, dass die Hauptklientel dieses »René« so in den Sechzigern war. (In seinem Pass stand wahrscheinlich Rudolf oder Helmut. Oder hatte ihm sein Geburtsname René diesen Karriereweg auferzwungen?) Da musste er schon viel Fantasie oder eiserne Selbstkontrolle besitzen, um jedes Mal auf Kommando einen Steifen zu kriegen. Dabei fiel Nadja ihr Exehemann ein. O Mann, wenn sie an ihn dachte, wusste sie nicht, ob sie lachen oder weinen sollte. Der hatte sich schon im zarten Alter von 26 eine Impotenz zugelegt, um sie zu dominieren. Mann, Männer, vielleicht würden wir uns wieder von euch beherrschen lassen, wenn ihr mal mit einem richtig harten Schwanz wedeln würdet! Aber das sollte nicht mehr Nadjas Sorge sein, damit mussten sich in Zukunft alle anderen Frauen dieser Welt herumschlagen. Denn Nadja war wild entschlossen, ihren Abgang zu machen. Auf ihre unnachahmlich exzentrische Art und Weise. So was konnte man nicht einfach dem Zufall überlassen, fand sie. Monatelang hatte sie nach dieser *Sex and the City*-Folge hin und her überlegt, bis ihr Plan feststand. Wie wäre es, wenn ich Sex haben könnte nach Lust und Laune, und es gäbe wirklich kein Morgen? Kein Morgen danach, an dem ich mich schmutzig, ausgelaugt, benutzt, hoffnungslos fühlen würde? Kein Mittag, an dem der Tag noch so gnadenlos lang und aussichtslos wäre? Kein Nachmittag, an dem die Serotonine sich verflüchtigten und nichts als einen schalen Geschmack hinterließen? Kein Abend, an dem die Erinnerung an die wundervolle Nacht davor nur Sehnsucht auslöste, Sehnsucht und Einsamkeit? Genau das wollte Nadja endlich wissen. Was also war die logische Konsequenz? Ein für alle Mal den maximalen Spaß zu haben und dabei endgültig abzutreten.

Seit sie ihren Entschluss gefasst hatte, hatte Nadja immer wieder eine seltsam friedliche Freude befallen. Sie konnte sich nicht erinnern, je so empfunden zu haben. Eigentlich war ihr ganzes Leben eine einzige Jagd gewesen. Eine Jagd nach genau dieser zufriedenen Gelassenheit, die sich nicht einmal bei ihren vielen Beutezügen nach all den begehrenswerten Luxusgegenständen eingestellt hatte, die unausgepackt in ihren Schränken, im Keller und im Speicher herumstanden. Nun freute sie sich wie ein Lottogewinner, als sie die vielen sperrigen Kartons mit dem Equipment auspackte und die Anleitungen für die Kamera und die Aufnahme-Gerätschaften studierte. Was für ein Segen, das Internet. Selbst der dümmste Technikbanause konnte sich hier alles bestellen und selbst installieren. Sich eine solche Ausstattung für eine einmalige Benutzung anzuschaffen, war schon richtig dekadent. Aber so war sie nun mal, und jetzt war ja wohl nichts mehr daran zu ändern. Nadja kam sich vor wie ein Geheimagent, nachdem sie die Kamera und das ganze Zubehör erfolgreich angeschlossen und getestet hatte. Den ersten Teil – ihren Letzten Willen – wollte sie sofort aufnehmen und ihrem Notar schicken. Man wusste ja nie. Bei ihrem Glück würde sie vielleicht noch vor ihrer generalstabsmäßigen Selbstmord-Inszenierung von einem Bus überfahren. Außer ihrem Bruder gab es niemanden, dem sich Nadja irgendwie verbunden fühlte, doch auch mit ihm war sie auf alle Zeiten zerstritten. Ihre Eltern waren bei einem Unfall ums Leben gekommen, dafür waren sie beide mit Riesensummen aus den Lebensversicherungen entschädigt worden. Seither hatte Nadja alles gekauft, alles unternommen, alles riskiert, was sie sich jemals erträumt hatte. Doch nichts hatte diese Leere vertreiben können. Und der Gedanke, dass es kein Morgen gäbe, wurde von Tag zu Tag tröstlicher. Eigentlich hätte es ihr egal sein können, aber ihrem Bruder gönnte sie keinen Cent ihres restlichen, immer noch beträchtlichen Vermögens. So war die Vorstellung, wie er siegesgewiss in die Testamentsvollstreckung ging und als Loser herauskam, eine große Genugtuung. Nur schade, dass sie seine entgleisenden Gesichtszüge nicht mehr sehen konnte, wenn seine Enterbung verkündet wurde.

In der vollen Überzeugung, dass man von Dauerorgasmen irgendwann einen Herzinfarkt bekommen musste (warum sonst nannten die Franzosen den Orgasmus »den kleinen Tod«?), hatte Nadja den halben Sexshop leer gekauft. Die Verkäuferin, die selbst sicher nicht die Prüdeste war, hatte nicht schlecht gestaunt. Alles, was auch nur ansatzweise ratterte und vibrierte oder sonstwie einen Höhepunkt versprach, musste mit. Auf der Kommode, einem kostbaren Erbstück ihrer Eltern aus dem siebzehnten Jahrhundert, baute sich Nadja einen bizarren Gabentisch auf: kunstvoll gestaltete Dildos mit allen möglichen Zusatzfunktionen und Aufsätzen, stufenlos verstellbare Analreizer, extra lange Rubbelfinger mit Noppen zur G-Punkt-Massage, Penisringe, verziert mit lustigen Tierchen – Libellen, Schmetterlingen, Kolibris und Pinguinen –, die so gar nichts Erotisches an sich hatten, aber der Klitorisstimulation dienen sollten. Um diesen René nicht gleich in die Flucht zu schlagen, verdeckte sie das Ganze mit einem Tuch, aber falls er sich als lendenschwaches Bürschchen entpuppen sollte, wollte sie auf Nummer sicher gehen, damit sie ihr Vorhaben auf jeden Fall zur Vollendung bringen könnte.

Um sich von allem überflüssigen Körperhaar zu befreien, nahm Nadja ein duftendes Schaumbad, denn sie hatte einmal gehört, dass Haare auch nach dem Tod noch ein bisschen weiterwuchsen. Sie genoss die konzentrierte Leere in ihrem Kopf, während sie der scharfen Vierfach-Klinge zusah, wie sie gleichmäßige Furchen in die Rasierschaumpiste auf ihren langen Beinen zog. Besondere Aufmerksamkeit widmete sie ihrer Scham, die war ja schließlich der Hauptschauplatz des bevorstehenden Abends. Dazu musste sie sich breitbeinig hinstellen und ihre von der Hitze des Bades geschwollenen Schamlippen mit den Fingern spannen. Sie durfte auf keinen Fall eine Verletzung riskieren, sonst hätte sie alles abblasen müssen. Mit äußerster Vorsicht ließ sie die Klinge über die weichste Stelle ihres Körpers gleiten, bis kein Härchen mehr zu spüren war. Zur Kontrolle strich sie mit den Händen über ihre glatten, schlanken Konturen – der weiche Pflegeschaum verlieh ihrer hellen, klaren Haut eine besondere Zartheit, die sie sehr erregend fand. Doch sie sah davon ab, die Finger in ihre heiße, feuchte Mitte einzutauchen, um sich ganz für später aufzuheben.

Sehr bedacht kleidete sich Nadja an. Unfassbar sündige, transparente Spitzenwäsche aus London, neu und jungfräulich, die ihre sonst verborgenen Piercings perfekt zur Geltung brachte. Der Halbschalen-BH präsentierte ihre mit Diamantblüten verzierten Brustwarzen wie eine kostbare Schaufenster-Auslage. Grotesk, dass der Erste und Letzte, der diese Sonderanfertigung eines befreundeten Juweliers zu sehen kriegte, ein Professioneller war.

Dazu passende hauchdünne Strümpfe – sündhaft teuer, aber warum auch nicht? –, die sicher als Erstes draufgehen würden, weshalb sie drei Paar davon gekauft hatte, lenkten den Blick zu ihrem nicht minder interessanten Intimschmuck aus Platin. Den trug sie zwar schon länger, aber bisher nur zu ihrem eigenen Vergnügen. Sie wollte nicht, dass auch nur ein Stück an ihrem Leib mit irgendeiner Historie behaftet war, egal ob es sich um eine gute oder schlechte Erinnerung handelte. Ihre restliche Kleidung hatte sie bereits rituell verbrannt. Sie kannte sowieso niemanden, der sich trauen würde, ihre extravaganten bunten Einzelstücke zu tragen. Und die Vorstellung, irgendein kleiner uniformierter Polizeibeamter könnte neugierig in ihrer Unterwäscheschublade herumwühlen, bereitete ihr Unbehagen. Wenn Nadja schon die Ereignisse ihres Lebens nicht steuern konnte, wollte sie wenigstens das Bild bestimmen, das sich die Nachwelt von ihr machte.

Im Grunde hätte sie noch mal richtig die Sau aus der Platinkarte rauslassen können, aber ihr Dilemma war ja eben, dass ihr nicht mal das mehr Freude bereitete. Und für ihr Vorhaben war Oberbekleidung einfach unnötig. Unter all den anderen unbenutzten Shopping-Beutestücken waren auch noch so einige ungetragene Paar Schuhe gewesen. Ihr war spontan nach einem Paar *Mary Janes,* die so halsbrecherisch hoch und unbequem waren, dass sie sie sowieso nirgends als im Bett hätte tragen können.

Den Champagner hielt sie bewusst zurück. Zwar hatte Nadja Lust, sich komplett gehen zu lassen, aber sie wusste, was für einen verheerenden Einfluss Alkohol auf die Standfestigkeit des männlichen Geschlechtorgans hatte. Sie hätte diesem René ja schlecht was vortrinken können, ohne ihm was abzugeben.

Erst kurz bevor es so weit war, fummelte sie ihre Kontaktlinsen rein und legte sorgfältig ein dramatisches Make-up auf. Wenn sie Glück hatte, musste es nur ein Weilchen halten, aber wer wusste das schon. Nadja hatte den Anspruch, die dekorativste Leiche zu sein, die je in ihrer Stadt gefunden worden war. Zufrieden drehte sie sich vor den Spiegeln, die sie aus der ganzen Wohnung herangeschleppt und rund um das Bett positioniert hatte. Ja, sie konnte sich sehen lassen.

Es klingelte. Nadja öffnete alle Türen und huschte rasch ins Schlafzimmer, wo sie sich dekorativ auf das riesige kreisrunde Designerbett drapierte. Diese Liegelandschaft war auch so ein erfüllter Wunschtraum, der keine wirkliche Erfüllung gebracht hatte. So sollte René sie vorfinden, sie wollte ihn nicht banal an der Tür empfangen wie eine läufige Hausfrau ihren Elektriker.

René war fix und fertig. Nie wieder eine Kundin unterm Rentenalter! Er würde wochenlang Eiweiß vertilgen müssen, um seinen Verbrauch wieder wettzumachen. Diese Nadja war ja komplett irre. Sexy, ja, aber irre. Die hatte ihren »Fick mich …«-Spruch doch tatsächlich ernst gemeint. Zehn geschlagene Stunden war er auf ihr herumgeturnt, bevor sie bewusstlos geworden war. Er hatte ja schon einiges erlebt (und die Geschichten seiner Kollegen waren auch nicht ohne), aber in so einer absurden Situation hatte er noch nie gesteckt. Er hatte einen Mordsschreck gekriegt, als sie plötzlich leblos in sich zusammengesackt war. Das Stoppsignal war nicht bis zu seinem Schwanz durchgedrungen, der ihm die ganze Zeit neugierig wie ein Schaulustiger im Weg herumstand.

In seinem Metier war ein Erste-Hilfe-Kurs unerlässlich, also überprüfte René als Erstes ihre Vitalfunktionen. Er atmete auf. Leichenblass wie sie war, sah sie zwar nicht danach aus, aber ein schwacher Puls war noch da. Er wischte sich den kalten Schweiß von der Stirn. Die Musik im *Repeat*-Modus ging ihm schon seit Stunden auf die Nerven, und er stellte sie ab, um Nadjas Schlaf nicht zu stören. Erschöpft ließ er sich auf die Bettkante fallen. Was jetzt? Konnte er diese Verrückte einfach allein lassen? Zumal sie schon vorab sein Honorar verdoppelt hatte. Ein merkwürdiges Surren mischte sich in die nächtliche Stille. René stand auf und schaltete noch einmal die Anlage an und wieder aus, aber das Surren hörte nicht auf. Von draußen kam es auch nicht, die Straße war ausgestorben. Er stand auf und horchte in die Stille. Es kam vom Fernseher. Der war aber gar nicht an. Eigentlich hätte es ihn nicht interessieren müssen, denn normalerweise duschte René nach einem Liebesdienst, zog sich an und ging. Aber dieser seltsame Auftrag hatte ihn hellhörig gemacht. Er ging auf den Fernseher zu und sah ihn sich von allen Seiten an. Hinten guckte ein komisches dickes Kabel raus, das unter dem schweren Apparat eingeklemmt war. Er untersuchte es näher. Eine Kamera. Eine Endoskop-Kamera, so ein Schlauch mit einem Auge vorne. Dieses verrückte Miststück! Wütend riss René an den Kabeln. Nadja stöhnte und murmelte etwas Unverständliches. René erstarrte zur Salzsäule, bis sie sich umgedreht hatte und flach atmend weiter schlief. Dann machte er sich auf die Suche nach dem Aufzeichnungsgerät. Denn mit Kameras kannte er sich aus, seine kurze unrühmliche Karriere als Pornodarsteller war noch gar nicht so lange her.

Schon ein Auge zu öffnen, schmerzte. O Gott, war sie etwa wach? Nein! Nein! Nein! So sollte das doch nicht laufen!, dachte sie entsetzt in Großbuchstaben, denn schreien konnte sie gar nicht. In ihrem Hals steckte ein Schlauch. Vorsichtig öffnete sie das zweite Auge. Aua. Eine Weile starrte sie einfach geradeaus in die Luft. Das war kein Himmel, kein Hellblau. Das war hellgelb. Eine Zimmerdecke. Eine Leichenhalle? Jeder Millimeter Bewegung ließ ihre Augen in den Höhlen knirschen. Sie drehte den Kopf, langsam, ganz langsam. Ein Krankenzimmer. Langsam, ganz langsam dämmerte es ihr: Es gab kein Zurück in die Zwischenwelt, Nadja war am Leben. Wie sehr, das bekam sie sofort zu spüren. So einen Brummschädel hatte sie noch nie gehabt. Allein deshalb wünschte sie, sie wäre tot. Aber die Kopfschmerzen waren nicht das Schlimmste. Am schlimmsten waren die Unterleibsschmerzen. Ihr Schoß fühlte sich an wie eine einzige riesige offene Wunde. Behutsam hob sie die Bettdecke und sah an sich herab. Aua, den Kopf zu heben ging auch nicht. Von der Taille abwärts war Nadja ein expressionistisches Kunstwerk – wilde Farbflecken in Blau, Grün, Lila und Schwarz. Ihre Beine zu schließen war unmöglich. Aufzustehen auch. Verdammte Scheiße! Was war schiefgelaufen?

Solange Nadja ihr Bett nicht verlassen konnte, wollte sie sich einfach in ihrem Elend suhlen und niemanden sehen. Ihrer Erste-Klasse-Privatversicherung sei Dank, wenigstens hatte sie ein Einzelzimmer mit diskretem Hotelservice inklusive der wohldosierten Verabreichung von betäubenden Medikamenten. Ja, nichts hören, nichts sehen, einfach so vor sich hin dämmern und möglichst wieder in die Zwischenwelt abgleiten, das war alles, was Nadja wollte.

Doch irgendwann hielt sie die Totenstille nicht mehr aus, nicht, wenn sie nicht wirklich tot war. Um ihre Gruft zu verlassen, musste sie notgedrungen ihre Platinkarte aktivieren. Ein Anruf bei ihrer Stammboutique genügte, und problemlos bekam sie eine Krankenhaus-Grundausstattung geliefert. Als sie sich dann – schlapp, aber schick – zum ersten Mal in die optimistisch-bunte Cafeteria schleppte, war ihr, als seien dort aller Augen auf sie gerichtet. Gut, sie war eine auffällige Erscheinung – groß, schlank, weiße Porzellanhaut, die von leuchtend mahagoniroten Haaren bis zum Po umrahmt wurde –, dennoch war sie nie derart penetrant angestarrt worden. In der Schlange an der SB-Ausgabe sprach sie schließlich ein Patient an, eindeutig erkennbar an dem abgewohnten Morgenrock und den Pantoffeln: »Ich kenn' Sie doch?« Nadja hatte ihn noch nie gesehen.

»Nicht, dass ich wüsste«, sagte sie und fixierte die Tasse auf ihrem Tablett. Er ließ nicht locker.

»Sie sind doch die aus dem Fernsehen?« Sie sah ihn verständnislos an.

»Nein, tut mir leid. Sie müssen mich mit jemandem verwechseln«, antwortete sie, nahm ihren Automaten-Cappuccino und stellte sich verwirrt ans Ende der Schlange. Sie war doch so einzigartig, seit wann hatte sie denn eine Doppelgängerin? Alle anderen Anstehenden drehten sich zu ihr um und starrten ihr ungeniert ins Gesicht. Dass das Getuschel im Raum ihr allein galt, war unübersehbar.

Wenn sie schon wieder Kontakt zur Außenwelt hatte, dann doch lieber zu Menschen, die sie mochte. Da konnte sie genauso gut ihre Freundin Lisa anrufen und Bescheid geben, wo sie war. Den realen Bezug zur Welt da draußen völlig zu verlieren, ging in dieser Klinik schneller, als man dachte. Noch am selben Tag kam Lisa sie besuchen, sie hatte sich Sorgen gemacht. Nadja durchflutete eine Mischung aus Reue und Freude. Nachdem sie alle drängenden Fragen beantwortet hatte (die Sache mit René ließ sie aus), legte sie sich matt in die Kissen zurück und ließ sich vom Gutwetter-Gezwitscher ihrer Freundin berieseln. Irgendetwas an Lisa kam ihr komisch vor, aber wie verhielt man sich denn richtig in so einer Situation? Nadja hatte keine Ahnung. Sie hatte ja nicht mal eine Ahnung, wie sie selbst damit umgehen sollte, dass sie noch da war. Die Flucht nach vorn anzutreten und einfach über ihre Gefühle zu reden, schien gerade das Beste zu sein. Sie erzählte von der seltsamen Begebenheit in der Cafeteria. Und Lisa erzählte von einem Sexvideo namens »Fick mich, als gäbe es kein Morgen!«, das täglich Tausende Male im Internet angeklickt wurde.

Anfangs hielt Nadja es für einen derben Scherz, schließlich waren sie beide die größten *Sex and the City*-Fans, kannten beide die Dialoge der Serie auswendig.

»Ehrlich, diese enorme schauspielerische Ausdruckskraft hätte ich dir gar nicht zugetraut«, schwärmte Lisa. Eine ihrer Gemeinsamkeiten war ihr ausgeprägter Zynismus, dennoch fand Nadja es reichlich makaber, dass Lisa sich in ihrer Lage auch noch über sie lustig machte.

»Hör schon auf, mir ist nicht nach Scherzen zumute«, bat sie.

»Weiß der Himmel, wo das herkommt, aber glaub mir, Nadja, das bist *du*. Ich kenn doch deine Wohnung«, insistierte Lisa. Niemand wusste besser als Nadja, dass sie recht hatte.

Eine schlaflose Nacht lang (da half kein Mittelchen) musste Nadja ausharren, bis Lisa einen Laptop mitbrachte und ihr grausame Gewissheit verschaffte: Nadja war ein Internet-Pornostar.

Sie musste zugeben, dieser René und sie waren ein wirklich ansehnliches Paar. Ja, natürlich hatte sie sich besondere Mühe mit ihrem Aussehen gegeben, aber dass sie derart fotogen war, hätte Nadja nicht gedacht. Sein solariumgebräunter Körper auf ihrem ließ ihren Teint noch weißer, transparenter, makelloser erscheinen. Wie auf einem allegorischen Jugendstil-Gemälde ergossen sich ihre roten Haare elegant über den Rand des Bettrondells, während ihr der sportgestählte Adonis mit blonder Surfermähne die Seele aus dem Leib rammte. Die Spiegel erfüllten ihren Dienst hervorragend – von allen Seiten konnte die ganze Internet-Welt sämtliche Aspekte Nadjas ungewöhnlicher Schönheit bewundern.

Ihre unersättliche, glatt rasierte Muschi, als der Profi-Liebhaber sie an ihren Platinringen packte und weit spreizte, um sie mit seiner flinken Zunge in feuchtfröhliche Stimmung zu bringen.

Ihre Wildheit, als sie auf dem Bett kniend wie ein Hund direkt in die Kamera jaulte, während René sie mit gleichmäßigen Stößen in den Hintern zu bändigen versuchte.

Ihre Gier, als er sie mit allen möglichen Gerätschaften gleichzeitig füllte und es in ihr nur so ratterte und brummte. Hinten ein orangefarbener Vollgummi-Dildo, vorne Renés wackerer Lustspender mit neckischer Penisverzierung aus albernen Gummitierchen. Nicht mal das reichte, sie musste mit ihrem Finger nachhelfen, um ihrer zum Bersten gereizten Klitoris zum Höhepunkt zu verhelfen.

Ihre Unersättlichkeit, als Nadja so laut und anhaltend »Fick mich, ja, fick mich, ja, besorg's mir« schrie, dass sie sich wunderte, wieso ihre Nachbarn nicht die Polizei gerufen hatten.

Ihre Ausdauer, als er sie auf seinem harten Spieß drehte und wendete wie ein Spanferkel im Ofen und ihn in all ihre Öffnungen steckte, als gelte es, einen Rehrücken zu spicken.

Ihre Qualen, als er ihre Beine über seine Schultern legen musste, um wieder und wieder unerbittlich in sie eindringen zu können, weil sie zwar nur noch apathisch auf dem Rücken lag, dennoch ununterbrochen »Nicht aufhören!« wimmerte.

»Scheiße, hier kann ich nie wieder raus«, flüsterte sie, als

Hollywood-*like* in der Mitte des schwarzen Bildschirms *The End* aufflackerte und sie den Laptop zuklappte.

»Fick mich, als gäbe es kein Morgen!« war nicht nur der Renner in sämtlichen Videoportalen, auch in allen TV-Boulevardmagazinen wurde darüber berichtet. Wäre sie sich hier nicht wie lebendig begraben vorgekommen, hätte sie sich am liebsten für immer in dieser Klinik verkrochen. Aber selbst hier war sie schon eine Berühmtheit. Zu ihr kamen die Ärzte doppelt so oft zur Visite, machten unverschämt-schlüpfrige Bemerkungen und rissen sich vielsagend grinsend darum, alle mal eine eingehende Untersuchung ihres Unterleibes durchzuführen. Obwohl sie sich in ihrem Zimmer verschanzte, schlichen sich Patienten herein, um sie um Autogramme zu bitten. So loyal Lisa auch war, niemandem zu verraten, wo Nadja war, die Patienten, denen sie die Autogramme verweigert hatte, waren es nicht. Wie hatte sie ernsthaft glauben können, von üblen Anrufen verschont zu bleiben? Freunde, Feinde, Presse – das Telefon in ihrem Einzelzimmer stand nicht mehr still.

Sobald der Schlauch aus ihrem wunden Hals entfernt wurde und sie wieder einigermaßen bei Stimme war, rief sie bei der Begleitservice-Agentur an. Sie musste erst den Namen ihres prominenten Anwalts fallen lassen, bevor sie René ans Telefon bekam und ihn zur Rede stellen konnte.

»Was willst du denn? Hase und Igel, so läuft das Business. Hier war eben ich der Igel und nicht du«, konterte er kühl.

»Du hast gar nichts kapiert, oder?«, sagte sie matt. Nein, er hatte nicht kapiert, dass sie das alles nur zu seinem Schutz getan hatte. Dass die Kamera nur mitgelaufen war, um ihn von jeglicher Schuld zu entlasten, ihren Tod verursacht zu haben. Aber was erwartete sie denn? Wäre er eine Leuchte, hätte er wohl einen anderen Beruf. Erstaunlich, dass er geschäftstüchtig genug gewesen war, das Band aus der Kamera zu klauen, es blitzschnell zu einem künstlerisch wertvollen 15-Minuten-

Filmchen zu verarbeiten und ins Internet zu stellen. Die erste Million hatte er bestimmt schon eingesackt.

»Was willst du denn? Ich habe dich zum Star gemacht!«, stellte er trocken fest. »Für so eine PR würden andere 'ne Menge Geld bezahlen.« Was sollte sie da dagegenhalten? Es stimmte ja: Nadja war Tagesgespräch. Nun hatte sie nicht mehr nur eine, sie hatte zwei Optionen: sich entweder wirklich die Kugel zu geben oder auf der Stelle in irgendein Amazonasdorf auszuwandern, wo es bis zum Sankt-Nimmerleins-Tag kein Internet geben würde.

In einem Zug

Mia fröstelte, obwohl es Hochsommer war. Gut, dass sie ihren großen Kaschmirschal dabeihatte, ohne den sie nie verreiste. Sie legte ihn sich wie eine Stola um die Schultern und sah auf die riesige Digitalanzeige. Nachts verströmte der Hauptbahnhof immer eine gespenstische Endzeitstimmung, fand Mia. Ihr Lebensgefährte Peter hatte sie nicht zum Bahnhof gebracht, weil seine Nachtschicht bereits begonnen hatte. Natürlich, ein ganz normaler Arbeitstag – warum sollte er ihretwegen von seiner Routine abweichen, sich gar freinehmen? Mia hatte dafür vollstes Verständnis, wenngleich sie wahrscheinlich anders gehandelt hätte. Na ja, sie musste schon die Kirche im Dorf lassen. Sie war schließlich diejenige, die hier gerade dabei war, in einen Zug zu steigen, der sie ans andere Ende des Landes brachte, und nicht er. Sie war auf dem Weg zu einem Vorstellungsgespräch für den Job, von dem sie immer geträumt hatte, und nicht er. Und wenn sie genommen wurde, hätte das einschneidende Folgen, nicht nur für sie. Mia war froh, dass ihr Zug schon einfuhr. Sie ging zum Gleis, auf dem sich ihr die martialische, glänzend weiße Raketenschnauze des *City Night Line* träge entgegenschob, bis sie quietschend zum Stillstand kam. Sie checkte kurz noch mal die Wagenstand-Anzeige, dann manövrierte sie ihre *Louis-Vuitton*-Weekend-Tasche auf Rollen durch die in Scharen entgegenkommenden Passagiere zum richtigen Waggon. Umständlich hievte sie die Tasche an Bord und stieg die hohen Stufen hinterher, da rutschte ihr der Schal von den Schultern und fiel auf den Bahnsteig. Ein

Mann, der hinter ihr gewartet hatte, hob ihn auf. Einen Augenblick sah es so aus, als wolle er das Material mit den Fingern prüfen.

»Madame, Ihr Schal«, sagte er dann, stieg die Stufen hoch und hielt Mia freundlich lächelnd das weiche Tuch hin.

»Oh, vielen Dank«, sagte Mia, nahm ihn und hängte ihn sich um den Hals. Auf der Suche nach ihrem Schlafwagen-Abteil folgte ihr der Mann. In der Mitte des Wagens blieb sie stehen und sah noch einmal auf ihren Fahrschein, den sie die ganze Zeit in der Hand gehalten hatte. Das war so eine Marotte von ihr. Sie konnte auch nie aus dem Haus gehen, ohne ihren Schlüssel in der Hand zu halten. Ja, das war's, 169. Mia hatte das mittlere Bett. Besonders glücklich war sie nicht darüber, aber wenigstens kam sie so schneller aufs Klo. Das war ihre größte Sorge bezüglich des Schlafwagens gewesen: Was, wenn ich nachts raus muss und beim Aufstehen alle wecke? Eigentlich war Mia eine routinierte Zugfahrerin; in ihrem Job als Marketing-Spezialistin musste sie ständig zu einer Präsentation irgendwohin. Aber das waren alles Tagestrips, mit dem Nachtzug war sie noch nie gereist. Der Vorstellungstermin war morgens um acht Uhr dreißig, und sie hatte nicht gewagt, nach einem späteren Termin zu fragen, um nicht schon von Anfang an kompliziert zu wirken. So hatte sie sich dafür entschieden, die Nacht im Zug anstatt dort in der Fremde zu verbringen. Nichts war trostloser als in einer unbekannten Stadt alleine in einem billigen Hotelzimmer zu liegen. Wahrscheinlich hätte sie die ganze Nacht kein Auge zugetan, gegrübelt und wäre dann erschöpft und mit tiefen Augenringen bei der neuen Firma erschienen. Auch morgens um fünf aufzustehen, um einen Flieger zu erwischen, war keine verlockende Alternative gewesen. Das monotone Klackern der Räder eines Zuges hingegen hatte immer eine beruhigende Wirkung auf sie, dabei schlief sie grundsätzlich tief wie ein Baby.

Mia warf ihre Tasche auf ihr Bett und wollte die Tür schließen, da wurde sie von außen aufgehalten. Der Mann, der ihren Schal aufgehoben hatte, trat ein. Sofort wurde Mia mulmig.

»Also, wenn das eine Anmache war …«, hob sie an.

Er unterbrach sie freundlich. »Es tut mir leid. Ich bin auch in diesem Abteil.« Er hielt ihr seinen Fahrschein hin. »Hier, sehen Sie.«

Aber Mia war ihre aufbrausende Art sofort so unangenehm, dass sie gar nicht draufguckte. »Schon gut, entschuldigen Sie«, sagte sie. Dennoch beobachtete sie ihn argwöhnisch, wie er sich im Bett unter dem ihren einrichtete. Ein gut geschnittener Anzug, sichere geschmeidige Bewegungen. Sie war noch nicht müde und wollte auf jeden Fall noch mal rausgehen, aber sie hatte ein komisches Gefühl dabei, ihre Sachen allein zu lassen. Der Mann verstaute seinen Koffer und einen Kleidersack und schlug die dünne Decke seines Bettes auf. Witzig, ihr Gepäck passte zusammen, auch *Louis Vuitton*. Wenigstens kein Prolet, schloss Mia daraus.

»Auf Wiedersehen«, sagte er höflich und verließ das Abteil. Sie atmete auf. Der Gedanke, von einem fremden Mann im Nachthemd gesehen zu werden, war ihr unangenehm. Da wäre es wohl besser, wenn sie als Letzte im Dunkeln ins Bett ging, dachte Mia. Sie hängte ihre Handtasche um, schloss das Abteil und ging in Richtung Speisewagen. Auf ihrem Weg durch die Waggons beschäftigte sie die Frage, ob sie Peter überhaupt erzählen sollte, dass sie mit einem Mann die Schlafkabine teilte. In Gedanken formulierte sie Ausflüchte und Ablenkungsmanöver, denn auf eine unerklärliche Weise fühlte es sich an, als ginge sie fremd. War ja ein attraktiver Typ. Ihr Typ. Wenn sie Peter nicht hätte, natürlich.

Mia hatte eines ihrer vielen knitterfreien Business-Kostüme angezogen. Die hatten sich bei ihren Geschäftsreisen bewährt und waren genau richtig für ihr Vorstellungsgespräch.

Das Problem bei Röcken war nur, dass sie beim Sitzen immer hochrutschten. Und da Mia ihre Beine mochte und sie gerne herzeigte, waren ihre Röcke ziemlich eng und nicht allzu lang, was zur Folge hatte, dass sie ziemlich weit hochrutschten, wenn sie sich setzte.

Ein Garant für nervtötende Zugreise-Erlebnisse war die Kombination aus Langzeit-Ehe, konstantem Pilskonsum und Gruppenzwang bei Männern. Mia fand einen Platz im gut besuchten Bistro, und prompt starrte ihr eine Gruppe Vertreter in Feierabendlaune unter den Rock. Und das klar erkennbare Zusammenspiel der drei oben genannten Komponenten – sie trugen Eheringe, hatten Schmerbäuche, eine wässrige Gier in den Augen und lachten viel lauter als nötig – bewirkte, dass es nicht dabei blieb. Ihre Knie bedacht geschlossen haltend, vertiefte sie sich in ein Buch. Während sie las, merkte Mia, dass sie über sie redeten, aber ihren ersten Impuls, sich einzuschalten und die vorlauten Aussagen über ihre körperlichen Attribute zu berichtigen, unterdrückte sie, denn das wäre einer Einladung gleichgekommen. Die Lautstärke verhinderte, dass sie sich auf ihre Lektüre konzentrieren konnte, und sie nahm verärgert wahr, wie sich ihr Puls erhöhte, obwohl sie sich doch entspannen wollte. Morgens waren die meisten Zugpendler noch zu verpennt, um ihre Mitreisenden wahrzunehmen, aber auf den Rückfahrten war Mia schon oft solch plumpem Imponiergehabe ausgesetzt gewesen. Dennoch wusste sie immer noch nicht so recht, wie sie sich richtig verhalten sollte. Sie hatte alles Mögliche ausprobiert, und inzwischen wusste sie mit Gewissheit nur eines: Egal, was sie jetzt tat, alles würde die angeheiterte Herrengruppe nur noch mehr provozieren. Doch das Feld zu räumen kam nicht in Frage – wo hätte sie hingehen sollen? Der Speisewagen platzte aus allen Nähten, abgesehen davon, dass sie keinen Hunger hatte, und ins Abteil wollte sie nicht zurück. Da gab es ja nicht mal eine Sitzgelegenheit, und für ihren Abteilgenossen wie ein Sahneschnittchen auf dem Präsentierteller zu liegen, war gewiss keine Option. Abwesend starrte sie um die Pilsbrüder herum Löcher in die Luft, aber es kam, wie es kommen musste.

»Sie sind eine Studierte, was? Eine ganz Schlaue«, rief einer der Vertreter ihr zu. So gut es auf den angeschraubten Sitzen eben ging, wandte Mia sich ab und hielt sich ihr Buch dicht vor die Nase.

Da schaltete sich auch schon ein Zweiter ein: »Schöne Frau, wir stehen Ihnen gerne zur Unterhaltung zur Verfügung. Das Buch läuft Ihnen ja nicht weg.« Schallendes Gelächter und Zustimmung aus der Runde.

Ein Dritter rief herüber: »Wir trinken ja sowieso schon auf Sie.« Alle hoben ihre Gläser und prosteten ihr zu. »Da können Sie auch mittrinken.« Mia machte sich einen Kopf kleiner. »Nur Mut, schöne Frau.« – »Kommen Sie, wir laden Sie ein«, schallte es weiter aus der Vertreterfraktion. Wieder zustimmendes Gemurmel, und schon schrie der erste Störenfried quer durchs Bistro: »Ein Pils für die schöne Dame!« Das war der Moment, den Mia am meisten fürchtete, denn nun sah sie sich gezwungen zu reagieren.

»Nein, danke«, sagte sie mit fester Stimme und strengem Blick und versteckte sich sofort wieder hinter ihrem Buch. Wenn es doch nur Wirkung zeigen würde … Jetzt sahen sich die bierseligen Feierabend-Casanovas genötigt, Überzeugungsarbeit zu leisten. Als gelte es, die Börsenkurse zu verkünden, brüllten alle durcheinander und überboten sich gegenseitig mit Vorschlägen zur gemeinsamen Abendgestaltung. Hilfesuchend sah sich Mia im Raum um und musste feststellen, dass bereits alle Augen auf sie gerichtet waren. Da trat auf einmal der Mann aus ihrem Abteil auf sie zu. Sie hätte nicht gedacht, dass sie richtig froh sein würde, ihn zu sehen. Erleichtert lächelte sie ihn an. Und als hätten sie es abgesprochen, baute er sich schützend zwischen ihr und der aufdringlichen Meute auf und tat so, als wären sie alte Bekannte. Sofort hörten die Balzrufe aus dem Vertretergehege auf und ebbten zu einem beleidigten Gemurmel ab. Erst jetzt, als ihre Anspannung nachließ, bemerkte Mia die Frau, die neben ihm stand. Dann hat er also doch Kontakt gesucht, dachte Mia und schmunzelte innerlich. Hat ja schnell Anschluss gefunden. Sie musterte die Frau, eine elegante Erscheinung wie er.

»Verzeihen Sie, dass ich mich erst jetzt vorstelle. Mein Name ist Kai Grudszinsky«, sagte er mit tiefer Stimme. So komplizierte Namen vergaß Mia schon in der nächsten Sekunde. Sie fand es schrecklich unhöflich, hatte aber noch keine Eselsbrücke gefunden, sie sich zu merken. »Und das ist meine Frau Sandra.« Seine Frau? Na so was. Kai und Sandra. Sie sahen eher nach einem Fünf-Sterne-Paar aus als nach schnöden Zugfahrern. Vielleicht liebten sie ja das Abenteuer.

Mia unterzog die Frau einer eingehenderen Betrachtung. Schickes Kleid, teure Uhr, dezenter, aber kostspieliger Goldschmuck. Und sie schienen beide richtige *Louis-Vuitton*-Fans zu sein, denn über ihrer schmalen Schulter hing das neueste Handtaschen-Modell der Nobelmarke.

»Mia Mattes.« Sie gab beiden die Hand. Dass er verheiratet war, wirkte auf Mia äußerst entspannend. »Ich würde mich freuen, wenn Sie sich zu mir setzen.« Sonst war sie nicht so leutselig, aber sie konnte jetzt gut etwas Ablenkung gebrauchen, und ihr Buch hatte sich dabei nicht bewährt.

Kai sah seine Frau an und fragte: »Was meinst du, Schatz?« Sie nickte freundlich, und Mia räumte die Plätze frei. Sandra ließ sich ihr gegenüber nieder, doch Kai blieb stehen und sagte: »Dann dürfen wir Sie aber einladen.« Sie sahen also nicht nur fein aus, sie hatten tatsächlich Benehmen. Angetan wünschte sich Mia einen Rotwein. Das war genau das Richtige, um die nötige Bettschwere zu bekommen.

»Sie reisen allein, oder? Hat mein Mann gesagt.« Mia nickte.
»Das ist manchmal eine echte Herausforderung, was?«, sagte
Sandra mit einem Seitenblick auf die laute Männerrunde. Als
müsste sie sich rechtfertigen, erzählte Mia von ihrem Vorstellungstermin.

»Das gibt's ja nicht«, lachte Sandra. Kai stellte ihre Getränke
auf dem Tisch ab und setzte sich neben sie.

»Wir können uns ruhig duzen«, bot Mia an, und gut gelaunt
stießen sie darauf an.

»Rate mal, Schatz, wo Mia hinfährt«, wandte sich Sandra an
ihn. Sie stellten fest, dass sie in der Stadt zu Hause waren, in der
Mia sich vorstellte. Das war ja zu gut, um wahr zu sein. Sofort
hatte sie das Gefühl, sich ihnen anvertrauen zu können. Sie erzählte von Peter und davon, dass er gar nicht begeistert davon
war, dass sie sich überhaupt dort beworben hatte. Was würde
aus ihrer Beziehung, wenn sie den Job wirklich bekäme?

Sandra schmiegte sich an ihren Mann und sinnierte: »Ich
könnte mir nie vorstellen, in einer anderen Stadt als du zu
sein.«

Ein bisschen neidisch sah Mia zu, wie er ihr einen Kuss gab
und »Ich auch nicht, Schatz« sagte.

»Auch nicht, wenn es um den Job deines Lebens ginge?«,
hakte sie nach.

»Nur, wenn Sandra mitkommt«, antwortete er. »Wir waren
noch nicht einen Tag getrennt, stimmt's, Schatz?«

Peter würde mir wahrscheinlich ohne mit der Wimper zu
zucken den Laufpass geben, dachte Mia und sagte: »Wirklich?
Meiner würde mich anrufen und sagen: Ich hab den Job, ich
bleibe gleich hier. Ein schönes Leben noch.« Sie lachte, und
die beiden stimmten in ihr Gelächter ein, aber tief in ihrem
Inneren glaubte sie, dass das gar kein Scherz, sondern die bit-
tere Wahrheit war. An ihre schöne Dachterrassenwohnung
wollte sie gar nicht denken. Und was noch viel schlimmer war:

Sie müsste ihre Familie, ihren ganzen Freundeskreis zurücklassen.

»Ach, ich sollte nicht über ungelegte Eier nachdenken«, sagte Mia und hob ihr Glas.

»Auf jeden Fall wärst du nicht mehr ganz allein. Jetzt kennst du ja uns«, sagte Kai und stieß mit ihr an. »Sandra gibt dir unsere Adresse.«

Ja, das war wirklich eine glückliche Fügung, musste Mia zugeben.

Im Entenmarsch steuerten sie ihr gemeinsames Abteil an. Mia, die in der Mitte ging – quasi als Einstimmung auf ihren Sandwich-Schlafplatz – nahm die Gelegenheit wahr, Sandras schlanke Silhouette zu betrachten. Erst bewunderte sie nur die anmutigen Bewegungen der Dunkelhaarigen, dann fiel ihr auf, dass die Frau genau ihre Maße haben musste. Irgendwie schmeichelte ihr das, und sie beschleunigte ihre Schritte und hakte sich bei Sandra unter. Sie sahen sich an und kicherten. Huch, sie hatte doch tatsächlich einen kleinen Schwips. So was war sonst tabu vor einem wichtigen Termin.

»Was für ein schöner Anblick«, erklang es hinter ihnen. Wie auf das Kommando eines unsichtbaren Choreographen begannen beide, ihre Hüften im Gleichklang zu schwingen. Mia spürte Sandras federleichten Arm, nicht schwerer als ein Gürtel, ihre Taille umschlingen und fühlte sich eingeladen, sie auch zu umarmen. Ihre Zierlichkeit – die eines zerbrechlichen Vögelchens – versetzte Mia in Erstaunen. Sie war an die robuste Kompaktheit ihres Freundes Peter gewöhnt und hatte selbst kein rechtes Gefühl für die schmalen Konturen ihres eigenen Körpers. Ehe sich ihr Kaschmirschal wieder selbstständig machen konnte, stand Kai hinter den beiden Frauen und legte die Arme um sie, fast zu zärtlich für eine schützende Geste. Huch, ein Gänsehaut-Schauer lief Mia den Rücken hinunter. Die Augen geschlossen, genoss sie den kurzen Augenblick des völligen Einklangs ihres Dreiklangs. Dankbar hielt sie sich an Sandra fest, als sie darauf warteten, dass Kai den Lochkartenschlüssel ins Schloss ihres Abteils schob. Sie schwankten ein wenig, manchmal schien der ICE hohen Seegang zu haben. »Hundertneunundsechzig«, las Mia und kicherte albern. »Eine verruchte Nummer, was?«

Das Paar warf sich einen vertrauten Blick zu. Obwohl Kai die Tür wieder von innen verschlossen hatte, überprüfte Mia als Erstes die Sicherheitsverriegelungen und schaute einmal durch den Türspion, bevor sie ihre Handtasche ganz hinten an der Wand ihrer Koje verstaute. »So, klauen kann man uns jetzt nicht mehr«, sagte sie. Die beiden sahen einander an und schmunzelten. Sie standen im Abteil, als warteten sie auf irgendetwas.

»Ich glaube, ich sollte jetzt versuchen zu schlafen«, sagte Mia und gähnte. Sie fühlte sich verpflichtet, dem Paar einen Bettentausch anzubieten.

»Macht es dir wirklich nichts aus?«, fragte Sandra.

Nein, denn Mia hätte selbst niemanden zwischen sich und Peter haben wollen, obwohl sie wahrscheinlich sowieso zu ihm in die Koje gekrochen wäre. Aber so massiv, wie er war, wäre an eine Nacht mit ihm auf dieser achtzig Zentimeter breiten Matratze gar nicht zu denken. Froh um das bisschen mehr Privatsphäre, zog sie mit ihren Siebensachen auf das oberste Bett. War es Absicht oder nicht, dass Kai ihren Hintern berührte, als sie die Leiter zu ihrer Koje emporstieg? Wirklich schade, dass er verheiratet ist, dachte Mia. Kurz darauf war er im Bad verschwunden, und Mia kam sich blöd vor zu warten, bis er wieder draußen war. Also vollführte sie liegend einen umständlichen Eiertanz auf ihrem Bett, um aus ihrem Kostüm und in ihr Nachthemd zu schlüpfen. Hätte sie geahnt, dass sie die Nacht in Gesellschaft verbringen würde, hätte sie den dünnen kurzen Unterrock aus anschmiegsamer Viskose gegen einen züchtigeren Pyjama getauscht.

»Brauchst du Hilfe?« Sandra streckte ihren hübschen Kopf in Mias Koje.

»Wenn du so fragst … zieh mal.« Sie machte sich lang und hob ihre Arme, damit Sandra ihr aus dem Trägerhemd helfen konnte, das sie unter ihrem Blazer anstelle eines BHs trug. Erst als sie die warmen Hände der anderen Frau auf ihrer Haut spürte, wurde ihr klar, dass sie jetzt vollkommen nackt war. Aber vor Sandra hatte sie keine Hemmungen, das war auch nicht anders als in der Damen-Umkleidekabine eines öffentlichen Schwimmbads. Oh, das war doch anders. Denn dass eine Frau ihre schmalen Finger zart wie ein kühlender Windhauch über Mias Konturen gleiten ließ, war im Stadtbad noch nie vorgekommen. Ein wohliges Frösteln folgte Sandras Fingerkuppen. Hätte Mia Platz dazu gehabt, hätte sie sich aufgebäumt. Huch, das hätte sie dieser Klassefrau gar nicht zugetraut. Sie schloss die Augen. Ein leises Stöhnen aus Sandras Kehle ließ sie sie wieder öffnen. Kai schien sie von unten zu streicheln, denn während Sandras Finger den Rhythmus der Räder – Ratatatatata – auf Mias Hautoberfläche trommelten, wand sie sich auf der Leiter wie eine Bauchtänzerin. Einen winzigen Moment lang stellte Mia sich die Frage, ob sie mit all dem weitermachen sollte. Wieso nicht? Sie sah in Sandras feines Gesicht. Wieso eigentlich nicht? Ja, hier war die Antwort. In diesen schwarzen Mandelaugen, in diesen fein geschwungenen Nasenflügeln, in diesen weichen roten Kusslippen. Mia beugte sich zu ihr vor und legte ihren Mund auf Sandras.

Es war immer noch nicht richtig dunkel. Jedenfalls nicht dunkel genug, um Mia, die breitbeinig die Fensterfront des Schlafwagens ausfüllte, nicht zu sehen. Günstigerweise fuhren sie gerade durch lauter kleine Dörfer. Eins nach dem anderen zogen die urbanen Vorboten, sauber aufgereiht wie bunte Glasperlen auf einer Kette, an ihnen vorbei. Eine Batterie von Fünfzigerjahre-Einfamilien-Häusern mit kleinen Gärten, in denen Kinder Fußball spielten, Rentner Unkraut jäteten und Familienväter grillten. Und Mia wurde durchgevögelt. Für all jene sichtbar, die immer reflexartig aufsahen, wenn ein Zug vorbeidüste, und nicht aufhörten zu starren, bis er vorbei war.

Vor ihr auf dem Boden kniete Sandra und liebkoste Mias Kitzler so fachmännisch, dass er hart wie eine Walnuss war. (Wieso gab es dafür eigentlich kein geeignetes weibliches Wort? Denn Mia fand, das war ein Fach, in dem Frauen definitiv Meister waren.) Und sie stand breitbeinig da, hielt sich an den beiden sehr praktischen Fenstergriffen fest und dachte sich nichts dabei, dass Kai ihr seinen Schwanz von hinten in ihre weiche warme Öffnung rammte. Ihre Pobacken schienen bestens als Haltegriffe für ihn geeignet. Derweil machte Mia *sightseeing.* So beschäftigt war sie noch auf keiner Zugfahrt gewesen, und dennoch hatte sie noch nie so viel mitbekommen von dem, was jenseits des Fensters geschah. Sie sah ein Reh über ein Feld springen – oooooh, dieser Stoß war besonders tief. Irgendwo in ihrem Innern war Kais Schwanzspitze ungebremst gegen eine Wand gerammt. Dann eine Herde Schafe, verstreut wie aus einem riesigen himmlischen Wollkorb gefallene Knäuel. Mia krallte die Finger in Sandras weiche Locken – oooooh, wie himmlisch sie ihre Klitoris bearbeitete. Ein dicker Mann in Shorts und mit nacktem Oberkörper drehte konzentrierte Runden auf einem Sitzrasenmäher, und Mia konnte ihm seine Freude und seinen Stolz auf das Gerät ansehen. Sie fragte sich, wie der schlanke Mann hinter ihr wohl gerade guckte. Eine Frau in kleingeblümter Kittelschürze (Gab's diese Dinger wirklich noch irgendwo zu kaufen?) hängte ihre derbe Wäsche auf einer Wäschespinne im Garten auf. Mia mochte die sexy Wäsche der schönen Frau, die sich gerade an ihrem Intimsaft labte. Lange würde sie das nicht mehr aushalten. Ein Teenager neckte auf einem Spazierweg entlang der Gleise einen großen

Hund, der an ihm hochsprang und ihn umzuwerfen drohte. Auch Mia wurde nur durch den festen Griff des Mannes hinter ihr gehalten, der ihren Allerwertesten so gleichmäßig auf seinem Knüppel auf und ab manövrierte, als bediene er eine Maschine.

Hier ein Stoß – die Straßenbeleuchtung tauchte eine verträumte Allee in gelbes Licht.

Da ein Stoß – in dem alten Schulhaus ging das Licht in der Küche an.

Hier ein Stoß – ein traumhafter Sternenhimmel erhellte die gespenstischen Baumgebilde in den vorbeirauschenden Vorgärten.

Noch ein Stoß – nächtliche Grillfeuer warfen einen wohligwarmen Schein in die verheißungsvolle Nacht.

Ja, sie tauschten Betten, aber nicht nur einmal. Oben lag Mia oben, unten lag sie unten, in der Mitte lag sie zwischen den beiden, und auf dem Tisch am Fenster saß sie mit weit gespreizten Beinen, seine Zunge zwischen ihren unteren Lippen, ihre Zunge zwischen ihren oberen. Wozu brauchte sie überhaupt ein Bett – an Schlafen war ja gar nicht zu denken!

Eine monotone Lautsprecher-Stimme riss Mia aus wilden Träumen. Wie von der Tarantel gestochen, schreckte sie hoch und stieß hart mit dem Kopf an die Kojendecke. Sie rieb sich die Beule, aber ihr erster Gedanke war nicht »Au«, sondern »O nein, ich hab verschlafen«. Aber, Gott sei Dank, der Zug war nach wie vor in voller Fahrt. Was für ein Glück, dass sie erst an der Endhaltestelle raus musste. Dennoch hatte Mia die starke Empfindung, dass irgendetwas im Argen lag. Wie zu Hause auch, sprang sie ganz automatisch aus dem Bett, und Sekunden später stand sie in der Plastik-Nasszelle unter der Dusche. Das heiße Wasser spülte ihr den Schlaf aus den Gehirnwindungen. Nach und nach kehrte ihre Erinnerung zurück. Sie shampoonierte sich die Haare und sah Sandras schwarze Lockenmähne vor sich. Sie seifte ihre Scham ein und spürte Kais Schwanz in sie eindringen. Sie trug eine Erfrischungsmaske auf ihr Gesicht auf und spürte Sandras feuchte Küsse auf ihren Lippen. Kai und Sandra. Ja, wo waren die denn? Wieso hatten sie sie nicht geweckt? Sie hätten zusammen frühstücken können. Als Mia aus dem Bad kam, wurde ihr sofort bewusst, dass das Paar nicht beim Frühstück war. All ihre Sachen waren weg. Ja, all ihre Sachen … Auch Mias! Die komplette *Louis-Vuitton*-Kollektion, die so gut zueinander gepasst hatte, weg. Und Mia stand da, eingehüllt in ein DB-Microfaser-Handtuch, und guckte dumm. Ihr erster Instinkt war, den Knopf zum Ruf des Schaffners zu drücken. Aber dann ließ sie sich auf Kais zerwühltes Bett fallen, um ihre wirren Gedanken zu ordnen.

Das musste dieser Schlummertrunk gewesen sein. Am Ende ihres Kamasutra-Trips quer durch Deutschland hatte Kai irgend so einen Hochprozentigen aus dem Koffer gezogen, und sie hatten alle drei an dem Flachmann genippt. Alle drei. Ja, aber dann hatte sich eine bleierne Müdigkeit auf Mias Lider gelegt. O Mann, der älteste Trick der Welt. Wahrscheinlich war das Ehepaar Grudszinsky nie schlafen gegangen. In Italien oder Albanien hätte sie wahrscheinlich damit gerechnet, aber wer kam denn auf die Idee, dass jemand für den teuersten Schlafwagen Europas bezahlte, um eine Angestellte auf Geschäftsreise zu beklauen?

Sie hätte wohl die detaillierteste Täterbeschreibung abgeben können, die die Polizei je bekommen hatte. Schließlich kannte sie jedes unveränderliche Kennzeichen der diebischen Jetsetter, aber eine Anzeige war in ihrem Fall vollkommen indiskutabel. Wie sollte sie den Tathergang beschreiben? Gab es dafür einen juristischen Begriff? Betrügerischer Beischlaf?

Wie eine Schlafwandlerin stieg Mia aus dem Zug in die U-Bahn – Bargeld für ein Taxi hatte sie ja keins mehr – und kam zu der neuen Firma. Drei Personen waren angetreten, um Mia auf Herz und Nieren zu prüfen, was ihr erneut deutlich machte, wie wichtig dieser Job war.

Wie hatte sie ausgerechnet die Chance ihres Lebens für ein flüchtiges Vergnügen aufs Spiel setzen können? Da saß sie nun mit angestrengtem Pokerface, frisch geduscht, durchgevögelt und beklaut, in ihrem Knitterfrei-Kostümchen und platzte fast vor Mitteilungsbedürfnis.

»Sind Sie mit dem Zug gekommen?«, fragte ihr Chef in spe. »Ja.« Mias Antwort musste knapp ausfallen. Wie hätte sie denn tiefer in das Thema eindringen können, ohne sich anmerken zu lassen, was sie erlebt hatte? Doch um das Eis zu brechen, machte man nun mal am besten *Small Talk*.

»Wie war Ihre Fahrt?«, wurde sie also freundlich von der Personalchefin gefragt.

»Ganz planmäßig.« Gerade in Bewerbungsgesprächen war es ihr besonders unangenehm zu lügen.

»Das ist gut. Da soll ja eine freche Diebesbande seit Monaten ihr Unwesen treiben. Immer auf dieser Strecke.« Um ein Haar wäre Mia aus der Rolle gefallen. Sie nahm in Kauf, unhöflich zu wirken, und sagte lieber nichts.

»Nirgends ist man mehr sicher. Aber Sie sind ja Gott sei Dank verschont geblieben«, bemühte sich die Abteilungsleiterin, eine Vertrauensbasis zu schaffen. Von wegen. Wenn Mia ihr doch nur anvertrauen könnte, dass sie nur noch das besaß, was sie am Leibe hatte! Jetzt war ihr auch klar, warum Kai und Sandra so elegant gekleidet gewesen waren. Alles Diebesgut. Mia vermutete, dass sie aufgrund ihrer Konfektionsgröße zum Opfer geworden war. Und wegen der *Louis-Vuitton*-Tasche. Da sie nur das Bargeld und die Luxusgüter mitnahmen, machte sich anscheinend keiner der Beklauten die Mühe, Anzeige zu erstatten. Und auf eine perfide Weise hatte Mia das Gefühl, im Tausch für ihre Wertsachen auch was bekommen zu haben von ihren neuen Freunden, die leider schon wieder Vergangenheit waren, den Trickbetrügern, die sich Kai und Sandra Grudszinsky nannten. In einem Zug hatte Mia zwei wertvolle Lektionen erhalten: Am meisten gewinnst du, wenn du nichts mehr zu verlieren hast – den neuen Job hatte Mia in der Tasche. Geteilte Freude ist doppelte Freude – keiner der beiden hätte alleine bei ihr landen können.

Wie eine Schlafwandlerin war Mia durch das Vorstellungsgespräch getaumelt. Die Rückfahrt würde sie nutzen müssen, um sich eine glaubwürdige Geschichte auszudenken, die sie Peter auftischen konnte. Gut, dass sie das Flugticket für ihren Dienstantritt bei der neuen Firma schon sicher hatte. In einem Zug würde sie für alle Zeiten kein Auge mehr zutun.

Das zweite Leben

Sie könnte sich ohrfeigen. Schon wieder hatte sie die Zähne nicht auseinandergekriegt. Hatte den ungerechten, cholerischen Ausbruch ihres Chefs schweigend über sich ergehen lassen und war wie ein geprügelter Hund davongeschlichen. Gerade, dass sie nicht danke gesagt hatte. Elisabeth hasste sich dafür. Aber jedes Mal, wenn so etwas passierte, war ihr Hirn wie leergefegt. Eine öde Wüste. Kein einziger Gedanke kroch durch ihre Gehirnwindungen. Erst wenn sie außer Sicht- und Brüllweite war, fiel ihr alles Mögliche ein, das sie hätte entgegnen können. Aber nachzumaulen traute sie sich nur allein auf der Toilette, wo sie sich kurz danach mal wieder einschloss. Was zur Folge hatte, dass sich derartige Szenen wiederholten wie der Murmeltiertag, immer und immer wieder mit demselben Ausgang.

Wie ferngesteuert stieg Elisabeth nach Feierabend auf die Rolltreppe zum Untergrund, um die U-Bahn nach Hause zu nehmen. Sie kam noch nicht mal auf die Idee, sich eine Ablenkung zu gönnen und zum Beispiel bummeln zu gehen. Dass Frauen Lustgewinn aus dem Aussuchen und Anprobieren zogen, konnte Elisabeth nicht nachvollziehen, für sie war Shoppen kein Genuss. Abgesehen davon, dass sie dabei ja auch den Aggressionen ihrer Mitmenschen ausgesetzt wäre. Da, schon wieder wurde sie angerempelt. Aber sich jetzt auch noch darüber aufzuregen, brachte nichts, denn Elisabeth hätte es ihren rüpeligen Mitmenschen sowieso nie mit gleicher Münze heimzahlen können. Sie war schon als Kind so schüchtern gewesen. Das Wort, das ihr am leichtesten über die Lippen kam, war »Entschuldigung«.

Während sie die unangenehme Attacke ihres Chefs in Gedanken immer wieder vor- und zurückspulte und ihrer Reue nachhing, schweifte ihr Blick abwesend durch den U-Bahn-Waggon. Um diese Zeit waren die Öffentlichen bevölkert von übel riechenden, verschwitzten Arbeitern und kleinen Angestellten in billigen, schlecht sitzenden oder abgetragenen, unmodernen Anzügen und Schuhen, und die unkosmetische Beleuchtung hob jeden kleinen Makel, jede Unebenheit in den Gesichtern der Reisenden überdeutlich hervor. Ein trauriges Bild, in das sich Elisabeth nahtlos einfügte. Denn sie war eine von ihnen. Mausgrau. Unscheinbar.

Die Routinierten hatten Bücher dabei. Bücher hatten den Vorteil, dass sie im Gegensatz zu anderen Verbrauchsgütern nie leer wurden, sinnierte Elisabeth. Wie wäre es, wenn man ein Buch tatsächlich verschlänge – wie es so hieß. Auf jeden Fall würde man sich dadurch eine Menge Regale sparen, hätte kleinere Wohnungen, zahlte weniger Miete … Wieso konnte sie eigentlich erst dann zusammenhängende Gedanken fassen, wenn sie die Tür zum Chefzimmer von außen geschlossen hatte?

Andere nutzten die Fahrt, um ihr Schlafdefizit aufzufüllen oder ihre abonnierte Tageszeitung durchzulesen, manche schmökerten in den Beilagenprospekten, die im Lauf des Tages aus den Zeitungen herausgefallen waren und überall in den U-Bahn-Abteilen herumlagen. Und dann gab es da noch die Mitleser, zu denen auch Elisabeth zählte. Nie würde sie sich eine BILD-Zeitung kaufen, aber die Riesenschrift ermöglichte es ihr, sich auch auf große Entfernung leihweise über Geschehnisse zu informieren, die im Grunde niemand erfahren musste. Neben sie setzte sich jemand mit einer Wochen-Illustrierten. Automatisch wanderte Elisabeths Blick in das Blatt.

JEDER HAT ZWEI LEBEN FREI, las sie dort. Ja, das wär's, dachte sie. Ein zweites Leben, in das man abtauchen konnte, wenn es im ersten mal wieder unerträglich wurde. Sie hatte definitiv Bedarf. Sie wollte gar nicht anfangen, darüber nachzudenken, was in ihrem Leben alles im Argen war. Wenn da wenigstens jemand wäre, der sie an einem Tag wie diesem erwartete. Ihr zuhörte, ihr Ratschläge gab, sie ablenkte, brauchte, begehrte. Natürlich hatte sie schon daran gedacht, sich eine Katze anzuschaffen. Aber dann hatte sie sich vorgestellt, die könnte weglaufen und unter ein Auto kommen, und das hätte sich Elisabeth nie verziehen. Selbst ein Goldfisch wäre zu viel Verantwortung, sie war schon überfordert damit, für sich selbst zu sorgen. Um nicht noch trübsinniger zu werden, schnitt Elisabeth den Gedankenfaden ganz schnell durch.

Im Internet sollte es so ein zweites Leben geben, las sie. Eigentlich war das Internet das ideale Shopping-Paradies für ein schüchternes Gemüt wie Elisabeth: Reisen buchen, ohne Gefahr zu laufen, sich was andrehen zu lassen, was sie gar nicht wollte. Kleidung bestellen, ohne die kritischen Blicke und verlogenen Bemerkungen von Verkäuferinnen über sich ergehen lassen zu müssen. Bücher ansehen, ohne gleich welche kaufen zu müssen. Sie hatte sich nie getraut, stundenlang in Buchläden herumzustreifen, in den Büchern herumzublättern oder sich gar hinzusetzen und darin zu lesen. Zu Hause in ihren Schränken verstaubten sowieso noch jede Menge Fehlkäufe. Wenn sie wenigstens die Chuzpe besäße, das Zeug zu verschenken.

Selbst im Internet hatte Elisabeth noch Angst davor, übers Ohr gehauen zu werden. Trotzdem machte sie – noch in der Jacke – gleich den Computer an, als sie nach Hause kam. Sie ließ ihre Handtasche auf den Boden vor dem Schreibtisch fallen und gab »zweites leben« in die Suchmaschine ein. Die Liste von Einträgen war endlos lang. Sie hängte ihre Jacke über die Lehne des Bürostuhls und setzte sich. Nur mal gucken, dachte sie. Stunden später schlief ihr linker Fuß ein. Sie hatte noch nicht mal gemerkt, dass es in ihrer modernen Eineinhalb-Zimmer-Wohnung inzwischen dunkel geworden war. Ihr Magen knurrte.

Die erste Woche verging wie im Flug, und Elisabeth vergaß völlig, einzukaufen oder sich gar ein Abendessen zu kochen. Vom Schreibtisch war sie direkt ins Bett gefallen. Aber sie hatte nichts vermisst. Sie war nun ein *inhabitant* in dieser schönen neuen Welt und fühlte sich, als hätte sie ihr ganzes trübes Dasein hinter sich gelassen und wäre mit Hab und Gut auf einen anderen Kontinent umgezogen.

Am Samstag fuhr sie mit dem Auto zu einem Großmarkt und deckte sich mit Getränken und portionierten Snacks ein, die man sich einfach nebenbei aus der Packung reinschieben konnte. Einen Kasten Mineralwasser positionierte sie so neben dem Schreibtisch, dass sie nur den Arm ausstrecken musste, um ihren Wasserhaushalt im Gleichgewicht zu halten. Hunger war auch kein guter Begleiter bei ihren neuen Abenteuern, aber sie wollte keine Zeit damit verplempern, sich was Aufwändiges zuzubereiten. Also räumte sie ein paar Fächer ihres Tisches leer und packte sie mit dem handlichen Reiseproviant voll. Und eine ihrer bisher ungenutzten Anschaffungen konnte sie jetzt doch ganz gut gebrauchen: ein vibrierendes Fußmassagegerät, das sie unter dem Schreibtisch anschloss und immer dann aktivierte, wenn ihre Beine wieder zu kribbeln begannen.

Zwar lief Elisabeths Alltag immer noch auf die gleiche Weise ab – allein zu Hause, arbeiten, alleine zu Hause –, aber ihr Leben kam ihr auf einmal wesentlich erfüllter vor. Denn jetzt wartete durchaus jemand auf sie. In der Sekunde, in der sie sich in ihr zweites Leben begab, wurde sie schon von ihrer *group*, einer Gruppe von Sekretärinnen wie sie, begrüßt. Die vielen neuen Begriffe – Neuankömmlinge wie sie nannte man hier *babies* – hatten sie zunächst irritiert, aber da niemand dort Eintrittsgeld oder ihre Bankdaten von ihr verlangt hatte, war sie das Risiko eingegangen, sich anzumelden. Sich an diese Sprache zu gewöhnen, war immer noch eine Herausforderung für Elisabeth. Aber so war das nun mal, wenn man in ein fremdes Land zog. Was sie normalerweise die größte Überwindung kostete, geschah hier ganz mühelos. Sie kam mit anderen Bewohnern ins Gespräch, konnte mit allen Nationalitäten barrierefrei korrespondieren. Einige aus ihrer *group* wollten sich sogar mit ihr anfreunden, und schon bald stellte Elisabeth erstaunt fest, dass sie wählerisch mit ihren Bekanntschaften wurde. Ein Gefühl, das ihr sonst völlig fremd war. Selbst in der Cafeteria ihres Betriebes saß sie immer allein beim Mittagessen, da war sie schon froh, wenn die Buffetkraft ein paar belanglose Floskeln über das Wetter für sie übrig hatte.

Kaum hatte sie morgens die Augen geöffnet, zog es sie jetzt wie magnetisch an ihren Computer. Nur weil sie wahrscheinlich auf Nimmerwiedersehen in der zweiten Welt verschollen wäre, schaltete sie ihn erst gar nicht an, bevor sie zur Arbeit ging. Auch wenn es nicht immer die reine Wonne war, so war ihr Job doch ihr ganzer Lebensinhalt gewesen. Nun kamen ihr die Stunden im Büro endlos vor, und sie konnte es gar nicht erwarten, Feierabend zu machen und nach Hause zu kommen. Das Einzige, was sie daran hinderte, sich sogar an ihrem Arbeitsplatz in ihren Zweitwohnsitz einzuloggen, war ihr Heidenrespekt vor ihrem Chef. Der stand nämlich gerne mal plötzlich hinter ihr, drängte sie zur Seite und schnappte sich ihre Tastatur, um dann mit fettigen Fingern darauf herumzutippen oder ihren Bildschirm vollzutapsen. Die 500er-Dose mit den Reinigungstüchern hatte sie immer in Reichweite, ebenso wie eine Schachtel alkoholischer Kirschpralinen. Sich jedes Mal danach eine davon reinzuschieben, bewahrte sie davor, vor Empörung zu platzen. Jedenfalls hatte Elisabeth keinerlei Ambitionen, ihrem unberechenbaren Vorgesetzten auch noch einen triftigen Grund für einen seiner legendären Ausbrüche zu liefern.

Anfangs wählte Elisabeth eine virtuelle Stellvertreterin, die ihr ähnelte. Obwohl es keinen *individual* mit ihrer etwas gedrungenen Figur gab, konnte sie sich gar nicht vorstellen, jemand anderes als Elisabeth Gruber zu sein. Aber dann war da wieder so ein Tag voller Prüfungen: Morgens in der Dusche streikte plötzlich der Warmwasserboiler, und das eiskalte Wasser kühlte sie derart aus, dass sie sich viel zu warm anzog. Vor der Haustür tappte sie in einen Riesenhaufen Hundescheiße, natürlich mit ihren neuen Schuhen. Abgesehen davon, dass sie sich genauso fühlte, verfolgte sie der penetrante Geruch den ganzen Tag im Büro. Klar, dass ihr Chef sie dann auch noch zur Minna machen musste. Viel wusste Elisabeth noch nicht über ihr zweites Internet-Zuhause, aber eines wusste sie gewiss: All das kam dort einfach nie vor. Während sie im Firmenklo ihre Tränen trocknete und ihre rot verheulten Augen mit Augentropfen versorgte, nahm sie sich vor, einfach mal jemand zu sein, der sie in Wirklichkeit nie sein würde. Je weiter von der Realität entfernt, desto besser. Es dauerte Ewigkeiten, bis Elisabeth ihren perfekten *individual* kreiert hatte. Wollte sie der laszive Teenager sein, der verführerische Vamp, eine eher tierische Fantasiegestalt oder vielleicht sogar ein schwuler *fashion victim?* Die Auswahl war so riesig, sie konnte sich kaum entscheiden. Mit jedem Test-*individual* wurde ihr klarer, was ihr am wichtigsten war: Sie wollte Respekt. In jenem Leben brauchte ihr keiner mehr dumm zu kommen. Ihr fertiges Alter Ego Lady Tashikawa, das sie ganz nach dem Motto »Was hat sie, das ich nicht habe« ausgestattet hatte, war das

Schärfste, was sich Elisabeth unter einer Frau vorstellen konnte. In dieser Welt konnte sie in null Komma nix überallhin fliegen, musste keine Fahrkarten lösen und auch keine Parkplätze suchen, und hier gab es keine Schwerkraft. Also standen ihre furchterregend mächtigen Brüste – mindestens Doppel-F-Körbchen – auch ohne BH stramm wie zwei Torpedos in Abschussposition über der schwindsüchtigen Wespentaille, die sie ihrem *individual* verpasst hatte. Sinnliche Mandelaugen, ausgeprägte Wangenknochen, eine vornehm-schmale Nase und unnatürlich große, volle Lippen bedienten zwar das Kindchen-Schema, doch die strenge Hochsteckfrisur und das eng sitzende graue Business-Kostüm, das sie einer *Montana*-Werbung abgeguckt hatte, ließen keine Zweifel aufkommen, dass Lady Tashikawa nicht zum Spielen hier war. Unter dem scharf konturierten Zweiteiler trug ihre Internet-Doppelgängerin nichts als einen pinkfarbenen Spitzenbody, in dem sich ihre knackigen Brustwarzen fast bedrohlich dunkel durch das durchsichtige Material drückten. Pinkfarbene Pumps (Elisabeth liebte Pink, traute sich aber nie, so auffällige Farben zu tragen), die so hoch waren, dass sie sich in der Realität schon beim Anprobieren die Knöchel gebrochen hätte, ließen sie die meisten anderen *inhabitants* um einen Kopf überragen. Ja, mit Kleinkram wollte sie sich gar nicht mehr abgeben.

Himmel, erst jetzt merkte Elisabeth, wie viele Defizite sie eigentlich hatte. Sie wollte reisen, kommunizieren, vögeln, tanzen, Millionen machen, alles auf einmal. Und alles schien hier möglich.

Dass sie Einladungen zu Veranstaltungen gekriegt hatte, war schon Lichtjahre her. Und wenn sie in der Zeitung von einem Konzert oder einem Tangoabend gelesen hatte, war sie nicht hingegangen, weil sie allein keine Lust dazu hatte. Am schrecklichsten fand sie die Pausen, in denen sie wie ein Mauerblümchen herumstehen würde, während sich alle anderen angeregt unterhielten. In ihrer Vorstellung war Elisabeth immer die Einzige, die irgendwo alleine hinging, und da sie es nie ausprobierte, konnte sie auch nicht wissen, dass das nicht stimmte. In ihrem zweiten Leben brauchte sie sich über so was gar nicht den Kopf zerbrechen. Kaum war sie angemeldet, nahm ein anderer *inhabitant* mit ihr Kontakt auf. Lord Nelson hatte sich wohl von ihrem Lady-Titel angezogen gefühlt. Dass ein Mann sie ansprach, war ja schon ewig nicht mehr passiert! Und daran, wann sie das letzte Mal geflirtet hatte, konnte sie sich erst recht nicht erinnern, geschweige denn, wann sie mit jemandem geschlafen hatte. Auf einmal konnte sie nach Feierabend jederzeit Sex haben, so viel, so lange und so variantenreich, wie sie nur wollte. Ach, hätte sie in ihrem ersten Leben doch auch nur eine der vielen Optionen gehabt, die sich ihr im zweiten boten. Sie konnte es gar nicht fassen, und es waren allesamt mächtige Typen – Unternehmer, Grundbesitzer, Banker –, die ihre Nähe suchten, aber im Gegensatz zu den Entscheidern in ihrer Firma begegneten diese Lady Tashikawa stets mit Achtung. Na ja, die war ja auch schlagfertig, Elisabeth Gruber hingegen war es nicht. Obwohl die Aufmerksamkeit nur ihrer Fantasiefigur galt, fühlte sich Elisabeth geschmeichelt. Jetzt erst wurde ihr bewusst, wie ausgehungert sie war. So sehr identifizierte sie sich mit ihrer Internet-Figur, dass sie richtig rote Wangen bekam an ihrem Schreibtisch, als der Lord ihr Komplimente machte. Wie sie das Geplänkel genoss, das mit jedem Satz drängender und eindeutiger wurde, nur weil sie wusste, dass sie immer die Kontrolle behalten würde. Doch ihre Menschenkenntnis schien nach wie vor lausig zu sein, denn als sie der Einladung des charmanten Lords folgte, staunte sie nicht schlecht: Sein Schlossfest war die reinste Orgie. In riesigen Räumen voll von goldglänzendem Prunk und Pomp, wie sie sich selbst ein russischer Jungmillionär nicht opulenter einrichten würde, trieben Hundertschaften von *individuals* Dinge miteinander, die wahrscheinlich nicht mal im Kamasutra vorkamen.

Eine süße Lolita im Bikinioberteil über dem superkurzen Minirock kam auf sie zu, sagte ihr, wie scharf sie ihr Kostüm fände, und wollte wissen, wo Lady es gekauft habe. Wer wohl hinter dieser Figur steckte? Vielleicht ein schmerbäuchiger Kollege aus ihrer Firma, das konnte man nie wissen. Es erfüllte Elisabeth mit Stolz, eine Mode-Ikone zu sein (Wer hätte das gedacht?), aber dieses neonfarbene Küken war nicht ihr Umgang. Sie streckte sich und sagte von oben herab: »Schätzchen, sei so lieb und bring mir einen Drink.« Und die Kleine trabte doch tatsächlich los. Was für ein Gefühl. Endlich hatte sie die Oberhand. Sie brauchte noch nicht mal eine Peitsche. Ihre Größe, ihre Mega-Titten und ihr Befehlston genügten völlig, um hier die Puppen tanzen zu lassen. Und endlich konnte sie Cocktails schlürfen ohne Kontrollverlust oder Kater. Mit ihrem giftgrünen Drink in der Hand machte sich Lady Tashikawa in den überladenen Räumen auf die Suche nach dem verruchten Lord Nelson. Aaah, da waren ja auch ein paar Frauen aus ihrer *group*. Ganz wie es sich für Sekretärinnen gehörte, hatten sie sich jede auf ein Bein eines halbnackten Managers im Chefsessel gesetzt, der alle Hände voll zu tun hatte, lüstern ihre nackten Brüste zu kneten. Ein paar Rubensdamen nahmen ein Bad in den überdimensionalen Bowleschalen, die das giftgrüne Getränk enthielten. Wer nicht direkt seinen Strohhalm zwischen ihren Schenkeln eintauchte und daraus schlürfte, leckte genüsslich den Saft von den üppigen Kurven der Nixen. An einer Wand wurde Lieschen Müller mit Nickelbrille und Pullunder von Pan aufs erigierte Horn genommen. Wie gesagt, ohne Schwerkraft tanzte sie wie eine federleichte Marionette einfach auf seinem monströsen Schweif auf und ab. Herausfordernd blitzte Pan zu Lady herüber und scharrte mit seinem Huf, wie eine Einladung, die Nächste zu sein, die sich in seine Tanzkarte eintrug. Eine zierliche transparente Elfe räkelte sich lasziv auf dem Rücken eines Einhorns, King Kong tat das, was der Film nie verraten hatte: Er hatte Sex mit der weißen Frau. Auf einer blutroten Polsterlandschaft stapelten sich die Leiber in wollüstiger Umarmung, derart ineinander verknotet, dass nicht auszumachen war, wessen Hand sich um wessen Schwanz schloss, wessen Lippen wessen Brustwarzen liebkosten, wessen Schoss von wessen Zunge beglückt wurde.

Nicht eine Minute verging, ohne dass Lady ein unmoralisches Angebot bekam, gleich von welchem Geschlecht. Mensch, Tier, Mann, Frau, Zwitterwesen, was hatte das schon für eine Bedeutung? Hier war ja niemand, wer er wirklich war. Trotzdem realisierte sie immer noch nicht so ganz, dass niemand ihren *individual* mit ihrer wahren Identität in Verbindung bringen konnte. Zwei Stunden lang sah Elisabeths *individual* nur gebannt zu, dann wehrte sie die Annäherungsversuche der anderen Partygäste nicht länger ab. Ein untersetzter Mann mit Hut, der sie an diesen exzentrischen Schriftsteller erinnerte, den sie so mochte, kam auf sie zu und fragte sie, ob er sie küssen dürfe. Ja, so mochte sie das. Keine Übergriffe, sie traf hier die Entscheidungen. Und sie entschied sich, diesem höflichen Verehrer eine Chance zu geben. Mmmmh, Elisabeth schloss die Augen. Man sollte doch nie nach der Optik gehen. Küssen konnte dieser Typ definitiv. Auf einmal spürte sie, wie kräftige Finger Ladys steife Brustwarzen kniffen, zwirbelten, rieben. He, was war das denn? Niemand durfte sie einfach so berühren. Die Finger des Kussmeisters waren es jedenfalls nicht, denn die massierten seinen geschwollenen Schritt. Nein, hinter ihr stand Lord Nelson, ließ die Zunge über ihren Nacken und seine Hände über ihre XXL-Brüste wandern.

Sie hatte keine Ahnung, wie sie es anstellen sollte, die Erregung ihrer Figur zu demonstrieren, Elisabeth jedenfalls machten diese Cyber-Berührungen ganz schön an. Nervös rutschte sie auf ihrem Bürostuhl hin und her. Ihr Schoß glühte so sehr, dass sie sich den Rock ausziehen und Strumpfhose und Slip auf die Schenkel herunterstreifen musste. Das verschaffte ihr zwar Abkühlung, aber Linderung brachte es nicht.

Finger weg! Jetzt übernahm sie wieder das Kommando. O ja, diesem coolen Schlossherrn zu befehlen, er solle seine Hosen ausziehen und ihr sein Ding zeigen, das machte sie richtig scharf. Und es funktionierte auch noch. Während Elisabeth ihre Finger in ihre triefnasse Vagina schob, packte der *individual*, der sich Lord Nelson nannte, seinen Schwanz aus. Wie erwartet war er riesengroß und megasteif, wie alle Schwänze in dieser perfekten Welt. Wer würde sich denn auch freiwillig einen Mini-Penis designen? Elisabeth ließ ihren Zeige- und Mittelfinger in ihrer kochendheißen Scham hin und her gleiten. Lady befahl dem Mann, seinen Schwanz zwischen ihren Brüsten zu reiben. O ja, das war schön. Aber es reichte nicht. Elisabeth holte das Fußmassagegerät unter dem Schreibtisch hervor, legte es auf ihren Stuhl und setzte sich drauf. Lady wollte, dass der Lord seinen Samen auf ihre Titten spritzte. Sie wollte, dass er so laut schrie, wenn er zum Höhepunkt kam, dass es in allen Räumen seines Schlosses widerhallte. Elisabeth schaltete den Motor an. Tausend kleine Gumminoppen massierten tausend kleine Gefühlszäpfchen in ihrem ohnehin schon extrem gereizten Schoß. Immer wenn der Lust-Lord sie anfassen wollte, schlug Lady ihm auf die Finger. Oh, damit hatte sie einen Nerv getroffen: Der große Zeremonienmeister der Internet-Orgien liebte nichts mehr, als wenn sich ihm jemand widersetzte. Ja, er platzte fast, so scharf machte ihn das. Jetzt hätte sie ihm ohne Probleme sein Schloss abschwatzen können. Aber was sollte sie damit? Alles, was sie wollte, war, mit diesem aufregenden Mann zusammen zu fliegen. Auf den Zenit, aber wer wusste denn schon, was danach kam? Elisabeth hielt das Kribbeln in ihrem Unterleib kaum noch aus. Immer weiter spreizte sie ihre Beine, immer tiefer drangen die nervösen Noppen in ihr weiches Fleisch ein und versetzten es in derartige Schwingungen, dass sogar ihr Bauchnabel zu vibrieren begann. O ja, gleich war es so weit. O ja, ja, jaaaaaaa. Elisabeth presste ihre Scham fest auf das Noppenbett, bis sie tausend heiße Blitze durchzuckten. Erst dann erlaubte Lady Tashikawa Lord Nelson, sich auch Erleichterung zu verschaffen.

Aufgrund ihrer Erfahrungen mit lebenden Menschen gab sich Elisabeth keinerlei Illusionen hin. Sie glaubte nicht, dass es viel Sinn machte, in der Realität in eine andere Rolle zu schlüpfen. Ihre Internet-Identität reichte ihr völlig. Wenn sie wollte, konnte sie jede Nacht in unzähligen Discos abtanzen, ohne von einem Türsteher abgewiesen zu werden. Sie konnte sich auf Vernissagen tummeln und endlich mal die Künstler persönlich kennenlernen. Sie konnte auf Yachten ausschweifende Partys feiern und exklusive Modenschauen besuchen. Sie bewegte sich frei und ungezwungen unter den oberen Zehntausend und hatte so viele interessante neue Freunde, dass es egal war, wie ihre Mitmenschen mit ihr umgingen. Allerdings, wenn sie jetzt auf der Rolltreppe zur U-Bahn stand und sich auf die Ausflüge in ihrem zweiten Leben freute, war sie nicht mehr spröde und hölzern, nicht mehr klein und füllig, nicht mehr blass und mausgrau, nicht mehr die Frau, die man einfach übersah und umrannte. Zugegeben, manchmal träumte sie sogar davon, Millionärin zu sein wie so einige ihrer Internet-Verehrer. Bislang hatte Elisabeth keine ernst gemeinten Ambitionen gehabt, in ihrem privaten Vergnügungspark auch noch zu arbeiten, aber schon die Option, für immer zu Hause bleiben zu können, wenn sie wirklich mal die Schnauze voll hatte, war beruhigend.

Durch die geöffnete Tür seines Büros bellte ihr Chef mal wieder ihren Namen. Er wusste, dass das genügte, um sie aufspringen und an seinen Schreibtisch eilen zu lassen. Normalerweise stand sie dann dort wie ein Schulkind vor dem Lehrerpult und ließ sich abkanzeln. Erst wenn er sein Mütchen an ihr gekühlt hatte, würde sie die Chance haben zu reagieren. So war es bisher abgelaufen, aber plötzlich und unerwartet ergriff Lady Tashikawa von Elisabeth Gruber Besitz. Der Name der schüchternen Sekretärin verhallte im Äther. Und nichts geschah. Elisabeth blieb an ihrem Platz sitzen und bearbeitete weiter ihre *excel*-Tabelle. Noch einmal ertönte es wütend »Frau Gruber« aus dem Nebenraum. Elisabeth stellte sich taub. Schnaubend wie ein Stier stürzte ihr Chef um die Ecke und brüllte: »Frau Gruber!« Erst als er direkt vor ihr stand, blickte sie gelassen zu ihm auf. Das hatte es noch nie gegeben, dass er und nicht sie gesprungen war. »Warum antworten Sie nicht?«, fuhr er sie an, die Hände in die Seiten gestemmt. Darauf antwortete sie nicht. Das hatte sie sonst auch nicht getan, aber ihrem fest auf ihn gerichteten, stolzen Blick konnte man ansehen, dass es diesmal nicht aus Furcht geschah. Wie sonst auch, ging seine Tirade weiter: »Was ist das hier für ein Affenhaus? Wo ist die Präsentation? Wieso finde ich hier nie was?«

Diesmal senkte sie nicht den Kopf. »Wenn Sie sich beruhigt haben, helfe ich Ihnen gerne«, sagte Elisabeth in gefährlich ruhigem Ton, stand auf, machte einen eleganten Bogen um ihren verdutzten Chef und holte sich eine Tasse Kaffee. Ihm den Rücken zugekehrt, hörte sie seine Schnappatmung und erwartete den nächsten Schwall Beschimpfungen, aber da kam nichts. Das fühlte sich gut an. Sie drehte sich zu ihm um und blickte ihn direkt an. »Möchten Sie auch einen, oder vielleicht lieber koffeinfrei? Geht nicht so an die Nerven.« Einen kurzen Augenblick blitzte noch Widerstand in seinen Augen auf, dann antwortete er: »Koffeinfrei wäre wohl gut.« Sie konnte es kaum fassen: Er dankte ihr und verschwand in seinem Büro. Erst als er die Tür hinter sich geschlossen hatte – auch das war noch nie vorgekommen, weil er sie so nicht ständig herumkommandieren konnte –, rutschte Elisabeth das Herz in die Hose. Sie fühlte sich gut. Richtig gut.

An diesem Abend bekam Lady Tashikawa von einem virtuellen Konzernchef eine Stelle als Chefsekretärin angeboten. Noch vor ein paar Wochen hätte sie wohl ohne viel Federlesens zugesagt. Elisabeth dachte die ganze Nacht darüber nach.

Und nahm sich vor, erst mal das Wort »Entschuldigung« ein für alle Mal aus ihrem Vokabular zu streichen.

Topmodel

Ein ganz normaler Arbeitstag eines Topmodels: vor dem Morgengrauen aufstehen, zum Flughafen nach London, Mailand, Paris, New York, Maui, Miami, warten, fliegen und sich langweilen, Taxi zum Fototermin, Make-up, Haare, Fitting, warten, Posing, Shooting, warten, Make-up, Haare, Fitting, Posing, Shooting, warten, Make-up, Haare, Fitting, Posing, Shooting, warten, zum Flughafen nach London, Mailand, Paris, New York, Maui, Miami, warten, fliegen und sich langweilen, Taxi ins Hotel, wo auch immer, sich langweilen.

Alana betrat irgendeine VIP-Lounge in irgendeinem Flughafen. Sie besaß *Executive-Club*-Karten von sämtlichen Fluggesellschaften, obwohl sie in ihrem ganzen Leben noch nie selbst einen Flug gebucht hatte. Dafür war ihre Bookerin zuständig. So früh am Morgen war selbst in der Lounge kaum ein Platz zu finden. Es wuselte nur so von müde aussehenden grauen Mäusen, den Geschäftsmännern in Anzügen, die so früh zu ihren Konferenzen flogen, um abends wieder pünktlich bei ihren Familien am Abendbrottisch sitzen zu können. Alana fand noch eine abgelegene Ecke, stellte ihre übergroße, immer viel zu volle und darum ziemlich schwere Designer-Tasche auf einen Stuhl und setzte sich auf die Lederbank. Sie mochte das geschäftige Flughafengewimmel und die ständigen mehrsprachigen Durchsagen, aber um sich zu den Lebenden zählen zu können, brauchte sie erst mal einen doppelten Espresso und eine Zigarette. Zwar achtete ihre Agentur darauf, dass Alana ein unbeflecktes Bild in der Öffentlichkeit abgab, indem sie zum Beispiel das Bordmenü für Vegetarier für sie orderte, aber das hier war für Alana noch wie Privatsphäre. Sie holte ein Straußenlederetui mit goldenem Monogramm – »AV« für Alana Vester – aus der Handtasche, öffnete es, nahm eine Zigarette heraus und steckte sie sich in den Mund. Das Etui legte sie auf den Tisch und fingerte in der Tasche nach dem dazu passenden Feuerzeug. Beides hatte ihr ein Modeschöpfer mal zum Geburtstag geschenkt. Viele ihrer Kolleginnen waren Provinzgören, und sobald keine Kamera mehr auf sie gerichtet war, wurden sie wieder dazu. Aber Alanas Besonderheit und ihr Erfolg in diesem Haifischbecken waren ihre angeborene Eleganz und ihr Sinn für Stil. Ein Relikt ihrer Internatserziehung? Vielleicht.

Aaach, nein. Schon hatte sie den ersten aufdringlichen Kerl am Hals. Er hielt ihr sein Feuerzeug hin. Sie beugte sich vor, hielt ihre Zigarette anmutig in die Flamme und nahm einen ersten tiefen Zug. Er sah zu, wie sie mit geschlossenen Augen den Rauch ausblies, und fragte: »Entschuldigen Sie, ist hier noch frei?«

»Ich warte noch auf jemanden«, log Alana höflich. Dennoch ließ er sich nicht abschütteln. »Entschuldigen Sie, Sie sind doch Model, oder?« *Merde* (auf Französisch klang's feiner, fand sie). Das war's also. Er hatte sie erkannt. Kein Wunder, ihr Bild prangte ja im Großformat direkt über dem Eingang des Flughafens.

Leider hatte es keinen Sinn zu versuchen, sich hässlich oder unkenntlich zu machen. Denn ungerecht, aber wahr: Für ihre Schönheit hatte Alana überhaupt nichts getan. Das alles war ihr von der Natur geschenkt worden. Sie war nun mal eins achtzig groß, gertenschlank und dazu noch kurvig, ihr Haar fiel in den seidigsten Wellen lang über ihre geraden Schultern, und sie hatte ein so strahlendes, ebenmäßiges Gesicht, als hätte irgendein

Technikfreak die perfekten Proportionen computeranimiert. Und ein angenehmer Nebeneffekt der Modeljobs war, dass die Designer sich darum rissen, ihre Musen in ihren Kreationen in der Klatschpresse abgelichtet zu sehen. Deshalb beschenkten sie Alana reich mit allem möglichen Kram, den sie sich normalerweise nie kaufen würde. Wäre sie nicht mit sechzehn entdeckt worden, hätte sie vielleicht selber eine Designerkarriere eingeschlagen. Na ja, andersherum ging es ja auch. Wer weiß, vielleicht würde irgendwann auch irgendein Gesundheitsschuh-Hersteller an ihre Tür klopfen und sie um ihre kreativen Ideen und ihren mondänen Namen bitten, um für seine ungestalten Treter das Doppelte verlangen zu können …

So saß sie also hier in einer Aufmachung, die Männer mit offenem Mund und Frauen neidvoll starren ließ. Und log wieder. Verunsichert zog sich der Fan zurück. Genervt setzte Alana ihre große schwarze Diva-Sonnenbrille – ein Geschenk von *Chanel* – auf und holte ein schweres Buch aus ihrer Riesentasche, in das sie sich verkrampft vertiefte.

Seit Stunden wartete Alana fertig geschminkt darauf, dass es losging. In einen flauschigen Frotteebademantel aus dem Pariser *Ritz* gehüllt, lag sie dekorativ in einem bequemen Sessel und las in ihrem dicken Historienwälzer.

Zweimal im Jahr mussten die neuen Kollektionen ihres italienischen Lieblingsdesigners an seine elegante Muse Alana angepasst werden. Da wurde ihr jedes einzelne Modell noch mal auf den Leib geschneidert, um dann eins nach dem anderen aufwändigst inszeniert fotografiert zu werden. Eine langwierige Prozedur, generalstabsmäßig durchgeplant. Sämtliche Outfits hingen durchnummeriert in Kleidersäcken auf einer Kleiderstange bereit, an jedes war ein Din-A4-Blatt mit Notizen und Skizzen geheftet. Jedem Outfit waren Accessoires – Schuhe, Schmuck, Hüte, Tücher, heute mal keine Tiere – zugeordnet.

Aber schon wieder dauerte und dauerte es, bis das erste Set fertig war, dabei hatten die armen Assis schon vor dem Sonnenaufgang damit angefangen. Innerlich seufzend nahm Alana eine Orangenscheibe und lutschte gelangweilt darauf herum (jede äußerliche Regung würde Make-up-Runzeln verursachen, das war eine der ersten Lektionen gewesen, die sie gelernt hatte). Irgendwas ging immer schief: Ein Scheinwerfer brannte durch, es fing an zu regnen, das zweite Model hatte den Flieger verpasst, Outfits fehlten, irgendjemand hatte irgendwelche Accessoires vergessen, irgendwas Technisches gab den Geist auf. Wenn sie dann endlich dran war, würde sie wieder einen Mordshunger haben, aber nicht essen dürfen. Und – das war eine ihrer Schwächen – langsam die Geduld verlieren. Aber genau die brauchte ein Topmodel noch mehr als pickelfreie Haut. Um während der langen Wartepausen nicht aus der – selbstverständlich makellosen – Haut zu fahren, verschlang Alana ein Buch nach dem anderen. Wenigstens hatte sie hier die nötige Ruhe. Sie war so dankbar, dass ihr Lieblingsdesigner sie immer allein buchte. Lästern war ja nicht ihr Ding (auch ein Grund, warum sie so gut im Geschäft war), doch fast alle Models, die sie kannte, waren mäßig intelligente, dennoch dauerquasselnde und dauerzappelnde Teenager auf Speed, die wahrscheinlich nur wegen ihres Aufmerksamkeitsdefizit-Syndroms zu dem Job gekommen waren. Alana hingegen hatte gerade wieder eine so unnahbare Aura, dass die Armee von Helferlein, die geschäftig um den Meister herumsprang, um sie einen respektvollen Bogen machte. Nur die junge Schneiderin nicht, die neu hier war und mit dem ganzen Promirummel nichts am Hut hatte. Ihr Job war es, die Kleider anzupassen. Basta.

»Ciao, ich bin Paola. Ziehst du das bitte mal an?« So stand sie einfach vor Alana. Sehr ungewohnt, dass mal jemand nicht vor Ehrfurcht vor ihr erstarrte. Ungewohnt, aber angenehm.

Alana sah nach oben und lächelte sie freundlich an. Mit diesen ihr angeborenen, stets etwas trägen, katzenhaften Bewegungen schälte sie sich aus dem Sessel. Selbst barfuß überragte sie die zierliche Süditalienerin, die ihr ein kompliziertes Gebilde aus Fäden und Federn hinhielt, noch um einiges.

»Alana«, stellte sie sich vor. Überflüssig, schließlich ging es hier ja nur um sie. Aber sie fand, Höflichkeit erleichtere das Arbeitsklima ungemein. So manches Mal hatte sie ihre distanzierte, aber untadelige Art vor den unangenehmen Begleiterscheinungen ihres Glamour-Berufes – indiskrete Vertraulichkeiten, Verleumdungen oder die obligatorischen Techtelmechtel mit den Fotografen – bewahren können.

Natürlich hatte Alana schon halb nackt posiert, dennoch hatte sie Hemmungen, sich einfach so vor anderen auszuziehen. »Da drüben«, sagte sie und verschwand hinter einer großen hölzernen Schneckenskulptur, die in dem modernen Atelier als Paravent diente. Paola folgte ihr mit dem Kleid. Wie im Märchen *Des Kaisers neue Kleider* war es ungeschriebenes Gesetz in diesem Job, Nacktheit einfach zu ignorieren. Wie das Kind im Märchen hielt sich Paola nicht daran, als Alana ihren Bademantel auszog. Ungeniert starrte sie auf den Traumkörper des Topmodels, um dann auszurufen: »Madonna, wie schön du bist.«

Alana musste lachen. Natürlich bekam sie dauernd Komplimente und reagierte sonst nach einem streng festgelegten Ritual: »Danke, sehr nett«, pflegte sie zu sagen, und dann gab sie ihrerseits ein Kompliment zurück, ohne überhaupt hingesehen zu haben, irgendwas in der Art wie: »Ihr Schmuck ist ja traumhaft.« oder »Pink steht Ihnen ausgezeichnet.« Aber der spontane Ausbruch der Schneiderin ließ sie näher hinsehen. Während Paola ihr vorsichtig die fragile Modellkleid-Konstruktion überstreifte und die Passform überprüfte, unterzog Alana sie einer eingehenden Betrachtung.

Aus unerfindlichen Gründen schien der Dienst an der Weiblichkeit kein Platz für heterosexuelle Männer zu sein, denn im Modegeschäft tummelten sich übermäßig viele Homosexuelle beider Geschlechter. Dass sich schwule Männer für die besseren Frauen hielten, fand Alana ja noch lustig, zumal viele von ihnen wirklich viel mehr Anmut besaßen als so einige ihrer Landpomeranzen-Kolleginnen. Doch Alana wunderte sich immer wieder aufs Neue über das offensichtliche Desinteresse lesbischer Frauen an allem Weiblichen. Ihr seltsamer Hang zu geradezu militärischer Uniformierung aus der Herren-Abteilung, das derbe, flache Schuhwerk, die einheitlichen arisch-blondierten Soldaten-Frisuren, die bemühte Ablehnung von Eleganz und Grazie ließen bei Alana nur einen Gedanken aufkommen: hässliche Männer ohne Schwänze. So jemanden wie Paola hatte sie noch nie getroffen. Ihre dichten pechschwarzen Locken waren durch ein nachlässig um den Kopf gewickeltes, bunt bedrucktes Seidentuch kaum zu bändigen – eine Korkenzieherlocke hing ihr ständig übers linke Auge. Ein betagtes Hippie-Kleid unterstrich die Unschuld ihrer knabenhaften Figur, aber ihre großen bunten Ketten und Ohrringe, die auch aus dem Kaugummiautomaten hätten stammen können, verliehen ihr die Aura der barfüßigen *Esmeralda*. Ihr Gesicht war alles andere als ebenmäßig (viel zu dichte schwarze Augenbrauen und ein zu großer Mund), aber faszinierend wild und authentisch, eben wie das einer Zigeunerin. Und Alana, die nichts langweiliger fand als Perfektion, konnte ihrerseits nicht aufhören, Paola anzustarren. Ob Paola nun lesbisch war oder nicht, interessierte Alana komischerweise überhaupt nicht. Auf jeden Fall war diese kleine Person so selbstsicher, wie sich Alana das von einem richtigen Kerl wünschte. Und das beeindruckte sie. Jedes Mal, wenn sie die Seidenfäden berührte, die Alanas Körper eher entblößten als bedeckten, verweilten Paolas Finger einen Moment auf ihrer heißen Haut. Beim ersten Mal fuhr Alana vor Schreck zusammen, aber dann erwartete sie angespannt jede weitere Berührung. Buchstäblich am seidenen Faden hingen Alanas sieben Sinne, als Paola routiniert die kalte Nähnadel auf ihrer empfindlichen Haut tanzen ließ. Obwohl sie ihr nicht eine Wunde zufügte, wurde Alana wund, wund vor Lust auf mehr. O Gott, endlich mal jemand, der sie anfasste und sich nicht gleich dafür entschuldigte.

Da löste sich eine der seidenweichen Federn und segelte in sanften Spiralen auf den Boden. Paola hob sie auf. Wenn der hypertalentierte, hyperkonzentrierte, aber hypersensible Lieblingsdesigner gewusst hätte, wie sehr Paola gerade seine kostbare Schöpfung missachtete, hätte er sie auf der Stelle auf die Straße gesetzt. Denn anstatt sie wieder anzunähen, benutzte sie die Feder einfach frech als Alana-Stimulator.

Ooooh, wie gut das tat. Genussvoll schloss Alana die Augen. Da schrie der erste Foto-Assi auch schon jenseits des Paravents: »Wir sind so weit. Outfit eins kann starten.«

Schlafwandlerisch posierte Alana mal erotisch, mal sexy, mal verträumt, mal herausfordernd lasziv. Das hatte sie – sobald sie den Agenturvertrag in der Tasche gehabt hatte – monatelang vor dem Spiegel geübt. Als Profi konnte sie auch all ihre Gesichtsausdrücke beliebig abrufen. Am schönsten war ihr Job, wenn sie wie jetzt die hundertprozentige Aufmerksamkeit des gesamten Teams hatte. Sie liebte es, wie alle an ihr herumfummelten. Wenn die Maskenbildnerin mit zarter Bewegung ihr Haar in Form strich und ihr Gesicht mit dem weichen Pinsel nachpuderte. Wenn der Stylist zwischen den Posen die Falten ihres Kleides glatt zupfte oder ihren Schmuck zurechtrückte. Für jede Berührung war sie dankbar, auch wenn sie nur zufällig ihre Haut traf. Wer stieg schon auf ein Podest, um die Statue zu streicheln? Heute posierte sie nicht nur für ihren Lieblingsdesigner. Sie posierte auch für Paola, die im Hintergrund immer ihren Blick suchte. Dass sie nach jedem Outfit gemeinsam hinter dem Paravent verschwanden, machte niemanden argwöhnisch. Alana genoss es jetzt, ihren nackten Körper Paolas indiskreten Blicken und Händen auszusetzen, wann immer sie ihr dabei half, ein neues Outfit anzuziehen.

Ein ganz normaler Feierabend eines Topmodels: Taxi ins Hotel, abschminken, duschen, mit Agentur, Familie, Freunden telefonieren, fernsehen, sich langweilen, alleine schlafen.

Am Ende sprang mal wieder ein *Haute-Couture*-Kleid für Alana heraus, in dem sie natürlich wie eine überirdische Göttin aussah, doch was nützte es? Der dekorative Kleiderständer Alana Vester wurde nicht mehr gebraucht. Fotograf und Lieblingsdesigner dankten ihr und küssten sie überschwänglich, und dann hielten wieder alle ehrfurchtsvoll Abstand, beobachteten sie von Weitem und tuschelten sogar über sie. Alana fühlte sich einsam, aber im Hotelzimmer war es noch viel einsamer. Sobald sie nach all der ungeteilten Aufmerksamkeit alleine war, fiel sie in ein tiefes schwarzes Loch. So musste es sein, wenn man auf *turkey* war. Darum setzte sie sich nach jedem Job so lange mit ihren Büchern in eine Bar, bis ihr die Augen zufielen. Morgens ging sie in Cafés, anstatt allein vor der Glotze ihr Hotelfrühstück einzunehmen, denn im Speiseraum von den anderen Gästen angestarrt zu werden und das Getuschel über die Portionen, die sie verschlang, zu ertragen, war ihr zu viel. Überall auf der Welt kannte sie unterwürfig dienende Lokalbesitzer, die sich gern mit ihrem Ruhm bekleckerten, wohlerzogene, diskrete Barkeeper und reizende, wunderbar duftende schwule Kellner, die ihr das Gefühl gaben, ein privater, lang ersehnter Gast zu sein, und gar nicht ahnten, wie überlebenswichtig sie für Alana waren.

»Bella, du musst dringend entspannen«, sagte Paola, die wie aus dem Nichts vor ihr stand. Ein erschöpftes Lächeln huschte über Alanas schönes Gesicht. Die Schneiderin hakte sie unter und schleppte sie in ihr Atelier. Was für eine Kraft in diesem kleinen Körper steckte.

Der Raum war genauso bunt und spannend und ein bisschen schmuddelig wie Paola selbst. Nadeln, Stoffreste, heruntergefallene Pailletten und Wollmäuse bedeckten den Boden flächendeckend. Aus den übervollen Regalen quollen schimmernd und glitzernd die kostbarsten Stoffe. Eine stumme Armee von kopflosen Schneiderpuppen, jede mit den genauen Maßen einer Stammkundin des Meisters, wartete geduldig auf ihren Dienstantritt. Dort gab es auch eine abgewetzte Recamiere, auf der die Schneiderinnen kollabieren und ein paar Stunden Schlaf herausschinden konnten, wenn sie kurz vor einer Show mal wieder die Nächte durchgearbeitet hatten. Das passte zu Paola. Sie war bestimmt auch eine von denen, die nicht mal täglich duschten, weil sie vor lauter prallem Leben gar keine Zeit dazu hatte. Ein paar Spritzer Wasser ins Gesicht und einmal mit dem Lappen unter den Achseln gewischt, das war's. Aber Alana konnte sie gut riechen, viel besser als das schreckliche Designerparfum, das sie immer geschenkt bekam.

Paola zeigte auf eine der Figuren.

»Das ist deine, Bella.« Sie lachte frech und griff Alana an den Busen. »Hübsches Gestell.«

Wie unverschämt, dachte Alana. Aber sie musste grinsen. Unverschämt, aber prickelnd. Wie ein Glas Champagner, doch mit der Wirkung eines dreifachen Tequilas – unverschämt und ungezügelt. Sie hatte überhaupt keine Lust auf ihr Hotelzimmer. »Hübsch, aber viel zu viele Kurven«, sagte Paola und massierte mit beiden Händen die runden Brüste des Topmodels, bis sich deren kleine kindliche Brustwarzen hart gegen den Stoff des fließenden Seidenjerseykleids drängten. Alana war froh, dass ihr Busen, obwohl für ein Model ungewöhnlich groß, so stramm war, dass sie keinen BH benötigte. Sonst hätte sie solche Kleider – vorne und hinten tief dekolletiert – gar nicht tragen können. Woher wusste diese kleine Lolita so genau, was sie tun musste? Alanas Berührungskonto war noch so leer, dass ihr jeder erste Hautkontakt erst mal wehtat. Paola ließ ihr gar keine Zeit herauszufinden, ob sie mochte, was da mit ihr geschah, oder nicht. Ungestüm riss sie Alana an sich und küsste sie. Wie ein Suchtrupp erkundete ihre Zunge so sorgfältig Alanas Mundhöhle, dass deren eigener gar kein Raum mehr blieb. Ja, das war definitiv besser als Fernsehen im Hotel, auch wenn Alana im Kopf bis drei zählen musste, um sich richtig fallen zu lassen. Ohne ihre Lippen von Alanas zu lösen, begann Paola ganz geschickt, sich ihrer Kleidung zu entledigen. Nach den Umkleide-Erfahrungen von vorhin staunte Alana nicht mehr, wie viel Routine sie darin hatte. Auch Alanas Kleid war überhaupt kein Hindernis für sie. Ein Wasserfall seidigweichsten Gewebes umfloss ihren Bauch und den festen flachen Po, genau da endend, wo ihr nahtloser Slip begann. Paola brauchte ihr die beiden wallenden Stoffbahnen nur von den Schultern zu streifen, und schon stand das Topmodel im Slip da. Sie warf sich auf die abgenutzte Liege und flüsterte Alana hektisch zu: »Zieh dein Höschen aus. Komm, ich will dich schmecken.« Dabei riss sie ungeduldig an Alanas durchsichtigem Tüll-Slip wie an einem Weihnachtsgeschenk, das sie sich sehnlich gewünscht hatte.

»Knie dich über mein Gesicht. Na los.« Im Nu war auch Alanas Unterleib entblößt, und sie kniete rittlings über der Schneiderin, die Alanas weichen Schoß begeistert zu sich herabzog und Hände wie Gesicht darin versenkte. Eine Position, die das Model noch bei keinem Shooting eingenommen hatte.

Oooooh, wer, wie, was war das denn?

Dass Alana – sonst eher eine Prinzessin auf der Erbse – eine Nadel in ihrer nackten Fußsohle stecken hatte, merkte sie noch nicht mal. Sie konzentrierte sich vollkommen auf das, was da mit der einen Stelle ihres Körpers geschah, über die sie keine Kontrolle hatte.

Immer wenn Paola innehielt, hörte Alana, wie sie sich laut schmatzend ihren Liebessaft von den Fingern leckte. Dann wollte Alana – einem Reflex folgend – ihre Beine schließen, aber Paola ließ das nicht zu, packte ungeniert mit beiden Händen ihre Schamlippen und öffnete sie. Sie lachte auf.

»O ja, Bella, endlich etwas an dir, das nicht so perfekt ist.« Verlegen zog Alana ihren Unterleib zurück. Sie hatte keine Ahnung, dass ihre Schamlippen vollkommen unterschiedlich geformt waren, eine wesentlich länger als die andere. Hätte sie das gewusst, hätte sie verstanden, warum andere Models sich in den Wartepausen über Schamlippenliftings unterhielten, den neuesten Schrei der Schönheitschirurgie.

Mit den Fingern beider Hände drang Paola vorsichtig, aber bestimmt in Alanas Höhle ein. Erst hielt sie die Finger geschlossen, doch dann spreizte sie sie mehr und mehr und weitete Alanas nasse Spalte.

»Was machst du da?«, stöhnte Alana teils unsicher, teils erregt.

»Wenn du wüsstest, wie schön du bist.« Gebannt starrte Paola tief in Alanas Inneres hinein. »Wunderschön. Du bist einfach perfekt.«

Verlegen schloss Alana die Augen, aber ihre Mitte pulsierte heftig, als hätte sie das Kompliment gehört. Nichts wirkte in diesem Chaos beabsichtigt, aber durch eine glückliche Fügung stand der Ganzkörperspiegel direkt vor der Recamiere.

»Komm, ich will, dass du dir anschaust, was ich mit dir anstelle«, sagte Paola mit gepresster Stimme.

Alle möglichen Winkel ihres Körpers hatte Alana schon vor

einer Kamera exponiert, aber noch nie hatte sie sich ihre eigene Vagina angesehen.

»Ich will, dass du siehst, wie schön du bist«, flüsterte Paola.

Dass sie schön war, wusste Alana nur, weil sie Geld dafür bekam. Schamhaft neigte sie den Kopf so weit nach unten, bis sie im Spiegel ihre Hinteransicht sehen konnte.

»O Gott.« Das war nicht das, was sie erwartet hatte. Gebannt starrte Alana auf ihren Unterleib, der ihr so fremd vorkam, als gehöre er gar nicht zu ihr. Diese weit gespreizte Vagina war prall und dunkelrot wie eine costaricanische Dschungelblüte, darüber prangte dunkel und geheimnisvoll ein kleiner kostbarer Trüffel.

»Jetzt weiß ich, warum die sich alle bleachen lassen.«

»Bitte was?!«

»Assbleaching. Alle Models schwören drauf.«

»Ihr lasst euch den Arsch bleichen? Ihr habt sie doch nicht alle«, meinte Paola kopfschüttelnd.

Alana hatte mal einen beeindruckenden *Billy-Wilder*-Film gesehen, der ihr immer mehr zur Realität zu werden schien: *Fedora*. Da musste die junge Tochter die längst gealterte Diva verkörpern, um deren Mythos aufrechtzuerhalten, während die Mutter das Haus nicht mehr verließ. Seit sie selbst zur Ikone geworden war, unerreichbar und überlebensgroß wie die riesigen Fotowände, von denen sie sich selbst zulächelte, kam sich auch Alana manchmal gefangen in der Verpflichtung der ewigen, makellosen Schönheit vor. Was, wenn sich bei ihr die ersten Fältchen zeigten?

»Schau dich doch an, du bist einfach ein geiles Teil.« Mit beiden Händen packte Paola Alanas kleine, feste Pobacken und zog sie auseinander. Gleichzeitig begann sie mit ihrer Zunge Alanas empfindlichste Stelle zu massieren. Wie ein kleiner Rotor bearbeitete sie Alanas gereizte Klitoris, gleichmäßig und routiniert.

»Oooooh, was machst du denn mit mir?«, stöhnte Alana. Sie fuhr mit der Hand durch Paolas wilden Haarschopf und bäumte sich auf. Sie wusste gar nicht, wie ihr geschah.

Von draußen drang das Gemurmel des Teams in den kleinen Raum, der Bass der Musik gab ihren Zungen einen wummernden Takt vor.

Zuerst hielt Alana die Augen fest geschlossen und genoss das neuartige Gefühl, auch weil ihr das Ganze ein bisschen peinlich und fremd war. Als sie die Augen öffnete, lag Paolas Muschi wie eine ihr dargebotene süße Frucht vor ihr. Nun tat sie es Paola gleich und widmete sich der fremdartig duftenden, üppigen Blüte. Zaghaft legte sie erst ihre vollen weichen Lippen an den kleinen Stempel, der sich ihr entgegenreckte. Ihre Lippen spürten, wie er sofort größer und fester wurde. Ihn liebkosen zu wollen, war wie ein Reflex. Alana wollte ihn kosten, ihn streicheln. Langsam streckte sie ihre Zunge heraus und berührte nur mit der äußersten Spitze das zarte Fleisch von Paolas praller Klitoris.

»Mmmmmh, das fühlt sich ja an wie eine Auster.«

Austern liebte sie, und diese duftete auch noch so. Sie machte ihre Zunge lang und tat, was sie mit Austern immer tat. Sie umarmte das saftige kleine Biest mit ihrer Zunge und saugte es ein. Paola stöhnte auf. O.k., das war also richtig. Angespornt widmete sich Alana der außergewöhnlichsten Delikatesse, die sie je gekostet hatte.

Paola blieb nicht untätig, sie war überhaupt ein ziemlich aktiver Typ, genau das, was Alana brauchte. Dennoch zuckte Alana am Anfang zusammen, als Paola ihre warme nasse Zungenspitze in ihren engen After gleiten ließ.

O Gott, was war das denn? Die traute sich was. Es kitzelte unerträglich. Dennoch wollte Alana nicht, dass es aufhörte. Ihr kleines Löchlein begann sich zu weiten, einfach nur, weil sich Alana mit jedem Stoß entspannte. Immer noch hatte Paola ihre Finger tief in Alanas Schoß versenkt und reizte ihren G-Punkt bis zum Gehtnichtmehr. Von dem hatte Alana bisher nur gelesen, aber nie geglaubt, dass sie auch einen hatte. Kein Wunder, wo sich die meisten nur für ihre Fassade interessiert hatten und nicht für das, was in ihr steckte.

So war auch noch niemand mit ihr umgegangen. Diese wilde Schneiderin war doch tatsächlich der erste Mensch, mit dem sich Alana komplett fallen lassen konnte.

Ein ganz normales Sex-Erlebnis eines Topmodels: Posing in verführerischen Dessous, in Strümpfen, in Schuhen. Im Bett, unter der Dusche, im Taxi vor dem Spiegel. Er himmelt sie von Weitem an, weil Topmodels zerbrechliche Porzellanpuppen sind, die man nicht anfassen darf, und holt sich darauf einen runter. Sich langweilen.

Posing, Shooting, Fucking. Im Bett, unter der Dusche, im Taxi vor dem Spiegel. Er posiert, während er ein Topmodel poppt. Sie ist nur eine Puppe, die seiner Eitelkeit dient. Sich langweilen.

»Glaub mir, Bella, wenn du immer so ein Rühr-mich-nicht-an bist, kann das ja nix werden mit der Liebe. Mach dich einfach mal locker«, meinte Paola pragmatisch. Sie beugte sich vor, hob eine verfusselte Wolldecke vom Boden auf und deckte sich und die nackte Alana auf der schmuddeligen Recamiere zu. »Lass uns schlafen, ja?« Alana lächelte und kuschelte sich zufrieden an Paolas Schulter.

Alana betrat irgendeine VIP-Lounge in irgendeinem Flughafen. Sie warf ihre Riesentasche nachlässig auf einen Stuhl und fläzte sich in einen bequemen Ledersessel. Suchend sah sie sich um. Ein Mann, der sie schon beim Eintreten neugierig beobachtet hatte, erwiderte ihren Blick. Mit einer Geste bat

Alana ihn um eine Zigarette. Ihr Etui mit dem dazu passenden Feuerzeug hatte sie Paola zum Abschied geschenkt. Er nickte, stand auf und kam zu ihr herüber. Während er ihr eine Zigarette anbot, fragte er: »Entschuldigen Sie, ich hoffe, ich bin nicht indiskret …«

»Ja, ich bin Alana Vester«, unterbrach sie ihn. »Ich bin Topmodel, und ich hatte heute den geilsten Sex meines Lebens.« Lässig steckte sie sich die Zigarette in den Mund, hob die Sonnenbrille von der Nase und fragte kokett: »Haben Sie auch Feuer?«

Danksagung

Kerstin für ihr wohlwollendes Ohr und Herz

Meiner Agentin Lianne Kolf für die schöne Zusammen-
arbeit

Dem Literaturcafé *Oskar Maria* für das herzliche Asyl, das
mir dort stets zum Schreiben gewährt wird.

Erotik

Bücher voll hemmungsloser Leidenschaft,
frivoler Fantasien und prickelnder Erotik

Eine Auswahl:

Maria Isabel Pita
Die Geschichte der M.
978-3-453-81101-0

Portia Da Costa
Haus der Sünde
978-3-453-58033-6

Jasmin Leheta &
Aveleen Avide
Seidene Küsse
978-3-453-54514-4

Philomène Santière
Venusmuscheln
978-3-453-81080-8

Frank Baldwin
Gefesselt
978-3-453-87334-6

Susan Lyons
Haut wie Samt
978-3-453-54515-1

Emma Holly
Hände aus Samt
978-3-453-87364-3

978-3-453-54517-5

HEYNE ❮